本丛书由澳门特别行政区政府文化局策划并资助出版

镜海译丛

Maria Ondina Braga

Nocturno em Macau

澳门夜曲

［葡］玛丽亚·翁迪娜·布拉嘉 著
蔚玲 朱文隽 译

人民文学出版社
PEOPLE'S LITERATURE PUBLISHING HOUSE

澳門特別行政區政府文化局
INSTITUTO CULTURAL do Governo da R.A.E. de Macau

著作权合同登记号　图字 01-2016-5955

Nocturno em Macau, by Maria Ondina Braga was originally published in Portuguese by Editorial Caminho.
All rights reserved. This translation is published by arrangement with Sociedade Portuguesa de Autores acting on behalf of Maria Lídia Soares Fernandes Braga, in her capacity as heir of Maria Ondina Braga.
Simplified Chinese translation copyright
© 2016 Cultural Affairs Bureau, Macao S. A. R. Government

图书在版编目（CIP）数据

澳门夜曲/（葡）玛丽亚·翁迪娜·布拉嘉著；蔚玲，朱文隽译. —北京：人民文学出版社，2016
（镜海译丛）
ISBN 978-7-02-011733-8

I. ①澳… Ⅱ. ①玛…②蔚…③朱… Ⅲ. ①长篇小说—葡萄牙—现代 Ⅳ. ①I552.45

中国版本图书馆 CIP 数据核字（2016）第 127785 号

责任编辑　陈　旻　张欣宜
责任印制　王景林

出版发行　人民文学出版社
社　　址　北京市朝内大街 166 号
邮政编码　100705
网　　址　http://www.rw-cn.com

印　　刷　三河市西华印务有限公司
经　　销　全国新华书店等

字　　数　140 千字
开　　本　850 毫米×1092 毫米　1/32
印　　张　7.75　插页 2
版　　次　2017 年 1 月北京第 1 版
印　　次　2017 年 1 月第 1 次印刷

书　　号　978-7-02-011733-8
定　　价　32.00 元

如有印装质量问题，请与本社图书销售中心调换。电话:010-65233595

译者前言

玛丽亚·翁迪娜·布拉嘉（1932—2003）是葡萄牙当代著名女作家。她生于葡萄牙布拉加市，曾赴英国和法国求学，并在安哥拉、果阿、澳门和北京从事英语和葡萄牙语教学工作。作家一生创作了多部作品，有的被翻译为西班牙语、法语、意大利语和德语等，其短篇小说集《神州在望》已被翻译为中文出版。

长篇小说《澳门夜曲》发表于1991年，1993年获得葡萄牙埃萨·德克罗斯文学奖。小说以二十世纪六十年代的澳门为背景，细腻地展现了葡萄牙籍女教师埃斯特尔在澳门工作和生活期间与来自不同国度的同事和学生，与她所暗恋的中国人陆思远，与她的朋友们之间因不同的文化背景、不同的身世而产生的误解、隔阂和情感冲突，并以埃斯特尔的视角，细致入微地描写了当时的澳门社会风貌。

葡萄牙籍女教师埃斯特尔是住在圣达菲女子教会学校教师之家里唯一的外国人。在与中国教师们的朝夕相处之中，她与邻居萧和华——一名跟随外婆从中国大陆逃难到澳门的中文教师——成了朋友，两人经常出双入对，几乎形影不离。但是她们之间并非无话不谈，甚至难免互相猜忌。在埃斯特尔看来，萧和华的难民身世是一个谜,她甚至怀疑萧和华与自己爱慕的中国男人有情感瓜葛。而萧和华对于埃斯特尔只身来到澳门的举动始终不能理解,并最终疏远了外国邻居,选择以不辞而别的方式悄然离开。

埃斯特尔与萧和华之间的交流通过均非两人母语的英语进行,语言不通成为她们交流的障碍姑且情有可原,然而,埃斯特尔与同说葡萄牙语的同事的相处却没有因为无语言障碍而显得更为融洽。她与来自印度果阿的女教师甘多拉有过一段短暂的友谊,两个人曾每周六相约茶社喝茶聊天。但是甘多拉生性多疑,离群索居,一直隐瞒着自己在里斯本的一段恋情。教会学校的学监罗莎嬷嬷,曾对埃斯特尔关心有加,时常抽空找埃斯特尔聊天谈心。但是身为神职人员,罗莎也守护着自己的秘密——她作为土生葡人的身世。

小说主人公埃斯特尔心中也深藏着一个秘密——对中国人陆思远的爱慕。陆思远是一名中国大陆难民,住在当时澳门的华人区——新桥。埃斯特尔初到澳门时曾在新桥暂住,因而结识了陆思远。然而,小说自始至终没有对这条感情线作明确的描述,只有一封陆思远写给埃斯特尔的信贯穿其中。这封用中文写的信,埃斯特尔无法读懂,她在无数寂寞的夜里将它展开欣赏,却不知里面究竟写了什么。她想过求助萧和华,也想象过将自己的这个心事告诉罗莎,甚至是她的印度商人朋友门托,但在她设想的各种场景里,她的倾诉对象们的反应都是一致的:对于她和一个中国大陆难民的跨国恋情表示震惊和不理解。作为一名单身葡萄牙女人,埃斯特尔在与周围人的接触中察觉到她自身其实也是被人用有色眼镜看待的对象，她的任何不合乎身份的举动都有可能遭遇非议。出于自我保护和对闲言碎语的畏惧，她只能选择缄默，将这份爱深埋在心底。

埃斯特尔任教的教会学校是当时澳门社会的一个缩影：来自不同国家和地区的人们在狭小的空间里共事、生活。然而，在埃斯特尔看来，空间距离的接近并没有拉近人们心灵之间的距离。在这样一个池鱼笼鸟之地，似乎每个人心中都隐藏着自己的秘密，听信流言蜚语成为人们了解他人的重要方式之一。眼见身边的朋友一个个离开，埃斯特尔在澳门旅居四年后最终也选择了独自离开。

值得一提的是，作者以其独特的写作方式表现小说中人物之间的猜忌和紧张关系。该书的叙述角度虽为他叙，但却反常规地将他叙、人物对话、心理活动掺杂在一起，并且不用引号或其他标点符号加以区分。这样的安排使得读者在最初阅读时感到少许不适。在叙事过程中，大量的内心独白、自由联想和强烈的动态和跳跃性也使小说带有明显的"意识流"倾向。在语言的使用上，作者常常省略动词，仅以词组、短语交代故事背景、情节、人物关系和内心活动，并使用大量的拟声词，这使得小说具有较强的画面感和视听感。

本书的另一大特点在于多种语言的混用。书中的人物来自不同的国家和地区，使用着不同的语言，他们之间的交流混杂着葡萄牙语、粤语、英语、普通话、西班牙语，甚至有果阿土语和澳门土生葡语词汇等。作者通过这样的方式，展现出了澳门多元文化交汇、碰撞的独特之处。

翁迪娜·布拉嘉一生的大部分时间旅居国外，其生活经历、在不同地域感受到的不同文化的相遇与碰撞常常成为其作品的主题。《澳门夜曲》正是这样一部作品，并因此而具有明显的自传色彩。

2003年，翁迪娜·布拉嘉在她的家乡布拉加市去世。葡萄牙议会在她去世后给予她很高的评价，认为"能像布拉嘉这样将自己的生活经历转换成伟大文学作品的葡萄牙作家屈指可数"。2005年，布拉加市政府专门设立了"翁迪娜·布拉嘉文学奖"。

译者
2016年1月

原是自己的影子
却老走在你前面

　　　——艾青
（1910年出生于中国浙江省）

无 题

中国 唐代 李商隐（812—858）

相见时难别亦难，东风无力百花残。
春蚕到死丝方尽，蜡炬成灰泪始干。
晓镜但愁云鬓改，夜吟应觉月光寒。
蓬山此去无多路，青鸟殷勤为探看。

星期二,又是上课之前把衣服送到洗衣房的日子。在英语女教师的房间里,哑巴女佣总是提前把事情做好。埃斯特尔早餐回来时,老女佣正在给她更换床具,见到她,老女佣弯腰鞠了一躬。埃斯特尔在她的衣兜里塞了一枚硬币。这是在惯她的坏毛病!其他女教师,所有中国女教师,都不待见这个老女佣:一个烟鬼、一个哑巴、一个会装的家伙!说到底,既然老天让她成为这个样子,那一定是发现了她的什么错误。一月,星期二,天寒地冻。女佣走出了埃斯特尔的房间。学监在敲门。唉,但愿能好脸相迎!十万火急,刻不容缓。年轻、矮小的葡萄牙女学监梳着齐肩的短发,她是化学专业的毕业生,曾有一天这样回答埃斯特尔唐突的问题:你的脸蛋这么好看,到底为什么避开尘世,嬷嬷?为什么入教修行?我为什么入教修行?你想知道我为什么入教修行?她整了整头巾,修女斗篷上的大帽子。如果我告诉你,这是因为这个世界……连衣裙不适合你,讨厌的时髦,一点都不适合你。我的父亲,上帝啊,经常给我衣服,我的父亲,我的教母。所以,我特别喜欢方济各会教服!她一会儿严肃,一会儿咬着嘴唇微笑,嬷嬷的名字取自一段圣母祷告词:罗莎·米司蒂卡。怎么,您不进来?不,我不进去,马上要打铃了。一个口信,我带给你一个口信,一个请求。她还是走进了房间,靠在铁床头上。不论是谁，走进这个房间都要靠在铁床头上。房间像一条小船，内港里的一条舢板：船上的人必须蹲着，背靠在舱壁，脚抵在隔板上。嬷嬷就这样靠在床头的铁架上，她解释说：今天上午，有一位初修课程的新教师，来自果阿的女教师，埃斯特尔可否去码头接她。噢，一位果阿女教师，真的？大约一年前，英语女教师就是从印度人占领的果阿来到澳门的。我一定去，嬷嬷，我甚至很乐意去呢。罗莎·米司蒂卡如释重负地舒了一口气。帮了一个大忙。所有的姐妹们都很忙，这件事情落在了她的头上，而她在实验室又有紧急的事情。一大早就开始准备酸、碱基。连去小教堂做弥撒都险些迟到！她在自己的胸脯上拍了三下。冬天戴墨镜？埃斯特尔感到奇怪。为什么戴墨镜？视力有毛病？不对，我觉得是因为天气冷，或者她高兴这样，谁知道呢，或者是因为实验室里的反应剂：眼皮肿得像是刚刚哭过。学监看了看表，然后告辞走了。她想象不出自己帮了学监多么大的一个忙，学监都不知道该如何感谢她。

　　学监走进了走廊里，埃斯特尔跟在她身后：我的学生怎么办？谁来照顾我的学生？这个你不用担心，不是乙班吗？学校举办联欢会，那些小家伙们正在排练节目。*Ferry*①半小时之内就要到了。

　　坐三轮车去——总有三轮车等着女教徒去看医生，某个女学生或女教师有急需——埃斯特尔在大铁门外坐上三轮车，催促着车夫：*Faiti*②！万一船早到了怎么办？

---

① 英语：飞翼船。
② 粤语：快啲，意思是"快一点"。

她不希望果阿女人遇到曾经发生在自己身上的情况。我还记得……三轮车把她放在圣达菲学校台阶的尽头，门房，那个西班牙女人，一个脸上贴着膏药、长着一双金鱼眼的胖墩墩的女人：*La maestra de inglés? La maestra?*①我都不愿意你提醒我这个，寒冷的冬天，我自己找到门口，没有人去接我，我谁都不认识……埃斯特尔回忆着，新马路一路颠簸之后，车突然停下来。*Kei toh*②? 她付了车费。船已经在那边了，乘客下船，货物到港，熙熙攘攘。学校的钟总是慢！一个高个子女人出现在她面前，来人肤色暗淡，长发披在背上，她穿得很厚，看：纱丽之外套了一件毛领外套。圣达菲学校的？对，圣达菲学校的。她摘下嬷嬷借给她的校徽：一朵玫瑰花环绕着黑色十字架。我代表学监来接你。她们互致了问候，握手。果阿女人的手劲很大，几乎握痛了她的手：以这种方式表达问候的能是什么人？甘多拉·戈伊斯，叫我甘多拉吧。厚嘴唇，一排整齐略长的牙齿。两个人手拉手，面对面微笑着，好像照片上的人：注意，别动，说 *cheese*③！……来人放开埃斯特尔的手，抓住散开的头发扎起来：旅行中搞乱了。乌黑的头发中掺杂着些许白发。手指骨感而灵巧。手腕上戴着七个银手镯。她低下头，用嘴咬着头绳，嘴咧着。扎好了辫子，她脱下外套。小心，天气凉。一点也不觉得冷。请帮我拿一下。她去取行李。

看见她提着两大件行李出现了，辫子一甩一甩地闪

---

① 西班牙语：是英语老师吗？老师？
② 粤语：几多，意思是"多少（钱）"。
③ 英语：奶酪。要求照相的人说"cheese"使口形呈微笑状。

亮，胸脯一起一伏，埃斯特尔的头脑里出现了一匹马。上帝，请原谅，就是一匹马。她的身后，一个搬运工搬来一个大箱子。我们至少需要两辆那样的车！码头上人声鼎沸，乱哄哄。马路上，三轮车夫吆喝着让行人闪开。真够乱的！天天如此？倒也不是，因为快到圣诞节了。甘多拉，那几个用木条和绳子拦腰捆绑的行李，像保存在老房子地板下的老物件。三轮车！三轮车！果阿女人站在路中央比画着。请叫我多拉。一个带五金件的大皮箱。原来是一个海军上校或者法院审判长的，提梁已经弯曲、脱落，带着曾周游世界并曾经停过孟买的英国邮船的标签。

在圣达菲学校的会客室里，英语女教师一个劲儿地安慰多拉，不必担心放在楼下商店的那些行李：不用搬上来，因为她不会住在学校里。那我去哪里？肯定在外面租了房子。想想教师之家的条件：放在哪里？你的房间比一口棺材大不了多少。那些中国女人睡的都是上下铺。每到七月，雨像是山坡上的瀑布，可怜的人们只能把他们的小筐子排放在走廊里，那些筐啊，篮啊，全都被冲走……还有那些大袋子、小袋子都串在竹竿上。甘多拉把辫子甩到肩膀上，问：我的房子怎么也应该在这附近吧？当然，这里不管什么地方都离得不远。埃斯特尔想说：太近了。她想到自己经常想见的某个人，可是见面并不容易，便问：你的家人留在果阿？我没有家。多拉身体笔直地坐在她旁边，神情似乎很庄重，身上散发着浓浓的腻腻的香水味：安息香？*patchouli*[①]？

---

① 英语：大叶薄荷。

像往常一样，罗莎·米司蒂卡匆匆而来：欢迎到圣达菲学校来！欢迎！她张开双臂，面纱飞舞起来，像一只张开翅膀的鸽子。她请求原谅，事无巨细地足足工作了两个小时，学生们要考试。她的手指被盐酸液泡得有些绿。房间的问题摆到面前：这个地方能搞到的房子嘛，很不幸，可供选择的不多，洗澡一天有，一天没有，有厨房，也就是说，可以晚餐用。午餐，在学校，星期天除外。嘀铃——，电话响。肯定是我的。她飞似的跑向门口。不一会儿，连跑带颠地回来了。在上了年纪的修女中，有爱尔兰人、苏格兰人、波兰人，大家都谨言慎行，步履从容，罗莎·米司蒂卡却像一只白鹡鸰。的确是这样。房子不远，就在那边。她再次站起身，摇着一个铃铛。"铛——铛——"立刻，一个女佣出现了，好像她就在门后似的。*Chá, pei yat poei chá*！①

学校有一项令人困惑的传统：新来的教师，在第一个星期，必须在小小的会客室里吃特别准备的餐饭。新来的教师和在大斋期②被请到修道院讲授隐修之道的方济各修士都是这样。一个个装着香气扑鼻的美味的托盘，烤食、鱼、餐后甜点和新鲜的水果被从贮藏间端出来。只有第一个星期是这样。之后，便是面对餐厅那窄窄的桌子、味同嚼蜡的炖菜、一碗没有放盐的粥、一根像土豆似的香蕉。埃斯特尔就曾受到这样的待遇。所有人都有过这样的经历。现在，轮到多拉：我喜欢这样的饭，

---

① 粤语：茶，俾一杯茶！意思是："茶，给（我）一杯茶！"
② 指复活节前的四十六天。

姐妹们都是好厨师。其他人面面相觑。为什么要骗她？一个星期很快就过去。其他人也都没有接到任何人的事先告知。第七天：今天你可以和同事们一起午餐了！这并非惩罚（为什么惩罚？），而是一种奖励。幽暗的院子里摆放着绿色花盆，教师餐厅就在它的一侧。一盆盆堆得像金字塔一样的米饭、漂着鸡翅皮的糊状面汤、煮生菜。嘴馋的容小姐总是第一个来就餐，把最好的部分挑走。不过后来，天晓得，也许是几个月之后吧，每个人才如梦方醒，意识到这种情况，并且议论纷纷。这种话只在私下里对自己说，绝不对其他姐妹们说：先给一些甜头的做法显得怪异，之后，但愿她们不要习惯……修道院的神秘之处？礼仪？天晓得。有些严苛。私下的谈话，不拘礼节。像做爱。即便如此，也是对饮食状况的提醒。大家梦想的是点心、布丁。这些能引起大家的食欲。从味觉、胃到大脑的循环，像一个共振箱。昨天夜里，我做了一个梦，梦见自己正在吃斯特拉修女做的那种蛋糕，可是，蛋糕却掉进了水池……聪明的女教徒们要记住，喜欢的好东西往往不常有，并且总是稍纵即逝，不然的话，便是自寻烦恼，她们会因为思念那些可望而不可即的东西而永无宁日，就像面对童年的种种约束，就像面对救赎的象征。

多拉是来顶替女教师阿尔蕾特的。去年夏天，这位女教师背着丈夫，与在九龙做珠宝生意的澳大利亚人私奔了。她的丈夫后来曾在竹湾军人俱乐部的舞会上见到过光鲜艳丽的阿尔蕾特。这个受人责备的男人在澳门引得人们飞短流长：为什么非要使她成为街谈巷议的话题？

为什么不让她待在家里抱抱孩子？医院的牙医"埃萨乌①"大夫甚至瘦了，甚至显得更苍老了，圣达菲学校的姐妹们都很同情他，雷吉娜修女，他为她修理了一颗牙齿。他毛茸茸的手腕。天啊，他的手，"埃萨乌"大夫的手，那么灵巧，让她丝毫没有感觉！初修课程的女教师开玩笑地把他比作伊萨克②多毛的儿子。可是，初修课程的女孩子们却把雷吉娜的玩笑当了真，于是，他就有了"埃萨乌"这个名字，成了"埃萨乌"大夫。

带果阿女教师去租住的房子之前，身穿白色修女服、披着棕色斗篷、头上蒙着黑色面纱的罗莎·米司蒂卡把埃斯特尔叫到一边：最好不要让她知道她前任的事情！毫无疑问，这对于澳门最有影响的女子学校的名声来说是一个污点，相当于一个丑闻。对于圣达菲学校来说，阿尔蕾特已经死了。

从此以后的每天早上，穿着毛领外套和纱丽裙的果阿女教师都心情忐忑地登上学校门前长长的台阶。有我的信吗？没有，谁的信都没有。唉！……她的心病。特立尼达修女：别担心，也许一下子收到所有的信呢。多拉没有理会，嘟嘟，走了出去，向教室走去。时间还早，窗户都关闭着，其他教师都不会这么早。她没有脱去外套，直接走到黑板前，她自己一人。写提纲？写什么提纲！写规定和处罚方法。学生们很混乱无序，从今以后，她们要在门口排好队，然后安静地坐进教室，把家庭作业按顺序放到课桌上，班长……上课铃声响了，昏暗的

---

① 指《圣经》人物以撒的儿子以扫。以扫因身体强壮多毛闻名。
② 指《圣经》人物以撒。

教室里，女教师还在写着。女校工请求允许她打开百叶窗。多拉，粗糙而干燥的手微微抖动着。让一开始就被吓到的女孩子们明明白白：禁止嚼口香糖，椅子需彼此分开，掌握书上的内容，上帝啊。可是，渐渐地，女孩子们开始懂得了，那些规定、规矩、训斥毫无疑问都是老师的脾气使然：因为距离感？她每天都盼着来信：因为她感到孤独？她们偷偷在废纸上涂画她的样子：严厉的表情，衣裙拖在地上，脖子上围着毛绒领子，电话线似的粗辫子，辫梢上还有一只正在挣扎的环鸽。

一天，果阿女教师放下手头的事情，抽出时间去了邮局：甘多拉·丽莲娜·迪瓦·戈伊斯，有甘多拉·戈伊斯的信吗？没有，一封都没有。她发了一封电报。二月，天气寒冷。据说澳门的气候和果阿的气候……不透气的鞋子让她感到难受，或者，天晓得，是不是因为讨厌的风湿病，她走路一瘸一拐，人也显得更加憔悴。她多少岁？圣达菲学校初修课程的女教师去发电报了，传闻在澳门不胫而走。一些人说她发的是英文电报，电报一定是发给果阿的，或者是发给印度的，她丈夫在印度，她是从丈夫身边逃走的？另一些人则说，她是用葡萄牙文发的电报，是发到里斯本去的。可是，多拉谁都不理，连修女们也不理睬，除了到门房那里打听邮局来信。终于，门房嬷嬷：*Usted, mírale, usted!*① 多拉从她的手里抢过信，怀疑地看了又看，摸一摸，亲了亲，然后，一转身，飞奔而去。

星期五。上课的铃声响过，老师却没有出现——她

---

① 西班牙语：您的，快来看，您的！

一向守时，总是提前到！——有人看见她上了台阶，向学校回廊的方向去了。她一定在小教堂，在做忏悔。让全班感到吃惊的是，当她出现的时候，整个人是那么精神抖擞，那么充满幸福感，一点儿不见风湿病人的影子。她坐下来。今天的课就是讲故事。谁会讲故事？大家全都会。现在开始，一个一个地讲！有小脚姨妈的故事，夜莺的故事，婆婆和永远以泪洗面的儿媳的故事；有哄小傻瓜的故事：黑玉皇帝、白玉公主；有一本正经讲述的关于澳门的恐怖狰狞的鬼故事；还有传统民谣。当女孩子们拍着手玩起了拍拍手游戏时，女教师吓得连忙说：嘘！……她走到门口，靠在门上。小心学监……

埃斯特尔在学校回廊的一个角落找到了正埋头反复读信的她。我一直在找你，知道你收到信了。就在这个时候，果阿女教师张开臂膀搂住她，将头倚在她的肩膀上。埃斯特尔以为朋友在哭泣，可是，她没有哭，而是笑了。明天咱们出去喝下午茶吧？你看怎么样？好啊！明天是你的生日？不是。因为你还没有去过中国餐馆。声音低了下去。靠在她身上的那个人动了一下。果阿女教师解开衬衫，把信收到怀里，不经意间露出了半个乳房。两个人来到花园里，忽然，多拉像想起了什么：请别对任何人说这个。澳门，是非之地，那些女人们整天都在张家长李家短。一封信就是一封信，一个约定。埃斯特尔安慰她：我会守口如瓶。不过……特立尼达修女怎么办？哦，我已经跟她打了招呼，她发誓保守秘密。她挽住她的胳膊：咱们去哪？去玉湖①茶楼吧，那里的茶

---

① 原文为"Lago-de-Jade"。

非常不错。两人约好在邮政总局门口见面，果阿女教师把指尖按在嘴唇上，笑得眉毛弯弯的。埃斯特尔想到了门房的那个公开的秘密，似乎已经听到了她的声音：唉，*pobrecita de la maestra indiana*①！多少个月啊，就为等这封信，*la maestra*②！特立尼达并不算真正的修女，只是一个皈依的姐妹，而且爱多嘴多舌。当果阿女教师去取信的时候，她还曾亲吻过她，*la maestra*！并吹嘘说奇迹的出现全是因为她为圣埃斯佩迪托③所做的祷告、祈求、唱诵。

她们去了玉湖茶楼，华美的名字，狭小的店铺：一个摆放着五张桌子的茶室，一对老夫妇在厨房里忙碌着，他们的孙子招待客人。那里的茶却是澳门最特别、最奇怪的。据心怀叵测的人说，他们的水是在一个积了厚厚水垢的罐子里煮沸的。不过，最好还是相信茶的质量和上茶用的老旧的陶制茶壶。这家茶楼坐落在一条小街上，不大的茶室的墙壁上有几面镜子，镜子之间有一个供奉着圣母玛利亚的神龛。多拉坐在神像对面：让人想起圣母！两个人坐定后，埃斯特尔要了蒸糕，并解释说要枣泥馅的，茶来了。让我们为来信干杯？埃斯特尔提议说。果阿女教师用纱丽一角遮住脸打了一个喷嚏。天啊！茶里一定放了姜，姜会让人打喷嚏。她一连打了三个喷嚏，然后，擤了擤鼻子和眼泪。刚开始会有这种情况，之后就没事了。不过，打喷嚏有益健康，可以使呼吸道畅通：

---

① 西班牙语：这个可怜的印度老师。
② 西班牙语：老师。
③ 传说中能解燃眉之急的圣徒。

阿嚏！从前是用鼻烟刺激打喷嚏。她的父亲曾经用一个螺钿小盒放鼻烟。在果阿，人们习惯嚼姜叶、嗅掺和不同草的烟叶，效果和鼻烟是一样的。现在，她狼吞虎咽地吃起来，用左手，就是她就餐时用米饭球蘸咖喱汁时用的那只手。这时，她似乎意识到自己失态：对不起，可是，我觉得自己特别虚弱，胃里空空的……埃斯特尔示意，是因为信中的消息引起了情绪激动才会这样。可她仍继续自己的话题：昨天，我晚饭没有吃好，我不喜欢猪肉，可是，又没有买到鱼干。房主请她吃晚餐，那么大的蜗牛，红红的，硬得像胶皮，海蜗牛配腌菜。她不吃这些。我长了一张贵族的嘴，我母亲说过，我的嘴很刁。我喜欢鳕鱼，把它藏在床下，免得招女房东讨厌。那个女人挺和气，我一到家，她就用刷子替我把外套刷干净。聊这些没有意思，不合时宜。她换了话题。学生们。她们什么都不懂，这些学生让我很伤脑筋。她们常常搞错动词的人称、形容词的性和数。她吃完叉烧包，又要了烧麦。小心，这可是猪肉的哦。没关系，肉馅我喜欢，就当是夹心蛋糕或者馅饼吧。她在叉烧包上浇了一些辣油，看着埃斯特尔：你觉得我口音很重吗？口音？没有，一点儿也没有。真的。她认识的大部分果阿人总是 *fo-fo-fo*，长着一张蚕豆嘴①，与他们比起来，甘多拉说话很慢，甚至太慢，职业习惯？教低年级需要极大的耐心。多拉讲话慢而且准确。她抱怨说学生们总是笑她的发音。也许是笑我的发音，也许是笑我这个人吧，天晓得！笑我的长相，笑我的身材……看你说的，她们为什

---

① 在葡萄牙语里，蚕豆（fava）是以 f 为首字母。

么笑你？她耸了耸肩膀。她的前任是葡萄牙人？军人的妻子？可以在墙上擦擦手，这里一个学生都没有。现在，轮到埃斯特尔转移话题了：你觉得你的女房东是一个值得信任的人吗？如果我是你，我会把住所的地址而不是把学校的地址告诉家人。是吗？为什么？因为在学校，来信总是被首先送到修道院。一想到修道院的修女们可能会检查信件，果阿女教师用手捂住了脑袋：上帝！不，这个不会，不过是例行公事，耽搁些时间。更何况，从果阿到澳门……一封信从果阿到澳门需要多少天？不知道。邮戳，看一看邮戳。嗯……她喝着茶，上身伏到桌子上，深色的发辫中有几根白丝。或者，是灯的反光？茶室的顶棚上，几个金色的纸球在转动，纸球上闪闪发亮的小鱼仿佛牲畜身上的苍蝇。灯光使得她苍白的脸庞、她紫色的嘴唇线条更加清晰。英语教师于是问她是否愿意星期六晚上出去走走。晚上？晚上冷。没有那么冷，已经是二月了。马上就进入三月……三月，已经有人用扇子了……出去转一转，去咖啡馆、电影院。果阿女教师立刻坐直了身体：我喜欢看电影！

她们在初修课女教师住的那条街的街角分手。埃斯特尔掉头去买些小东西，她望着多拉急匆匆地穿过相思树丛，望着街灯照耀下她的身影，纱丽轻薄的布料随着晚风飘动着。她是急着回家再次读信呢，英语教师推测。她可以发誓一定是这样。在玉湖茶楼喝茶的时候，她好几次打开钱包检查里面的东西，好像我们有一件珍贵的东西，需要看到它一直都在，摸一摸它，让自己放心。

小小地采购一下，埃斯特尔买了一个芝麻饼当夜宵。回学校吃晚饭已经来不及了，不过，这样也好，晚饭总是最差的。莫非女厨师们急着早早上床睡觉是为了赶去做清晨弥撒吗？谁知道。其实，虽然她们不是修女，连修道院的杂役嬷嬷都算不上，可这些中国女人，她们是信教的厨师。准备每天的饮食，或者说，饭，掌握着学校所有人员的生命，女厨师们几乎就是学校的上帝。但是，说到饭，那不过是中西风格参半的难吃的混合物。玉湖的才是美味，既好吃又便宜。醒脑舒肝的燕窝茶、豆馅点心、叉烧包。所以，芝麻饼是她留到十点、十点半，留到批改完作业本之后的一道美味。英语教师一边走，一边静静地想着，突然，一个意想不到的急切的愿望袭上心头：唉，要是我也收到一封信！如果我到家的时候，有一封信在那里等着我！批改完学生的作业，一边品着美味：咬一口芝麻饼，喝一口茶，还有一句令人陶醉、快乐的文字。信，有益消化的伴侣，像调味品一样。她看了看手表：放慢脚步，留出时间，等同事们吃完晚饭，餐厅的百叶窗关闭，每个人都各归各屋。现在，埃斯特尔不想跟任何人讲话，只想一个人思考，一个人痴痴地想信的事情。她停住了脚步。我是在想情书吗？当然。一封封情书比爱情更好，因为信有更广泛、更自由的含义。唉，信啊，文字啊，我的软肋！她加快了脚步，大铁门七点关闭，她忘记带便门的钥匙了。

让她奇怪的是，在玉湖喝茶的时候，果阿女人竟对前一天收到的那封焦急期盼的信只字未提。如果她，多拉，事先能如实相告，她就不会这么没有耐心，这么急不可待，而是会像一个后悔的女人那样拖拖拉拉。她打赌一定是这样。仿佛一个人要把值钱的东西分给他人那样。这种情况下，分享意味着损失，意味着彻底失去。

甘多拉战胜了一吐为快的冲动,甘多拉,还好。就这样,多拉回到家,女房东替她刷干净外套,送上热水,而她所关心的,是那封信。关心和不信任。他真是这样说的?自己真的懂了?真想第十次、第一百次从信封里取出那张纸,展开它,一个字一个字地品味它字里行间的含义。现在,埃斯特尔已经不担心大铁门,她想的是批改完作业本后的那一块杏仁饼、一块芝麻饼、一块蛋糕。情书不能与人分享。这就是为什么中国的诗人们总要用句号的原因吗?不苟言笑、睿智的中国诗人。她来到了花园,已经登上了通往学校的台阶,等待英语教师的是什么?正是她锁在抽屉里的那张写满中文字的宣纸。她常常拉开抽屉,展开宣纸,闻一闻它的香味,长时间地看着它,仿佛是在品味一幅画。哎,她是多么理解果阿教师的缄默啊。情书,封闭的花园。她的神秘朋友寄给她那封秘密的信件,她决不会说与人听,决不会亵渎它。

现在,英文部的女教师一步迈两个台阶地走着。在房间面对窗户的桌子上,有一摞作业本。责任,正在那里等待敬业的她。责任和幻想。只是后者,不幸地被紧锁在抽屉里。于是,埃斯特尔开始工作,背着抱着一样沉,哗——哗——哗——,翻页,唰——唰——唰——,红铅笔。唉,这些女孩子真马虎,什么都不懂!凉飕飕的小风从窗户缝吹进来,竹篾编的灯罩发出嘎吱嘎吱的响声,嘀铃——嘀铃——,走廊里的风铃在响。这些女孩英语说得流利,可是,她们的书面作业却一塌糊涂。一、二、三……三十个作业本。三十五。四十。先看作业本,然后是信。信、茶和点心。不仅因为好事多磨的原因,而且因为这是一件庄严的事情,需要仪式。因为在一间接一间毫无舒适感可言的孤独的宿舍里,这是一件重要的事情。

终于批改完了作业,女教师放下笔,点上了酒精灯。我这里有一封情书,谁能想得到?!现在,我要仔细品味它,自上而下,从右到左,从前到后。茉莉花茶的香味。信纸散发着墨香。谁能有如此神秘、如此有艺术气息的信?一封信好像一幅画!神圣的树林,她的神秘朋友。云中君,南天门,还有尚无人跨越的南天门:又一条驾御西海妖魔的龙?香味,信的温暖。我是不是常常在这里看它、幻想它、虚构它?

她再次把宣纸卷起来,用丝线捆好,藏进了抽屉里。冬夜里一弯清冷昏黄的新月。躺下,夹好蚊帐的夹子,熄灭了灯。隔墙的另一边,邻居也熄了灯。会不会有一天将秘密告诉邻居?会不会把信拿给她看?黑暗中,眼前仍然浮现着那些或弯曲、或笔直、或精准、或严格的线条。一颗心和一只小鸟:高兴?一颗心和一把剑,天晓得,激情。她眨了眨眼睛,眼前一切如故。仍然是老样子,一成不变的老样子。一个永远不必承诺、永远不会反悔的诺言,因为这是从未被说出口的诺言。

英语教师和初修课教师约定每个星期六在玉湖茶楼相聚。一个长期的约定,除非有某些意外发生。今天,甘多拉就很忙:我正在为四年级学生的一节植物课做准备,我们要去菜园采集植物。从今天开始,一个星期以后,埃斯特尔说,考试的班级星期六要加课。无论如何,玉湖茶楼是两个女教师之间的纽带。说到底,是埃斯特尔在那个初冬的早上到人声鼎沸的码头接来的果阿女教师(那么多行李,她的行李里装了什么?),在她翘首企盼来信和因收到来信而激动的时候,是埃斯特尔陪在她的身边。而且,在一个星期的工作时间她们很难相聚:她们分别在学校的两个院子里工作,就餐时间,两个人分坐在餐桌的两端,坐在长凳上的一排排中国教师将她们两人分开。无论如何,也许就算没有胃口吃饭,每逢周末,多拉也总会压低声音用蹩脚的中国话说:四点,Yôk Wu[①]!埃斯特尔:好,四点!或者,不行,真遗憾!从今天起,下个星期六!玉湖,舒适的小店,那种带酸味的提神的茶,旋转的茶色灯上绿色的鱼,还有墙上的架子上摆放的道教徒们的圣母。果阿女教师永远与女神相对而坐。

  星期六,玉湖。除此之外,她们从不在一起散步或看电影。甘多拉经常一个人去看电影。埃斯特尔远远看到她坐在观众席靠后的位置,面色凝重,完全沉浸在剧情中:假装没有看见她?星期天下午坐三轮车去兜风的时候,英语教师的同伴是隔壁房间的同事。埃斯特尔和萧和华,两个人事先没有任何约定,没有。一切的开始纯属巧合,更确切地说,是一次阴差阳错。一个星期天,她们两人中的一个在新马路叫了一辆三轮车,在相距只有六步的地方,另一个人也在叫车。三轮车在两个人中间停了下来。你的,萧说。不,是你先叫的。两个人谦让着。请!你请!几秒钟的客气。夏天。倾盆大雨之中。这种时候,车夫十分抢手,生意兴旺:嘀铃——嘀铃——。粗鲁,车夫?给一个折扣。从早到晚弓着脊背蹬车的朋友挣着可怜的车钱,还讲什么礼貌?至少,她

[①] 粤语:玉湖,指玉湖茶楼。

们是这样理解的。她们满身雨水，一先一后迅速跳上车，擦了擦脸上的水。你去哪儿？中文部女教师问。这个嘛，我能想去哪儿！……澳门一个下雨的星期天，最希望的莫过于一辆三轮车，不是吗？两个人都开心地笑了，不仅仅因为她们有了三轮车，还因为这场相遇和她们彼此的合拍。她们将从头到脚盖严的油布边扣好。告诉他带咱们随便去哪都行，咱们要的是消磨时间，埃斯特尔说。随便去哪？萧皱了皱眉头。不行，他不会懂得"随便去哪"的意思。

埃斯特尔的头脑里常常有这样的画面：一辆拉着帘子的三轮车里坐着客人（男人？女人？），车夫毫无顾忌地在街上跑着。这些车要去哪里？有人会说，城外也许正有另一辆三轮车向相反的方向驶来，两辆车几乎碰在一起，一只戴着手套的小手从车帘旁伸出来仿佛一只小鸟。一想到这些，埃斯特尔建议说：带我们去华人区！华人区？萧感到吃惊。去华人区做什么？两个人现在可以随心所欲，消磨时间，打发她们自己和她们的孤独。她们一边笑着，一边嗑着瓜子。不久之前，她们的关系还仅限于在教师之家的走廊里相遇时互致 *good night*[①] 或 *good morning*[②]，或者在就餐递过酱油时的一句客套。我刚来的时候，在那边住过，就是新桥，住过大约三个月，英语女教师解释道。她高声说着，生怕自己的话被车轮声和噼噼啪啪的雨声吞没。依着我，我想去南湾，中国女教师建议说。南湾总是微风习习，新桥简直是一个火

---

① 英语：晚安。
② 英语：早安。

炉。三轮车似乎正在穿过一条小街,在黑色油布笼罩的黑暗中,两个人几乎看不清对方。这时,萧拉起英语教师的手,很优雅地为她号起脉来,仿佛一位医生在给病人看病:哎,几乎摸不到哦……然后,开出了"药方":一杯饮料,喝点东西,一杯冰镇冷饮吧。她也给自己号了号脉。是出汗的缘故。澳门,澳门的天气很容易让人心神不宁,令人血压突然降低。她忽然感到自己听不到女伴的声音。能听到她的声音就好了。太热的结果,炎热灼烤,人的皮肤像菩提果的皮显得粗糙而又油亮。现在,埃斯特尔才注意到女伴的脸色苍白。此时,女伴解开了油布的一角,叫住车夫,交给他一枚硬币,让他去买两个冰激凌。

她们经过民政总署大楼。一些人正在骑楼下避雨,其中一个人的身影,埃斯特尔可以发誓……这时,暴雨小了,三轮车拐向冷饮店所在的街,中文部的女教师再次安慰女伴不必胡思乱想:马上就好了……我们喝一杯冰镇芒果汁怎么样?疲乏的时候有米汤喝才好。*I'm fine*①,埃斯特尔一边说,一边向骑楼下那个身影瞥了一眼。真想让萧把自己放在那边,一个口信,那就是一个口信,一个约定。不过……人们经常遇到这样的情况:眼前的东西并不是我们真正看到的,而是令人眼花缭乱的东西。埃斯特尔,那就是你的假想朋友,神秘的朋友。说到神秘,它存在于澳门的每一个角落,每一个街角。她信任的并与之相约下雨时同乘一辆三轮车的女人在城里兜着圈子,当来到一个十字路口的时候……一切都像是事先

---

① 英语:我很好。

安排好的,与车夫约好的。在十字路口,一个男人叫停了三轮车,似乎这是一辆空驶的三轮车,而他正好站在那里。无论男人或女人,永远没有人承认或能懂得这一切。安装着柔软坐垫的三轮车穿梭不停,座椅下放着一个保温茶壶。人们在车上或谈情说爱,或密谋私语,或交易白粉。

穿过三盏灯前地,萧一边命令车夫加快速度,一边小声对埃斯特尔说,三盏灯前地,那个幽暗的房子,你没有听说过?有人去那里敲门,一只手来开门,只有一只手。关于鬼的故事。那些鬼,只是身体的一部分。自杀事件。绝望的人投井,用一根缝衣线上吊的女人。中国女教师在三轮车的脚蹬上蹭了蹭鞋。你相信这么离奇的事情吗?埃斯特尔问。这个嘛,不信,但也不能不信。事实是,就像有怪物存在一样,有天生没有双臂的孩子、怪模怪样的人和邪恶的人。正如世界上存在奇妙的事物,珍稀的金属矿藏藏在地下深处,金子藏在江底。橘子皮有驱邪的功能,就像一些花可以提神。中国有一种树特别能招引猫。

在接下来的那个星期六,英语女教师在玉湖茶楼提起了萧和华讲到的那些怪诞故事。果阿女人划着十字,说:鬼缠上我了……她的房东,她一向很信任她,总是向她的头脑里灌输很多稀奇古怪的事情,然而,她一概不信,女房东只好作罢。并不是她对这些故事无动于衷,相反,她甚至感到很好奇。万一我害怕怎么办?万一我睡不着觉怎么办?你不是习惯早睡吗?埃斯特尔说。唉,这里到了晚上能做什么?有一天你曾经说过你喜欢看电影,你喜欢上个星期天的那部电影吗?星期天?我看电影?对啊,我在那里看见你了。你看见我?没错,就是那部很长很浪漫的中国电影。没有,你搞错了,那不是我。她用指节敲着桌子:*Fóh Kei*①!添茶!在澳门,她其实只去过一次电影院,就是刚来的时候,看的是一部悲剧片,让她睡意全无。她不耐烦地用指节敲打着桌边:*Sai-Kô*②!她的食指上戴着一个欧泊戒指,埃斯特尔不认识这种宝石。这时,见女伴紧张、掩饰、撒谎,埃斯特尔:我搞错了,看在友谊或者我们的交情的分儿上。甘多拉起身向后厨走去:伙计去哪里了?她举着手,七个银手镯意想不到地发出叮叮当当的响声。埃斯特尔:如果你觉得可以信任我,我们两个身在异乡的人在这里,必须彼此……从前,是有这种说法,即便是在今天,单纯的人之间,或许修女们之间仍然这样说吧。不过,修女有她们的纪律、她们的苦修。罗莎·米司蒂卡曾经悄悄对她说过,修道院里最难的正是集体生活。无论如何,人际关系就像河上的桥:桥拱支撑着整座桥,付出气力、勇气,总之……有时,河上倒映着树木、房舍、灯光,两岸的人们修建起她们的花园,人和景物会换到河的另一边去吗?多拉迟迟没有从后厨出来,她一定是自己在泡茶。桥的作用是供人行走,那些来来往往的商贾行人,对他们来说,河也好,两边的河岸也好,全然没有任何意义。

伙计不见了!果阿女人回到茶室,嗓音嘶哑地说。

---

① 粤语:伙计。
② 粤语:细个,葡萄牙人根据广东话发音对那些中国勤杂工的称呼。

上了年纪的人在灶旁的角落那里睡觉。她重新坐到桌旁，倒尽了壶里的水，陷入了沉思。每次见到她这副神情，埃斯特尔都不禁要问：想果阿了，是不是？她摇了摇头：别提果阿！……不管怎么说，那是家乡，热爱家乡，一句挂在嘴上的话。她在果阿已经没有什么人了，父母和近亲都已经故去，就连她在那边教授的葡萄牙语也不例外，上帝，一切都走到了尽头。她不安地笑了笑。Sai-Kó终于出现了，她们叫他添了茶水。家里的房子——多拉继续说——包括房舍和院落全都卖掉了。她还记得，自己儿时经常坐在院子的榕树下，黑色的大蚂蚁咬她的脚。蚂蚁和松鸦。永远吃不饱的松鸦肆无忌惮地吃着，吃净了果阿。她想起了自己与一位神学院的学生在墙头上的初恋，那个时候自己大约十八岁。埃斯特尔猜测她也许是1961年离开果阿的，其实不是，那个时候她已经在葡萄牙里斯本了，是跟随一个与葡萄牙人结婚的姑姑去的。桌子上的茶香气四溢。她们喝着茶。多拉暗示不想谈她的姑姑。有时，人在独处的情况下反而能更好地找到方向，因为他们跟随自己的步伐行动，留下自己的足迹，尽管有时是在后退。多拉缓慢而长长地看了埃斯特尔一眼，就像她长长的名字——甘多拉·丽莲娜·迪瓦。她打了一个手势，似乎是在问：难道她值得我信任？然后说：你对中国人有好感，与那个中国女教师走得很近。是，我们是邻居。嗯……中国人……那一双眼睛后面的是什么，你说说看？细长的眼睛……她又打了几个喷嚏。天啊！茶里放了姜，我打赌。中国人……我宁愿一个人。埃斯特尔经常看到她一个人在新马路、营地街市和一家家商店进进出出，逛遍所有的店却什么都没有买。她们静静地喝了第二壶茶。之后，甘多拉说下一个星期六她会很忙。好吧，那就下下个星期六，埃斯特尔毫无把握地说。她们知道，推迟一个又一个星期六的聚会也许正是以后要发生的事情。面临塌陷的桥，她们此刻却无动于衷，尽管双方都像是两个随波逐流的落水者。

来到茶楼的门口，她们中的一人撒下了一张网，不知道是埃斯特尔，还是果阿女人：你走这边？不，我去那边。然后，她们分手了。

尽管如此，也因为澳门太小，太没有新奇的事情，在下下个星期六，在餐厅，甘多拉坐在餐桌的一端：四点，玉湖！好，四点。星期六，一场密谋。玉湖，一个暗语。

然而，了解果阿女人生活的人不是埃斯特尔。学监？正是学监。罗莎·米司蒂卡和她实现不了的想做可以听人忏悔的神父的愿望：如果我是神父……免除口头忏悔，如果我是神父。有人对神父忏悔述说自己的罪孽，荒唐，与其忏悔不如不造孽。对于她来说，只需看一看人们的眼睛：眼睛不是心灵的镜子吗？从忏悔转移到老鼠药：天啊，我差一点忘了！明天，一个都不能少。一大早要放置砒霜。教师之家的老鼠甚至咬噬盥洗间里的被单，它们从山坡台地上的鼠洞窜出来，与狗争食。以制造灭鼠药闻名的学监把鼠药与米混合在一起，用一张纸放到各个角落，于是，老鼠疯了，东倒西歪地在走廊里窜，中国女教师们便给予它们仁慈的一击。这时，罗莎·米司蒂卡的思绪回到了忏悔问题上。近来，埃斯特尔的眼睛常常一闪一闪地显得心绪不宁，这在女人们来说……可是，关于那些不是修女的女人们，关于外面这些女人们，嬷嬷知道些什么？她耸了耸肩：她们之间有什么区别？她在床边坐下。在这里，客人都是坐在那张床上的。只有一把松木椅子。更有召唤力的是床。埃斯特尔最近瘦了：有些不舒服？学监站起身，将一个小包放在书桌上：松花蛋，可以利肺。下次带些自己种的小萝卜来，她在修道院的菜园里有一小片地，种小萝卜和中国黄瓜。告辞。别急着走！埃斯特尔拉住她的衣袖。修女的脸一下子亮了起来：你是说让我陪陪你？如果诸事不忙，我会经常来。时间。都是时间的问题。罗莎·米司蒂卡站在那里，一脸严肃，腕上戴着手表，念珠垂到腰部，俨然严苛而虔诚的帕耳卡①。

真漂亮！埃斯特尔指了指手表。银的？不是，锡的，我家的纪念物。我父亲说：至少你带着它吧！院长嬷嬷同意我戴着它。她向门口走去：我皈依教门违反了父亲的意愿……再坐一会儿吧！英语教师坚持着。但愿能再……连埃斯特尔自己也不明白这声音是从自己口中说出的，还是从客人口中说出的。然而，罗莎拍了拍床垫，抚平自己身体刚刚在床上留下的印记。父亲真可怜……她挺直身体：现在我该走了！做晚祷已经迟了。我必须走了。声音显得勉强……罗莎还是没有能抛弃世俗以获得永恒的救赎。人性的弱点，埃斯特尔想。弱点，抑或是，天晓得，为了志向而付出的代价。这种状态代价昂贵。这样，婚姻呢？生育呢？上帝，然而，更昂贵的一定是上帝的爱。学监已经一只脚室内一只脚室外，却还在劝她蘸着辣椒吃松花蛋：松花蛋，很有营养，辣椒开

---

① 罗马神话中的命运女神。

胃。埃斯特尔最近瘦了,她还年轻,需要营养。

罗莎·米司蒂卡也年轻,只是她长得强壮、敦实。台阶的顶上,埃斯特尔看着学监迈着家禽特有的小碎步走过篱笆墙,她的头巾仿佛屋檐下接雨的水斗,肩膀和圆圆的脑袋形成一个 T 形十字架。为什么请她留下?为什么?罗莎一定非常高兴,因为她觉得自己有用,不仅有用,而且被人爱戴。但愿上帝允许这样"被爱戴",不会认为这有违规矩。而我,那样坚持请她多坐一会儿,正是为了讨好她,为了补偿她。我,大家看,我是多么确信自己的生活与她的生活完全不同。然而,说到底,谁都不能过另外一种生活。罗莎不能,她是为了她的牺牲精神,舍弃了另外一种生活,埃斯特尔也不能,真想知道她的秘密。

英语教师回到房间,撕起纸来,她感到怒火中烧,呲——呲——,像是在撕漂白布。真想拿起钥匙,打开抽屉。呲——呲——。萧和华:我要把这一期合同做完,你呢?像这样的家,在这种地方,谁能夸口说自己是独立的?独立意味着隐私,意味着空间,可是在这里,这样的观念只是美丽的屏风。所以,梦,噩梦才会缠上埃斯特尔。她深夜醒来,却不知道自己身处何方。楼道里,有嬷嬷的房间,有姐妹们的房间,还有,天晓得,萧和罗莎·米司蒂卡的房间。所有人的房间——果阿女人的房间不在那里,自己从来没有梦见过果阿女人。甚至梦见不认识的人,女人,全都是女人。梦见走廊里的她们的房间,而不是她们的宿舍里面。我的房间呢?我的房间是什么样?她跳到地上,糊里糊涂地摸索着墙壁、床栏杆、蚊帐的纱幔。清醒过来让人感到松了一口气。她把前额靠在隔墙上,喘着粗气:唉,我独自一人,我自己面对自己,我得救了!

关于女教师们住的六个小房间,学校里流传着可怕的故事:从前,表现差的、染上坏毛病的、卖弄风骚的女住宿生就住在那个门口有人看守的院子里。一些学生从紧挨着山丘的后院逃出去,甚至还曾有一个学生企图自杀,她的名字是一种花的名字。"说"这些话的人是阿萍,那个每星期一来给埃斯特尔换洗床具的天生的哑巴。比那些故事还要可怕的是阿萍本人,她的呼哧声,她的愤怒,她扭曲的嘴唇和怒目圆睁的样子。当校长让人在后门安装铁栏杆的时候,女学生们一连绝食三天以示抗议。阿萍用三根粗壮的、颜色像烟丝的手指按住嘴巴。美丽的花儿!哑巴用手摸着她消瘦的脸。美丽而不幸。她走了。

那是真的吗?算了,传言罢了。那个阿萍……星期天,萧和华与埃斯特尔一起散步。*Sam-lun-ché*①!*Sam-lun-ché*!带我们去海边马路!带我们去西望洋观景台,去卢廉若花园那棵大树!荒芜的花园有五棵笔直的大树,曾经的一天,大树的枝蔓低垂,掩护着官吏的女人在此偷情。带我们去那边,*pang-yau*②!

内港,舢板轻轻划动,桨声阵阵。三五成群的女人在墙边或织补渔网,或在油灯下卷爆竹。一股干鱼的腐臭味。这时,中文女教师讲起她和外婆离开中国时的情

---

① 粤语:三轮车。
② 粤语:朋友。

景，那年，她十一岁：她们带着路上吃的食物，有腌制食品、鱼、蔬菜，危险的是咸味会出卖出逃者，可是，熏肉只有冬天才有。至于水果，水中花镜中月，那一年，谁都没有水果吃。埃斯特尔没有问她们是否挨饿，这种事情不能问，似乎不妥。关于饥饿，中国人对此保持沉默，就像是面对一个畸形的人，或者是老太太们口中的魔鬼。那个时候，从中国逃出来的人里不仅有妓女和社会边缘分子，也有一些有文化修养或良好家庭背景的人。她的一个远亲带着女儿偷偷渡河过来，偷渡的人中也有一些有钱和有地位的人。现在，那个小姑娘，多么大的变化哟！那些随同光脚汉们一起来到澳门的女人们，有的融入生活，有的委身小船变成置家女，成了被人看不起的阶层的一员，她们，可是……我的远房表亲，就是那个小姑娘，现在——谁能想到？——做了香港一个丝绸商人的新娘。全都是因为运气，因为在娱乐城的一次选美抽奖，看，这就是结果。她用半开玩笑的口气说起那种选美抽奖：每位女孩被套在一个口袋里，男人通过触摸选出最美的。江惠是所有女孩中身材最好的。有时，有钱的中国人会照顾这些初出家门的女孩，将她们纳为妾，或者直接收她们为义女，之后，送给她们陪嫁。善良的中国人。男人只要没有与一个女人约定终身，便不会为难她……三轮车在往哪里去？上帝！萧拍了拍手：我说的是卢廉若花园！第一个街角左转！有些时候，不要说没有女人为追求男人而迷失，她们会迷失，会的，那是因为男人所表现出的样子。她侧目看了一眼女伴：在西方也这样？她不了解西方的习惯。表亲、姨妈，血统高贵，她们的老辈人中有一位曾经是清代掌握生杀大权的人物，作为他的后人，这是多么大的污点！在一个没有月亮的夜晚，他的后人——孙辈的甥女们——渡过了鸭涌河……哦，不过，嫁入豪门已经是一种补偿了，埃斯特尔说。可不是嘛。咚咚，鞋子在跶车厢的地板。这个人为什么不听我的指挥？卢廉若花园！她大声喊道。慢一点，我说慢一点！聋子，*the old chap*[①]？迷信而且胆小的三轮车夫们都不喜欢荒芜的园子。带我们去西望洋观景台！带我们去海边马路！

两个人散步归来回到学校的门廊。那是谁？头上蒙着头巾，只露双眼？甘多拉。发生了什么？你怎么了？她说不出话。是牙出了问题，疼到牙根的酸痛，她已经用米酒漱了口，吃了阿司匹林。萧立刻表现出她对医道的了解。到我的房间来，我给你药。除了护士修女，一位上了岁数的爱尔兰女人（像松针似的注射器，几勺蓖麻油，她的灌肠剂），除了她，萧在这里随时准备给人治病。女学生们都愿意找她治瘙痒、小疾小恙和香港脚。那些装着黄色粉末、紫色软膏的小盒子，那些萧自制的药品，那些玫瑰色的小瓶子，好看而且香气扑鼻，泡制的草药，吸液或给药用的胶皮软管。于是，那天晚上，甘多拉穿过篱笆墙，登上通往教师之家的那个台阶，坐到了中国女人的床边——谁说我不能喝这种水——她张开肉嘟嘟的嘴，露出牙齿。哎哟！哎哟！抹一抹，上药，*pá-fá-iáu*[②]，热水，多喝热水，萧和华建议说。埃斯特尔将果阿女人送到门口：要我陪你吗？不，我现在感觉好

[①] 英语：老家伙。
[②] 粤语：白花油。

些了。我怕牙医。如果中文女教师能治好她，她一定要送给她一件礼物。这时候的天已经暗下来，在台阶的最后一层，她绊倒了，脸贴到了地上，因为一脚踏空，因为急躁的一步，这时，她的牙、她的头巾似乎要飞上天去。一到家，我就把下巴扎起来。一定要用 *pá-fá-iáu*，这对你有好处，并且要喝热水。英语教师一直陪她走到马路上。在街灯的照耀下，多拉的身影变得扭曲，变得黝黑而又带着青色。我陪你吧。不，不用。她颤抖着。你觉得我有了中国老师的药，是不是可以不用去看牙医了？肯定不用。楼房底商铺的门口有一个身影：*Quién está ahí?*① 特立尼达问。是我们，甘多拉老师牙疼。哎，去找 *la maestra china*② 吧，祈祷圣阿波罗尼亚③吧！埃斯特尔叫了一辆三轮车，将多拉扶上车，多拉自己将地址告诉了车夫。路灯下，甘多拉身体僵直，从头到脚裹得严严实实，只露出像鹰似的眼睛，俨然一个埃及木乃伊。

特立尼达一边锁上大门，一边继续说，用火针就好了。火针？对，对她来说，用火针治疗 *muela del juicio*④ 很有效，六下。疼吗？埃斯特尔问。*Pues*⑤！这样才能治好。天啊！叫天也没有用。火不但可以消炎，还可以使伤口愈合呢。她走近前来：《圣经》里写呢，上帝就是火。知道炼狱里的灵魂吗？轻微的罪过难道不是用炼狱的火净化的吗？她小声说着，显出西班牙教徒特有的笃

---

① 西班牙语：谁在那里？
② 西班牙语：中国老师。
③ 牙医学的守护神。
④ 西班牙语：智齿。
⑤ 西班牙语：当然。

信得近乎痴迷的样子。所以,火被用作矫正和惩戒手段。健谈的特立尼达转动钥匙,咔咔,然后,将钥匙串系到腰间,登上台阶。最后几缕阳光照在拾级而上的特立尼达身上,使她看上去俨然一个赴火的殉教者、一片以西结①的带火的云,正追随着圣灵步步上升,那正是上帝的荣耀。修女似乎悬浮在空中。高处,铛——铛——,教堂的钟声在召唤她去做晚祷。

第二天,多拉真的必须去看牙医了,是埃斯特尔陪她去的。她很害怕。她的槽牙松动了。万一遇到的大夫是那种动不动就拔……拔掉一颗牙就像项链掉了一颗珠子,所有的珠子都会散掉。万一遇到的大夫是那种"屠夫"型的……而且,中国的牙医是出了名的。没有办法,讨人喜欢的"埃萨乌"大夫现在正在里斯本。不过,午饭时,萧小姐:喝掉这个,必须喝……多拉吞下一种橙色的带苦味的液体,做出一副苦相。在去看牙医的路上,她抱怨道:五脏六腑都被烧着了,那是什么药?我有些头晕。多拉一下子变了许多,变得那么谦卑。她的清高、她的那种距离感哪里去了?埃斯特尔想。虚荣心。也许与其说她有虚荣心,倒不如说她腼腆。别怕萧小姐,她的药很神奇呢。你这样认为?"腼腆"这个词也不合适,可怜的人,有什么好腼腆的?不管怎么说,果阿女人,体格先天不足,佝偻着胸,吓得直打哆嗦呢。埃斯特尔让她扶住自己的胳膊。如果萧看见你这个样子,一定会给你开一剂补药。住嘴,别再跟我提那个萧了。我都要死了,那个中国人还能让我吃什么药?

---

① 《圣经》人物。

牙医的候诊室是一间面向院子的隔间，四周摆着十二张椅子，全都坐满了人。从里面走出来一位上了岁数的小脚女人，她一摇一晃地走着，鞠了一躬，走到祖先的祭坛前点上蜡烛。候诊室里几乎有些昏暗。热得要命。墙上有许多面镜子，埃斯特尔透过其中的一面打量着多拉变形的脸。在学校时，在她的衣柜镜子前，在院子里衣帽架的镜子前，所有人的脸在镜子中都是变形的。几点了？病人问。是她在低声私语，还是根本没有讲话？咕噜——咕噜——一位女病人正将漱口水吐到一个碗里，腿上放着一副假牙。镜子像一幅幅画。镜子上只有烫金的字。映衬出多拉肿胀的脸的那面镜子的左上角还有一弯新月：吉兆？果阿女人握着她的手，祭坛的烛光映到她的欧泊戒指上。埃斯特尔，你在想什么，埃斯特尔？她似乎感到后悔：那天，我对你撒谎了，我不是故意的，我也不知道为什么，我说我没有去看电影……看你，人总是到临终前才后悔呢。谎言，但是，谎言总是短腿的。这时，甘多拉对她耳语道：很久前，我看过一个片子，中国的牙医给人拔牙不用麻药……埃斯特尔：她已经忘记了曾经对我撒谎的事情。或者，她习惯这样？放心，这是一位名医，看，病人送的礼物，那些镜子！就在这时，一只猫走了进来，萧曾经对她说过，古代中国，猫与人的痛苦相关，与人的喜怒哀乐相关。要看是什么种。耷拉着耳朵的中国种，马来种的尾巴上有一个结，日本种没有尾巴。牙医的这只猫体形硕大，毛很浓密，它挨个打量了病人们一番之后，在他们的腿上蹭来蹭去，然后，径直爬到埃斯特尔怀里——因为埃斯特尔不是病人？它的爪子凉凉的。它一弓身跳上了窗户，神奇的一跃立刻出现在一面面镜子里。最后，退场仪式：它，一只优雅的猫，一只肥胖的猫，一只被阉割了的猫。

这时，在圣达菲学校里，特立尼达正急于知道 *la maestra indiana*① 在牙医那里历险的情况。对于不用麻药做手术这样的事情她不会不愤怒：*Sin anestesia? Madre mía! Esses charlatães, esses saca-muelas*②。损失一颗牙，真可怜！换了是她，看他们敢对她这样做。她笃信神圣的火炼金丹术，是虔诚的女祭司。

然而，事实是果阿女人拉着埃斯特尔的手一声都没有吭。真的？因为萧给的药，毫无疑问。这些中国药……可以治疗恐惧，治疗忧郁症，治疗相思病，治疗各种不良状态，而且是在任何时候都可以。那天晚上，埃斯特尔听到墙的另一边中国女人在哭。她不但听到她的哭声，还透过墙板的缝隙看到她的邻居一边以泪洗面，一边正在喝着什么液体。茶？不是。以茶当药，不会。是某种药。某种万应灵药。如果是茶，埃斯特尔会听到酒精灯的火焰发出的声音，呼——呼——，并会在天花板上留下蓝色的小星星。

从中国逃来的人数每天都在增加。深夜，一声枪响，两声，三声。一只木筏渡过了河。每星期四，穷人在广场上排起了长队。这很自然，对于一个闹革命的人，摆脱了死亡的威胁，萧和华说。英语教师经常去新马路尽头那家大陆人开的商店与会说英语的店员聊上几句：每

---

① 西班牙语：印度老师。
② 西班牙语和葡萄牙语：不用麻药？圣母啊！这些江湖医生，这些骗子。

天大约有七十多个难民来到澳门，是真的？噼啪——噼啪——，店员低头打着算盘，不理不睬。找零钱——真奇怪！——零钱，一张薄薄的纸。埃斯特尔在宿舍偷偷地仔细察看着这张纸，好像是在读珍藏在抽屉里的那封信。然而，这张纸上内容字迹工整，是用英语写的一首悲惨的诗歌。当一船瞎子的新闻在那天早上传遍澳门的时候——用学监的话说，码头来了一条幽灵船，一个瞎子掌舵的一条破烂的舢板——当一船瞎子的消息传遍澳门的时候，似乎是一个巧合，埃斯特尔来到大陆人开的商店。店里没有顾客。钟先生，像发电报似的说出干巴巴的两句话：*Born blind. Mothers ate maize stones*①。*Maize stones* 就是玉米棒芯？

不仅活人可以每天拉开竹幕。不。死人也可以。一个父亲，一个母亲，孩子们将死者藏匿起来，而不是去焚化，不少尸体漂浮在珠江上或被某个破箱子带上香港的海岸：流浪狗围着尸体嗅来嗅去，狂叫不已。

然而，在澳门，葡萄牙人、军官们和他们的女人们，从新马路直到大陆人开的商店：香樟木的箱子多少钱？一件花梨木家具或螺钿家具多少钱？昂贵的物件、珍稀之物、明代的瓷器，大陆人开的商店里的所有商品。葡萄牙军人。外国海员。远远停靠的一艘美国船、一艘意大利货轮。营地街市，闹市区，澳门到处都是穿制服的人。赌博震耳欲聋的喧嚣彻夜不息。星期天，萧在与她的邻居一起散步时常常谈到这种局面。她还谈到酒店里

---

① 英语：先天失明。母亲们吃了玉米棒芯。

发生的事情：一个中国女人可以接待每一位客人，却拒绝接吻。还有福隆新街的故事。萧什么都知道。关于枪声。今天早上你听见了吗？是那些盲人。红卫兵当然视而不见。连白天黑夜都不分的人闹革命有什么用？那个时候，埃斯特尔从墙板的缝隙看到中国女教师在哭，在喝一种带着咸味的东西：她自己的眼泪？英语教师相信，那个东西是咸的。她偶尔走进邻居的房间，茶杯的底部有盐的结晶。邻居迅速盖上了茶杯盖。很可能是药用盐吧。就算是饮泪也挺美。浪漫。我？我喝什么？《圣经》说，人"吃饭必忧虑，喝水必惊惶。"① 埃斯特尔，你的那个秘密，妙不可言的秘密的琼浆玉液，精华之所在。秘密和恐惧。至于甘多拉……甘多拉，那是一个谜。在玉湖茶楼，果阿女人盯着女伴的眼睛：你晚上到军人那里去了，埃斯特尔？星期天的下午，在三轮车上，只要话题涉及到爱情、婚姻，萧便会打断谈话催促车夫：*Faiti！Faiti lai！* 然后，就开始讲澳门流传的关于鬼的故事：害了自己性命的那些倒霉的人们，可恶的鬼，想想吧，那些只有手和脚，没有头的鬼：一个头漂在水面上，像美杜莎②的头。学监呢？罗莎·米司蒂卡靠什么灌醉自己？用圣水吗？

在学校，学监有时会成为关注的焦点：因为她年轻？因为她有朝气？罗莎喜欢戏剧，喜欢排演戏剧，尤其是喜剧：排戏，给演员们穿上服装，给她们提供帮助。这

---

① 《旧约·以西结书》第十二章第19节。
② 希腊神话中的蛇发女妖。

就是学生们听她的话、信任她的原因？可能。结果：偶尔也会有闲言碎语流传。现在，就有传闻说，很早以前，学监的本名叫阿尔德宫德斯。阿尔德宫德斯？！防疫队来学校进行每学期一次的霍乱疫苗预防接种时，老师和学生们出示身份证。阿尔德宫德斯，我看见了！生于1931年。我发誓！其他教徒，几乎都是上了年纪的人，有法国人、爱尔兰人、奥地利人、一个日本人、一个俄国人，所有的人，都对她心存敬畏。可是，罗莎是一个快乐的人，而且是一个友善的葡萄牙人……也许是叫阿尔达·宫德斯，为什么不是呢？宫德斯，西班牙人的姓，她是与西班牙接壤的边境小镇维拉尔福摩索的人。维拉尔福摩索？她是在澳门出生的，我看见了：出生地，澳门。可是，好混乱哦。私底下议论嬷嬷，偷窥她们的生活，这样很不好。更何况，阿尔德宫德斯，一个不再被使用的名字，与她已经没有什么相干。还有一次，住宿生们，天啊，那些住宿生，谁知道她们胡思乱想什么！这一次，不仅仅是在葡文部，连英文部和中文部也在传。在课间，住宿生们一边嬉戏，一边飞短流长：嬷嬷们都没有头发，入行仪式的时候就剃掉了，她们像尼姑那样是秃子。还有更糟糕的：尼姑和嬷嬷都剃光头，由于她们总是把头捂得严严实实，她们的头发永远都长不出来。

天黑了，罗莎·米司蒂卡，嗵嗵，来到英语教师的房间：怎么样，听到传闻了？什么传闻？一个谣言，天啊，整个学校，沸沸扬扬。罗莎本来白净的脸现在变成了一朵牡丹。说什么我们没有头发，瞧瞧！说我们是秃子！全是瞎说的，娱乐活动少，那些姑娘，还是别理她们为好。不行，这可不行，上帝啊，给我耐心吧，必须澄清这件事情。更何况，头发是重要的财产。《圣徒之花》①不是提到过关于头发的奇迹吗？从基督教诞生之初开始，就曾经有过因为放弃世俗生活而剪掉辫子的女殉教者。在罗马竞技场，野蛮的士兵剥去她们的衣服，可她们的头发却不断生长，遮住她们的身体！罗莎的眼睛闪闪发亮。然后，她低声说：什么都不要说，明天上午，下课的时候……铃声刚刚响起，她走下讲台，背靠在门上不让任何人离开。这时，她突然一个转身，唰——，一把扯下自己的头巾。噢！埃斯特尔眼前，一头乌黑浓密光滑的秀发倾泻到肩上，发梢还分了叉。啊！……学监背对着大家，重新戴上了头巾，匆忙地将带子在脖颈系好，又用一根别针胡乱地固定住面纱。然后，头也不回地走了。

如果说爱情并不总是让一个女人全心投入的原因，至少会让她有所付出。在中国文学中有这样一句关于自行车的话："只有前进，才能不摔倒。"一个葡萄牙女人，一个来自里斯本的女人，竟在澳门爱上了一个中国人！具体地说，就是一个澳门人，一个中国人！而且是在澳门，在澳门这潭止水中。埃斯特尔，试图向水中投下一块石头，一块大石头，一块有分量的石头。投出自己的心？不，上帝，救救她吧。恋爱中的女孩通常被称作"脑残"，绝不会被称作"心残"：是因为人们认为激情和激情带来的痛苦都源于头脑吗？例如甘多拉，就常常抱

---

① 又译《黄金传说》，是意大利人雅各布·达瓦拉吉内（1230—1298）写的一本关于中世纪教会圣徒生活的书。

怨自己的头脑出现错误：你看，上个星期我讲过名词性从句，可是，今天，还不是在归纳时……圣加大利纳①啊，我必须让头脑清醒起来！中文女教师，她，萧和华，从来不会发生那样的事情。每隔半个月，她都要斜挎着一个袋子，脸上涂着珍珠霜，乘 *ferry* 到香港去。义父，她是去看她的义父。有时，义父就是父亲。女教师一丝不苟地遵守着孝道。她这么做并没有得到任何承诺，不过是在孤独中静静地喝着一坛苦酒。埃斯特尔亲眼见过，那是苦胆和酸醋②。唉，正巧埃斯特尔的房间旁边是容小姐的房间，那个爱搬弄是非的容。运气，毗邻而居，倒霉。不论是伙伴还是房间，都是上天安排的。另一边，萧和华，一个地道的中国人。澳门的中国女人们，女难民们……她们像一群候鸟，这样的姑娘，可以在那里成家，甚至可以建立自己的小巢，可是，她们的命运……她们的命运像风暴。至于萧，据说萧走过不少地方，尽管在澳门，没有人知道她曾浪迹何方。人们只知道她是学校中文部教师团队中的一号人物。这是毋庸置疑的、千真万确的。只要提到圣达菲学校的中文部女教师，那就是指萧和华。这不足为奇。她曾就读当地一家美国学校的英语课程，获得过台湾中文学校书法课程证书和香港的北京学校中国文学课程的证书！就连主任郑梅嬷嬷也要经常请教于她。主任每年都会收到直接寄自华盛顿的考试试卷，萧却是撕开邮封，决定考生们命运的人。领袖。部门的和华太太。更不要说她有剧作家的才华，

---

① 圣女。
② 《旧约·诗篇》第六十九章第21节。

作家,她还是作家。她为中文部写的剧本深刻而感人,可与葡文部罗莎·米司蒂卡的喜剧媲美吗?当然。而且,如果学监负责绘制场景,为演员准备服装的话,中国教师则负责创作和排练工作,扮演配角的角色。

人们开始传说英语教师与当地一位风云人物,一位姓何的先生的风流韵事。并非真正的风流韵事,不过是寻开心,而且连她本人都没有意识到,或者她是在掩饰。那是在英文部的毕业联欢会上。宗教仪式结束后,大家都来到花园里,罗莎·米司蒂卡用胳膊肘碰了碰她:看,他有女人,有好几个女人……她让英语教师不要向那边看,假装没有听清。罗莎说,何先生是澳门政府的代表,负责与中国大陆官员联系,竹幕那边,共产党人对他很尊敬:红卫兵,看,他们的机关枪对着关闸!埃斯特尔做了一个不耐烦的手势:那个人和那些事情与你有什么关系。能有什么关系,或者说,应该没有任何关系。何先生是有名的商人,拥有一支自己的船队。一个阔佬,富豪,一个狂人。联欢会进行当中,一个毕业生邀请老师与自己和她的叔叔合影。简,是简。无巧不成书。简的叔叔不是别人,正是这位何先生。从那个时候开始,埃斯特尔不但疏远了学监,而且与留念的照片上这位富豪和她的侄女形影不离:台阶的上面、种着低矮橘子树的美丽的中央庭院里、鸟巢旁边。就连午餐时,他也让她坐在自己的左边,为她挑选最好吃的,最后,用葡萄酒一起为简的未来干杯。为简的未来,为什么不为我们的有缘相逢?何先生豪爽地輗然而笑,尽显富豪气派。

从那以后,罗莎·米司蒂卡的访问变得经常而且不合时宜。她蹑手蹑脚，嗒——嗒——，来到门口，走进房间。房间里的人，作业本散落一地。看你，除了我，还能是谁？埃斯特尔被吓了一跳。我没有想到，这么晚了！罗莎在床边坐下，开门见山地问她是否与何先生在一起。没有，还没有到那个程度。罗莎上下打量了一下埃斯特尔，站了起来，然后又坐下。总之，学监放心不下，像猫在揣测风向。最后，她第十次、第一百次告诫：对一个单身女人来说，澳门是一个危险的地方，对，澳门。危险？对，我对此印象深刻。我是指西方女人，更确切地说，是指葡萄牙女人。对于中国阔佬，别相信他们，那些有钱的中国人，什么事情都做得出来。这么说，嬷嬷很了解中国人？别忘了，我已经在这里生活了将近十年。不过，说这些是为了让埃斯特尔把持住自己，让她，感谢上帝……让她防备那些危险。她在空中划了一个十字。我父亲，当我告诉他我要来亚洲工作时，他用手捂住脑袋，可怜的父亲：澳门？你要去澳门？他的语气有些怪异，澳门，没有太多的感觉，知之甚少，只有长长的叹息……她站起来。又坐下。不幸的是，不仅澳门。她张开臂膀。不仅澳门，不，整个世界！她身材矮小，此时，却似乎高大起来。她降低了声音，因为已经是晚上九点多钟，其他人都已经睡下了。终于，罗莎·米司蒂卡像进来时那样，踮着脚尖走了出去。

现在，每天晚上，埃斯特尔都在等着学监，等着她不停地叨唠：何先生长，何先生短……所有关于何先生的可怕的事情。比如，他因为舞弊、因为强奸而惹上了一场官司。即便强奸，在这里也不算犯罪，而且，有钱人也不会官司缠身。他得了，天晓得，得了一种倒霉的病，被医生们判了死刑，而他自己却不知道。何先生没有救了。英语教师越听罗莎带来的新闻，越相信她的话，终于有一天……一天，她与他在他家豪宅的花园饮茶，这时，就在这时：你的身体？你身体怎么样，何先生？他平静地挑了一下眉头：为什么问这个？你看我像一个有病的人吗？他操着粤语问。事实上，他习惯用英语聊天，并时常夹带一些当地语言的词汇。为了制造氛围？为了更亲近些？

富豪一边说，一边挽起长衫的袖子，露出粗壮白净的手腕。两个人都笑起来。我从来没有生过病，他说。最多，就是对力不从心的事情感到难过。哦！可是，有什么事情是让像你这样的人感到力不从心呢？两个人更加乐不可支。不过，罗莎·米司蒂卡有她的推测：他可能请你去豪华的埃斯托里尔酒店……实际上，那只是私家豪宅，在一个花园里。毕业联欢会那天，埃斯特尔觉得他身材高大魁梧，气宇轩昂；一点也不像中国的南方人，倒像是一个蒙古人。蒙古人，或者，天晓得，鞑靼人。在心里，她把他比作锡兰[①]一片丛林空地中的立佛。何先生去过锡兰，并且去瞻仰过那尊丛林佛像，一个集万千美德于一身的菩萨。不过，现在，他喝着茶，脚穿布鞋，肥胖的手拿着一把象牙扇。一位不错的先生——英语教师思忖着——是一位不错的先生。真奇怪，罗莎却在自己面前如此诋毁他：三个妻子，他有三个妻子，一大群干女儿，一夫多妻之家！总之，这样的男人……她感到修女的话不但奇怪而且十分恐怖：这样的男人将

---

① 即斯里兰卡。

来一定会死于非命,死于咒语。花园内院的月亮门旁,一位 gentleman①,何先生,正在等她。月亮门是为欢迎来客打开的,不是吗?埃斯特尔问。总是面带微笑的他解释说,不是为所有的来客打开,只对喜欢的人打开。现在,主人并不因此而显得多么英俊,甚至个子也不高,脑袋远远不及月亮门的拱顶。

不光彩的买卖,学监说,一支船队,他有一支船队!像海盗那样的?一个不错的先生,他对她彬彬有礼,为她剥掉米糕外面的皮:Tung②,这个叫 tung,国庆节那天在中国的首都人们习惯吃这个。他小心地为她拿掉包裹在外面的蕉叶,并提醒说:里面有一个果子,带核的果子。米糕热热的,很黏。埃斯特尔说,在锡兰,给她留下最深刻印象的是那尊佛像,就是那尊集万千美德于一身的菩萨像:知道吗,比科伦坡大街上那些大象的印象还要深刻!何先生脱掉鞋,活动着脚趾。她更加放松下来,摸着他的手。她想起来,佛像所在的莲花座下面有一朵浪花,浪花顶上有一条鱼:这表明这尊佛不但掌管天和地,也掌管海洋?

从前,罗莎·米司蒂卡来英语教师的房间时,谈论的话题总是离不开学生、课程、实验室的实验工作:那些姑娘如何不小心,没有控制好本生灯,烧炸了曲颈瓶,近来她在讲拉瓦锡燃烧实验;谈到没有时间实现她头脑中的那些计划:复活节合唱啦、烹饪课程啦、朝拜主教

---

① 英语:绅士。
② 粤语:粽。

山圣母啦；有时，她还谈起她的父亲，不过只是在最后才想起来：我该走了……奇怪，父亲近来没有消息，我担心他身体又不如从前了，他有糖尿病。然而，现在，罗莎的话题改变了，全都是埃斯特尔：你又瘦了，上帝啊，你吃得少，睡觉呢，睡得好吗？如果我看到你晚上还批改作业我可要对你发脾气了。熬夜对你的身体不好……这个嘛，可是，谁能替我改作业呢？度，什么都需要度，甚至工作也要有度。看啊，你现在是这么说，可是谁总在那里发号施令！修女站了起来，摸了摸她的肩膀，又坐下。学监没有提何先生的名字，可是，那个名字就在口边，话里话外的意思显而易见：在澳门，单身姑娘在澳门……一个姑娘的名声。她甚至开始觉得英语教师生了什么病：气候的原因。这种气候影响人的身体，特别是欧洲人的身体。可是，嬷嬷就是欧洲人，而且已经在这里生活了十年！是啊，修道院的生活，清规戒律！教徒的作息时间和鸟儿一样，早睡早起……她建议埃斯特尔去看医生。为什么去看医生？我又没有不舒服的感觉。为了预防，为了规定。住宿生每半年需要去看一次医生，做一次全面的体检，医生开出补药或泻药。刚来学校的时候，作为教师的埃斯特尔去看过医生，那是一位姓朱的医生。朱医生上了些岁数，佝偻着身体，眼镜滑落在塌鼻梁上，下巴上长着稀疏的胡子，他操一口普通话，所以，看医生靠的是手势。就这样，彼此问候之后，朱医生扬了扬下巴，似乎是在问，她是在指心脏吗？埃斯特尔指的是心脏的位置，因为她感到似乎所有的痛苦都在那里。说到底，不管是谁，在这种情况下，都难以诊断出她的身体到底哪里出了问题。英语教师指了指胸部，朱医生立刻把耳朵贴过去，一边听，一边为她诊脉。然后，他开了处方。回来的路上，她去了药店。那天晚上，她喝了三十九滴一种深红色的液体。还记得吗，嬷嬷，朱医生给我开的那个药？想都不愿意想，会死人的。哦，夸张！病好了，朱医生是专家。就像宗教一样，不论吃多少药，疗效总在最后才看到。就像信仰一样。信仰是救赎之路，不是吗？别说了，会死人的！宿舍隔壁就是你的小药箱：萧和她的汤药，她的药酒，她的诱导剂。几个小时以后，上帝啊，埃斯特尔觉得现在好舒服，好不容易安静下来了。萧比任何一位朱医生更了解那个房子里的心痛。她治好了她的病，却用自己的眼泪治疗自己的心痛。

第二天是一个星期天，早上，中文部教师：*May I?*[①]她没有回应。邻居来找她一起去茶楼吃早餐：粥，*sui-mai-chouk*[②]，在回来的路上，买一个冰激凌。她喜欢冰激凌，却没有回应去还是不去。所以，星期一，中文部教师：昨天你睡着了，对不对？还好，看样子，我的涂抹药……埃斯特尔，上帝啊，真想拥抱她一下。中国女人，很少见到她们互相拥抱，中国女人就是这样。然而，埃斯特尔真想拥抱她，真想对她敞开心扉，一吐为快。

整个下午都在下雨。罗莎，罗莎悄悄来访，天色已黑。哦，嬷嬷，这个时候您还……？熄灭了灯。灯就是热，尤其正在做事情……她提到父亲，患糖尿病的父亲住在维拉尔福摩索：明天是他的生日，我要为他做一个

---

① 英语：我可以进来吗？
② 粤语：粟米粥。

弥撒。她没有提到何先生，但是，却像是已经提到了一样：需要我帮你预约一下朱医生吗？劳驾，嬷嬷，我哪里都不难受。沉默。沉默很可能意味着什么：那就忏悔，你不觉得忏悔对你有好处吗？这时，罗莎站起身，抚平了床垫：好吧，那就让我走吧，让我走吧，我没有办法了。她轻手轻脚地走进走廊。她的步子很轻，但仍然发出嗒嗒的响声，因为她穿着木屐。一个湖，在附近。

在埃斯特尔看来，她目前的不适与最初来澳门时在华人区住的房子有关。那是在来圣达菲学校教书之前。学监在招聘她的时候说得很清楚：我们的老师不能住在新桥。她在那里的房间，地板大片被虫蛀，玻璃珠子串的门帘，楼下是一家鞋铺，鞋匠并不敲打鞋底，鞋子的结实程度取决于他用的一把骨制的锥子。正是在那里，她结识了那封字迹潦草、不可言说的信的作者。没错，就是那封信。她的痛就来自它。思念？他总是出现在星期天下午，在鞋匠的店里吹笛子。他的曲子甜美，又带有一丝忧伤。他是为楼上房间里的她吹奏的吗？

那天晚上，罗莎·米司蒂卡走后，埃斯特尔再次感到痛苦袭来，而且是不间断的痛苦。此时，她已经毫不怀疑，对于她来说，情感，真是一件难以驾驭的事情，情感，剪不断，理还乱。仿佛一个在黑暗中摸索着行走的人。仿佛一个盲目行走的人？

埃斯特尔熄灭了灯，坐在黑暗中，陷入了沉思，她忽然感到亢奋，好像是在发烧。事实上，她亢奋的原因是她发现学监原来比自己更加盲目。不是有人说过吗？罗莎吹嘘说她可以读懂人的眼神。我的邪念，我就是一个变态的人……报复。就是这个。我在报复学监。我在报复澳门吗？我们的老师，据说她要与一个军人结婚，我们的老师！这是有一天她从一个学生那里隐约听到的。而甘多拉：你晚上到军人那里去了，是不是？英语教师毫无睡意，时而躺下，时而从床上坐起来。罗莎对何先生的疑心。可是，何先生，说到底……她与中国富翁喝茶不过是逢场作戏，一个假象。一切纯属偶然。因为，在她看来，情感和行为一样，一切都毫无缘由，一切都在预料之外。这正与隔壁房间的邻居相反，萧，一切都经过深思熟虑，一切都按计划行事。所以，中文教师每隔一个星期去香港看她的义父，整个学校都知道那是她的义父，她应该去看望他。萧和华带着条理性和平衡能力的光环。纯粹的中国人的秉性：儒家影响？中国人相信，一定会发生的事情必定有其对应的因由。因此，美味对应的必定是响亮的饱嗝，而禁食的日子必定感觉"胃里有只蝴蝶"。然而，她，埃斯特尔……随遇而安，我信马由缰，听任上帝的安排。上帝？可是，在那些面具背后，在那些假象背后，上帝难道真能给出什么站得住脚的理由吗？上帝就是平静，而平静绝不会来自背信弃义。上帝，为了平静，有什么是我不能付出的！然而，要获得上帝的这份赐予必须放弃。除了放弃，还要无所畏惧。明天，我要堂堂正正地走上街去。明天，挑战澳门。接受自己，我，承认自己，在澳门。明天……

可是，也许会放弃什么呢？放弃面具？没有了面具，人将更加暴露无遗，而世人原本就没有丝毫的满足感。

走廊中间的大房间里，中文部教师和英文部教师：发现这是一个例外情况了吗？用甘蔗秆做的隔断墙分出了两个房间，而其他教师……其他人睡的是双层床，像是在船舱里。埃斯特尔来这里做英语教师的原因与萧做中文教师的原因并不完全相同,她的原因是,学校的所有英语教师都是修女。实际上,这是一个规矩。哪里有不守规矩的教团?规矩也不能避免风险和责任。今夜,要不要留心壁虎,免得它爬到床上?隔墙另一边传来低声的笑。这说明她并没有睡着,还没有睡,整个晚上都点亮着灯,英语教师想。

如果说"面具"这个词的意思是"混淆记忆"的话,那么,这里所有的人都戴着"面具"。小窗的栏杆里、走廊上空的风铃声中、纸屏风的合页之间,整夜都回响着"面具"们的低声呻吟。"面具"不但是藏匿之地,也是栖身之所。因此让人彻夜不眠,埃斯特尔就属于这样的情况。出海的人需要在陆地上先行准备。

埃斯特尔是在十二月月末一个寒冷的下午提着箱子离开新桥的。鞋匠一定事先通知了吹笛子的人,因为他来与她辞行,帮她提箱子,还为她叫来一辆三轮车。直到这时,她才打听他的名字。她知道了他的名字,见识了他的潇洒风度。仅此而已,再没有更多的了解。揭开一个人的秘密,不管他是何人,都意味着拆散他,几乎就是肢解他。澳门的鬼:那些肢体、残肢;那些魔鬼:是一个个被生活无情地粉碎并被掠走了魂魄的生命。埃斯特尔和思远是以安静而温馨的方式相识的。就像星座的星星彼此相识那样?

那个星期六,在玉湖茶楼,果阿女人提到她正在读的一本小说:一个二十多岁的男孩爱上了一个大他二十多岁的女人。疯狂,真正的疯狂,因为除了他们的年龄差异之外,新郎与她的女儿同岁。有些心不在焉的埃斯特尔认为这是一个复杂的事情。复杂,是的。多拉开始详细描述小说的女主角,她的美貌、她的品行、她当时穿的衣裙。男孩买了一束玫瑰送给新娘,在情感的驱使下,投入了"母亲"的怀抱。真浪漫,埃斯特尔说,注意力却集中到坐在茶楼一角的某人:是朱医生?很浪漫,但是一切都可能发生。当然啦,讲故事的人说,大部分小说都是这样,大部分小说如果不是日常生活的再现能是什么?朱医生,或者是一个装扮成他的样子并且有一个中国姑娘陪在身边的魔鬼。如果告诉罗莎·米司蒂卡,这位修女一定会说那是他的义女。这个没有意义——甘多拉不满地说。啊,我正看到这个部分:男孩把本来买给女儿的花送给了她的母亲。女伴耸了耸肩。果阿女人在烧麦上浇了几滴辣椒油。停顿了一会儿之后:当然,这样的事情是有的,有些人,年龄对他们来说不是问题,而是相反。女人们。是她们的经历,肯定。经历,或者思念。那些被生活忽视了的女人们,那些,忽然……似乎爱情给她们注入了新活力,终于使她们复活了。她换了一个话题。热死了。她打开扇子。她把干鱼放在床下,为此,女房东与她吵了一架:我把它放在哪里,你告诉我?放在厨房里,老太太还是不允许。她正在寻找青芒果,用来做真正的咖喱汁。可是,小说后来呢?讲讲!哦,这个不着急。天色暗了下来。Sai-Kó拿来了灯,他在每张桌子上摆放了一盏,并提高了风扇的风速。埃斯特尔望着朋友:我呢,当我第一次见到你的时候,我把你比作一匹马……可你与马没有一点相似的地方,你的脸圆圆的。小说的名字?小说的书名是什么?《桂花》。因为桂花秋天开,而小说的女主角是一个四十多岁的女人。可是,四十岁还算不上是秋天哦。在她的国家是。小说是以印度为背景的。《桂花》,印度作者。怎么收场的?结局是什么?这个,多拉还不知道,这本书她刚读了一半。不管怎么说,这都是一段伟大的爱情。这时,她问埃斯特尔如何理解爱情。在我看来——她说——是一种回报,爱情,一种平衡。在这个问题上,大自然……身材矮小、上了年纪的朱医生穿过店堂向门口走去,而那个姑娘……那个姑娘呢?埃斯特尔感到奇怪,那个中国姑娘不见了。多拉继续说着:在这个问题上,大自然甚至可以给人以教训:例如槟榔树。你在果阿见过槟榔树吗?肯定,那个中国女人一定是从某个暗门走了。多拉吃着叉烧包,她一边擦了擦嘴,一边却还在谈论着槟榔树:那些树噢!它们的叶子真香!在灯的照耀下,她的脸变长了,重新显出马的样子:高高的额头,厚厚的嘴唇,深色的头发,灰白色的发亮的皮肤。那些大树,槟榔树,你见过吗?那些树甚至达到三十米高,越老的树,它的种子越适宜结出槟榔,这样的槟榔不但口感好,而且颜色也好。这样的一棵树结出的果实与儿茶混合在一起……她坐直了身子,笑了一声。可是,真荒唐!我在这里做什么!……她合上了扇子。她的外婆喜欢嚼槟榔。槟榔有利消化。外婆的嘴是深红色的,散发出辣辣的气味。多拉神经质地用指节敲了敲桌子:*Fok-Kei taan*![1] 她从钱夹中数出几元澳门币付了账。这次轮到她。

---

[1] 粤语:伙计,埋单!意思是买单。

星期天，热浪袭人。澳门忧郁的星期天。全世界所有城市忧郁的星期天。埃斯特尔打着哈欠。洗衣房的院子里，中国女佣们蹲在地上闲聊天。今天下午我要不要去营地街呢？去打发时间。卖酱菜、卖旧货、卖印有 *American News*①字样的生丝布头的小摊位。去旧货堆里找几把二手剪刀，她想剪下挂历上的龙船装饰一下房间里空空的墙壁。她迅速穿戴好。气势浩大的龙船，神仙们在为西王母贺寿。她梳了梳头。挂历给了她那条船。她写了一天教案。那个虚幻的动物，它的相貌集中了九种动物的特征，那只不祥的眼睛……她穿上凉鞋，却又脱掉，换上了便鞋，最好不要下雨。我去转转，去看岛上那些小船驳岸。

她仔细地听了听：真安静！同事们都去哪里了？她们没有午休。如果她们在午休，会有床板的吱嘎声、咳嗽声。隔墙另一侧的萧和华会在睡梦中哼哼唧唧：做噩梦。我星期天午睡时常做噩梦，是有关松花蛋的！她们出去了。她们去看星期天的日场电影。英语教师把头发扎到脖颈后。萧可能不记得陪自己……我去那边逛逛，看离港的小船。需要一把剪刀剪下中国挂历上的那艘龙船。我去旧货摊看看。小剪刀需要送去磨一磨，以便活干得干净利落：船桨、龙尾、龙须。真热！她擦了擦额头。走吧，萧也许……也许在房间里看书，也许在洗澡。她又听了听。怎么会正在洗澡？！这个时候没有水。她把房间的门打开一条缝，蹑手蹑脚像一个贼，心跳得厉害。如果有人在走廊里……如果萧……她打开了门，环顾四

---

① 英语：美国新闻。

周,深吸了一口气。邻居的房门紧闭,钥匙就放在门口的草毡下。埃斯特尔锁上自己的房门,在直起身离开之前,在衣帽架的镜子前停了一下,照一下镜子。她望着镜子里的自己,觉得一切都很妥当。登上台阶,可是……那是什么?从什么地方传来一个声音。是花园的鸟笼里那只白鹦鹉:*Hou léum*①!好美!埃斯特尔走下台阶,吃惊地想:自己竟然喜欢星期天与她一起出门,竟然喜欢她的陪伴,可是,今天……中国女人不会有兴趣去看岛上的那些小船。不会。这是澳门最惬意的散步。台阶通往院墙外那个潮湿的船坞,女教师站在台阶上,凝望着铅灰色的天空:要不要带上雨伞?好像有人在说:扬帆还是收帆?因为有一条比龙船更为神奇的船在心里航行:船头上也有一个魔头,从船头到船尾,真壮观。

街上,大滴的雨打在伞顶上,落在土地上。虽然没有风,雨却来势凶猛。埃斯特尔忘掉小剪刀和旧货商的事情,向码头走去。是否会有奇迹出现,让我们今天聊一聊……他,一个猜想,正从船上走下来,或者,正要上船去,都有可能。至少,我们见面了,而不是只像照镜子看到我们自己那样。在码头的一个角落里,有一个简陋的雨棚,那里有一面有些破损的脏兮兮的镜子。有多少次她这样问自己:这里为什么会有一面镜子?难不成是为了研究季风?通过镜子研究季风?也许是为了纪念一次海难,天晓得:船舵上的镜子、罗盘的表蒙子、帆船的残片、风帆凌乱的绳索、船底朝天的船壳的残骸。她沿着小路轻盈地走着,一条没有出口的死路,一片芦

---

① 粤语:好靓,意思是"真漂亮"。

苇覆盖着的泥泞的土地。我们会不会在这片芦苇地里相遇，就像古老的民谣中说的那样？这时，她才发现自己正陷入泥中。圣母啊，原来这里是一片沼泽地！她的鞋底沾满了泥。她抓住芦苇。

离开新桥搬进圣达菲学校的教师之家之后，埃斯特尔曾经有两次机会与她的朋友约会，却都失之交臂。第一次是与土生葡人娜娜在一起的时候：知心朋友娜娜会怎样评论自己信任的一个陌生人，而且是一个地地道道的中国人？第二次是在农历除夕晚上：她与一群中国教师在一起的时候，他与她面对面，目光注视着她。萧走在大家的前面一边开路，一边催促着：不要停，不要停，不然的话，我们会走散的！太晚了。一大群人涌向那个街角，一阵旋风，一片喧嚣：是狮子，很快，人们在那里为舞狮队伍让出了一片空间。因此，英语教师与同伴们走散了。是有意为之？后来的整个晚上，在绝望中，她随着阻隔的人潮走着。她和那个吹笛子的人。像两条并行流动着的无法汇合的河。或者，两条流向心海、最终沉没在自己心里的河？

民政总署大楼前的广场上，狮子在舞动。他们肩并着肩，沿着新马路走过去，沿着新马路走过来，沿着那些埃斯特尔觉得自己从未到过的街巷走着。走来走去，走回到原来的地方，又原路折返。澳门就是这样，澳门的路，转盘路。

不时有熟人从埃斯特尔身边走过，她的学生们：*Kong Hei Nei!*① 节日快乐！*Kong Hei Fat Choi!*② 您自己

---

① 粤语：恭喜你！
② 粤语：恭喜发财！

一个人吗？加入我们吧，来和我们共进晚餐吧！她抱歉说：去是去不成了，我要走了，太冷。她转身走开。中国人跟着她。他们彼此都没有讲话，也没有走在一起，只是交换一下眼神，最多就是在一些拥挤的地方彼此的衣服相互摩擦一下。小货摊前，埃斯特尔指着彩色糖画：*Lei-ü*①！让这个中国人有了借机送给她一个蛋糕、一碗茶的由头。大三巴牌坊②的石阶上方，是灯光照耀下摇曳的黑夜里教堂的影子。他们就在那里静静地嚼着糖，喝着茉莉茶。两个因人潮和人们的欢乐而走到一起的人，两个孤独的人。

后来，埃斯尔特快步拐向了右边，又胡乱地向左拐去。他们来到一座庙前，门口正在演出佛教剧，红色的南派狮子虔诚有礼，从北京来的黄色的北派狮子威风凛凛，前额上还戴着一束花。陆思远，北方人，清高而有优越感。英语教师捂住嘴。这是她第一次说出他的名字。一个女人不该对钟爱的男人直呼其名。姓名，一份承诺，就像一份契约。

这个时候，到处都是狮子。叮——咚——叮，金属的敲击声。中国本没有的动物——狮子和一段关于它的令人毛骨悚然的神话传说。对啊，佛不是具有狮子般的声音吗？然而，对于埃斯特尔来说，狮子就在那里，那个她钟情的男人。为什么我不停住脚步，不和他说话，

---

① 粤语：鲤鱼。
② 指澳门圣保禄教堂遗址。1835 年，一场大火烧毁了圣保禄教堂，仅剩下教堂的正面前壁、大部分地基以及教堂前的石阶。因教堂现存的前壁酷似中国传统的牌坊建筑，当地居民便称其为大三巴牌坊。现为澳门的地标性建筑、著名旅游景点。

不去陪伴他？在这样的夜晚，谁都不会注意到，肯定不会。她继续走着，躲躲闪闪，变换着路线，往回走。远远地，她看到同事们在吃汤面，她假装没有看到，连忙躲开。她再次来到民政总署大楼前的广场，跳上一辆三轮车：*Yah-tsik-hui*[①]！三轮车夫的叫喊声，人海的喧闹声，砰啪的爆竹声，孩子们的鞭炮声，沸反盈天。所有这一派喧嚣的目的不就是驱赶来年的妖魔吗？

此时，埃斯特尔已经忘记了那位一直跟在她身边的朋友，忘记了所有一切，只是忽然想到：上帝啊，我挤在这蚁涌蜂攒的人群里到底做什么？她裹紧蚕丝棉衲。侵蚀肌肤的风。刺骨的风。真应该尽早回家去。她重复道：一直走！她已经到了内港。清冷的月亮窥视着黑黢黢的船帆和船身，窥视着窸窸窣窣湿漉漉的船桨——像它一样吗？我在这里做什么……？她感到自己是澳门最不幸福的人，是全世界最不幸福的人。

Yah-tsik-hui！埃斯特尔没有说 *Faiti*，她不着急。一两个熟人从身边走过，学生们指着她，向她挥挥手，手里拿着桃树枝：*Kong Hei Nei*！有什么高兴的事情？这时候，她来到了南湾，来到了总督府前，那里正在开宴会，或者正在举办舞会，这时，她想起了萨卡里亚斯中尉。他曾经邀请她吃夜宵、跳舞。我们也可以试一试手气：哗哗哗，突突突，*sloting-machines*[②]。我们可以……直行！*Toi min*[③]！一直走！埃斯特尔，好像是一个被人追赶的

---

① 粤语：耶稣会。
② 英语：老虎机。
③ 粤语：对面。

人。又好像是一个正在逃逸的人。抑或像是她戒指上的那弯新月。澳门,疯狂的轮盘。

她在民政总署大楼前的广场下了车。第十次、第一百次下车?——亚美打利庇卢大马路。萨卡里亚斯会怎么说?第二天,萧一定会问:昨天你去哪里了?她晚饭吃的是 *chaochao pele*①、北京烤田鼠,还品尝了用菊花花瓣泡的蛇酒,这是智慧的象征。在一个路口,狮子和龙再次遇到了一起,更加人声鼎沸,天气变得愈加寒冷。我必须走了。我在这里做什么……?

回家,终于,远处一个小广场(我竟不知道自己身处何方……),砰砰,一个喷水池,一堵倒塌的墙,那里,他在等她。圣达菲学校的女教师听不见他在说什么——一阵爆竹的爆炸声响起,仿佛整个天穹都被炸成了碎片。不过,她却紧紧注视着他:高高的个子,纯洁的微笑和一根桃枝作礼物:一根紫色的枝条,一把撩拨人心的剑。

信是一位中国老人送到门房的。特立尼达修女:他没有说是谁让他送来的,不过,应该是一个 *lai-si*②,一个新年礼物。女教师必须回敬以甜品,或者必须送上另一件礼物作为交换。中国人不做一锤子买卖的事情,中国人……

埃斯特尔回到了宿舍,却没有解开花结。除了花结,还有邮封。完好无损,信完好无损:能保持多久?

---

① 澳门土生葡语:白烩,即大杂烩。
② 粤语:利是,也称"利事",类似过年的红包。

她并不急于打开来信,这是她的习惯。下午,学监端着一杯牛奶出现了:不打开信件,很奇怪哦!可却是真的。她把两封信、三封信、四封信收在一起,直到适当的时候,晚上下课回来,沏上一杯好茶……那个时候,她才会小心翼翼地一点一点撕开信封,仿佛是在刮大块的晨间的沱茶。安安静静地,她开始品评存放多时的信的味道。然而,那封信……为了那封信,要有特别的准备。首先,家里要安静。晚些时候,批改学生作业的萧小姐经常会拉开椅子,睡觉前她要洗一个澡;要容小姐不再走来走去,不再有她被香烟熏得咳嗽的声音。安静,这是第一要求。第二……当然,第二就是自己要让自己心情愉快。要高兴,也就是说,要有成就感。比如,当天穿了一件新连衣裙,站在镜子面前自认为自己很漂亮。或者,买了一个……比如,买了一个不错的玉戒指。也许是一个玉戒指,也许是一个玳瑁发簪。可是,人不会每天都买戒指,每天都自鸣得意。所以,那些信才会等待,而那一封信就更加特别。她不会轻易拆开,随便得像处理一张小小的请柬。决不。那封信,配得上一场仪式。

时机终于来了。那是一个漆黑的晚上。天上没有星星,院子里也不见木瓜树的影子。整座房子静寂无声。埃斯特尔解开了花结,拆开邮封,咝啦——。她屏住呼吸。听一听,同事们是否听到了"咝啦"声?在这里,什么都逃不过其他人的耳朵:甘蔗秆做的隔墙,好在不是一张席墙。她缓慢地打开散发着香味的宣纸,把它铺在书桌上,用墨书写的字跃然纸上,仿佛是一个浅浮雕作品:不规则的笔直的线条,横的、斜的线条,像是乐谱，还有的像弓，像拐角，像翅膀。一张建筑图。一座九层的寺庙和高耸的山墙直刺空中。一片雨后的竹林。

萧和华已经给她上过六节中文课：让我看看是不是认识这些象形文字。人，认识，人。话。说话的人，对不对？丝线：细的、脆弱的线，情感的线？心，后面一把刀，表示忧伤。忧伤，或者，天晓得，爱。与其说英语教师在翻译，不如说她在编，她很喜欢这个游戏。下面，是一个拉丁字母的签名：陆思远。她小声念出了这个名字。陆是姓，可是，"思远"是什么意思？

深夜里传来旁边邻居轻轻的鼾声、狗的叫声。她将信卷起来，收好，锁进了抽屉。我一定要发现"思远"的含义。中国人的名字有象征意义、有诗意，还要有好兆头，有驱妖降魔的作用。她尤其了解女性的名字。她的学生有的叫美丽，有的叫静、甜、夏香、鑫。凤，用来驱赶死神。还有叫梦君的。

就这样，埃斯特尔度过了她在澳门的第一个中国新年。此时，大量的水正从指挥塔下流过，那是船舶指挥塔，是陆思远在渔港工作的地方。可是现在……现在，她来了，在一个炎热的、大雨如注的日子，陷在这片沼泽里，她，为了他的缘故。她奋力走出泥潭，擦了擦鞋，放弃了小路。当她来到石子路上时，雨也渐渐小了。她想起了买剪刀的事情。我来渔船码头做什么？四点的渡船一定已经开走了，下一班要在一个小时之后才来。他也许根本不会来。急流是危险的。

走在主干道上，她遇到几个土生葡人，其中就有迪迪和妮娜。她步履匆匆。是去救火吗？英语教师是临时起意去一趟新桥。学校最年轻的女佣就住在那边，她有一个抱在怀里的孩子：她也许正在家门口给儿子缝肚兜，在那个地方见到她，阿蔡会说什么？不。缝肚兜，今天不会。阿蔡是天主教徒，在圣灵节……圣灵节，到处人声鼎沸。尽管如此……她向旧货摊走去。剪刀，很多剪刀：剃头师傅用的，细长的；裁缝用的，鸭嘴式的；剪枝用的，剪草用的，剪渔网用的。她解释说自己要找的那种剪刀：一把做手工用的剪刀，一把剪纸用的剪刀。摊主们没有听懂她的意思，也不努力去理解，这些上了年纪的旧货商人。她做出剪东西的手势，摊主们却笑了起来。埃斯特尔一个摊位一个摊位地找。剪指甲的不行，因为它的尖是弯曲的。一个摊位又一个摊位，有人拉住了她的胳膊。她浑身一颤。甘多拉，她的影子：你在这里做什么？剪刀？没有必要买，我借给你。她刚刚给自己的短上衣缝了一个绣饰。可是，埃斯特尔希望在那天就能拿到剪刀。手边经常有两把剪刀总是方便的，可以剪信封上的邮票，剪缝纫线。嗨，这个用牙咬就可以！如果你的中国朋友，你的邻居，没有剪刀的话。有，萧肯定有，她戏剧里的人物穿的服装都是她剪裁的。她们一起继续走着。果阿女人要买一套定制餐具，买几双袜子，为的是重新利用袜子的线。五点钟，她还要赶到主教堂去参加感恩赞礼。我们去看餐具吧，刚刚买了两把新剪刀的埃斯特尔说。几乎是在同时：哎，我的一个朋友说要给我来电话！另一个人皱了皱眉头。而且，又下雨了，果阿女人指了指已经开始下雨的天空，连一句告辞的话也没有说，转身走了。

埃斯特尔感到莫名的烦躁。迫不及待。她要回到房间，整整一个下午都坐在那里从中国年历上剪皇家宝物，把它们剪下来，用它们装饰墙壁。半个小时之后，是出门去看电影的时间：萧和她的女朋友们会来叫她，破坏她的计划。可是，什么计划？那个多拉，不去参加主教堂的仪式——澳门的女士们，在主教堂，那些嬷嬷——便觉得过不去。萨卡里亚斯中尉，天晓得，一份去"太阳与海"①的邀请。"太阳与海"的每张桌子都很宽大，上面安放着轮盘，周围是葡萄牙贵妇们，她们也像那些出牌的人一样。剪刀——多拉戏谑地说——在澳门不缺少的就是剪刀，燕尾服的剪刀！埃斯特尔几乎跑了起来。看见她的人会以为她是正在赶往某个约会呢。她自言自语地说：我要剪下那条龙船，剪下明朝皇后的凤冠，还有存放着已故皇太后头发的金塔。年历是大陆人开的商店里那位钟先生送的，散发着檀香味。我要仔仔细细地剪下一切，用糨糊粘贴。她已经登上了学校门前的台阶。特立尼达带来了口信：*Teléfono para usted, una voz de caballero*②。她没有理会，好像没有听见似的。她急速地走着，险些在泥泞的台阶上滑倒。上帝啊，要不是我抓着剪子的尖，很可能扎到她呢。这时，也许是因为有一只鹦鹉在山坡上飞翔，一只外形像凤凰的鹦鹉（或许是因为她的忧郁，她的失落？），事实是，一首童年的歌谣从她的嘴边流出，她唱着歌走进了家：

绿鹦鹉
尖嘴巴

---

① 原文为"Sol-Mar"。
② 西班牙语：您的电话，一位先生的声音。

把我的信

带给心上的人……

走廊的尽头，小花园的门半开着，学监探出头来：咳！你在路上见到松鸦了吗？或者，是圣灵降临的奇迹？她还从来没有听到过英语教师唱歌呢，就是在教堂也没有过。罗莎抓住鲍比的项圈，把碘酒涂抹在苍蝇叮的包上，引得狗发起了脾气。我以为这里没有人呢，埃斯特尔扫兴地说。修女在狗的耳朵边吹了吹，抚摸着它，给它戴上了链子，从鼻子里发出几声笑声。已经走进了房间的英语教师还是听到了又尖又细的笑声：那笑声像是走廊高处的鱼骨形挂件发出的"嘀铃——嘀铃——"的声音。

萧其实没有去看日场电影，圣达菲学校的人都不知道她去了哪里。餐厅里，桌子旁的那个位子空空荡荡。其他教师都去了，就餐时，她们都在谈论着电影，发出阵阵笑声：一部美国喜剧片，类似的无厘头的事情只能发生在美国！

然而，埃斯特尔多么想在那个晚上邀请萧来自己的房间喝茶啊。中国女人去香港了？谁知道？她现在每个周末都去香港吗？在澳门，在炎热季节，除了电影院，街市一直开到半夜。容小姐曾问过她是否想去街市。住在校外的教师们，那些在澳门有家室的中国教师们常常在那里集合，一起在一个个摊位前品尝小吃，喝中式肉汤。她婉拒了邀请，待在房间里等待邻居。晴朗而炎热的夜晚。窗前有一团蚊子。多少个与今晚相似的夜啊，多少！却没有等待过任何人。埃斯特尔一动不动地望着玻璃窗外下方明晃晃的江水,欣赏着一条条帆船上张开的昏昏欲睡的风帆。波光粼粼的江水。蓝色的翅膀一闪一闪:鸬鹚?这让她想起来,也许她的同事到路环去了。近来,萧经常说:总有一天,我要坐小船到海边去,在那里过周末。圣达菲在路环的度假小木屋。和华,独自一人?一个人在那个无人居住的房子里?英语教师的思绪变得毫不连贯、毫无说服力。鸬鹚钻进水里捕鱼,然后浮出水面,它们身上的蓝色更重了。在澳门,她从来没有亲眼见过这种捕鱼的方式,不过,萧说过,在中国,鸬鹚会捕鱼,并把猎物放到渔夫的脚下,而渔夫则会宰杀活鱼,把鱼的内脏喂给鸬鹚吃。埃斯特尔回到屋内,打开灯,欣赏起房间的墙壁:我就像那些水禽,中国的鸬鹚,为了萧而布置了这些装饰,为了迎接她的来访而做了这些手工。龙船好复杂。简直像希腊文一样复杂。剪子,新买的剪子,任意地剪着。或者,是它本身有瑕疵?总之,剪到了龙须。糨糊里有很多疙瘩。其实,她只需"咔咔"地剪,"呲"地撕开纸,让自己的神经放松下来。"嗞嗞",六个月大的怀中的孩子用稚嫩的奶牙用力咬赛璐珞奶嘴的声音。

终于,埃斯特尔决定躺下,庆幸自己没有去码头。我们彼此面对面,我会不好意思。两个人都会不好意思。然而,她人虽然已经躺下,可是,朋友的恶作剧却变得清晰起来,让她感到生气。躺在床上,或者说,在睡意来临之前,白天的不安情绪再次袭来,令她痛苦不堪。后来,因为枕头是优秀的参谋,后来,躺在枕头上的人会认清自己,会权衡得失:而我,面对世界……我,轮到我……埃斯特尔关了灯。事实上,自己与那个中国女人的生活毫不相干。在学校，萧，谁都不会质疑她，谁都不会把她叫到教务委员会去。如果是英语教师，罗莎也许少不了要说风凉话。因为自己是葡萄牙人？因为她与自己分享的仅仅是房间，而不是彼此心灵相通？然而，她很难接受中国朋友的这种做法。我，说到底，还是选择她不在的时候到码头去了。可是，根本没有到达那里。而萧……萧却更糟糕，因为她上船走了。如果我不是陷在了那片沼泽地里……看吧，我们两人就会在那里相遇，那是什么样的情况，那个场面！她忽然想笑，笑得打滚。她拉起被单捂住嘴。好吧，没错，女士，萧在路环有一个男朋友，不是有人这样说过吗？我也……这就是她们互相躲躲闪闪的最大理由？共犯。她们是共犯。贼偷贼……埃斯特尔整个夜晚都在做梦，梦见她的邻居。台风袭来，萧无法离开小岛，滞留在那里，住在那个简陋的小木屋里，那片被风暴蹂躏的树林里。树林，像波涛汹涌的海。萧，也像自己这样，埃斯特尔想。她在龙船上，神话中的魔鬼有弯弯曲曲的脊背，龙须被齐根剪掉：难道是惩罚？那个人是她，也是萧。还是船的掌舵人。舵手，而不是其他人，埃斯特尔自信自己有这样的能力。在树林里，一座废弃的无人居住的小木屋，黑暗中风的呼啸，不过，小木屋，那是怎样的一个避难之所啊！与船别无两样。那里只有那个中国女人自己。埃斯特尔感到害怕，不是因为台风，而是因为朋友在那里。困境，厄运，萧和华。

又是一个星期天。星期天好像是新鞋。鞋，我们每天都在让自己适应它们，而它们适应我们需要一个星期的踩踏。旧鞋，与脚已有默契，路上的石子与磨损的鞋底也已经磨合。我们经过圣达菲学校那段台阶的时候，常常一飞而过，就好像我们长出了翅膀似的。可是，第一次穿的新鞋，僵硬，挤脚，不适应。咳，我在那里还跌了一跤。娜娜说，她在电影院里一坐下，便立刻脱掉了鞋。至于那些中国女人，毫无问题，那些中国女人，她们穿的是平底便鞋。百无聊赖，澳门的星期天就是这样。（世界各地都是这样？）工作之余，军人们穿着便服坐着三轮车漫游上帝之城①，与孩子们一起出游，送女人们去做弥撒。军人们。军官们。主日的午休一直持续到军人俱乐部下午茶的时间。在这里，打一场台球，聊聊天。这是葡萄牙人。中国人，这些人不过主日。与往常一样，他们去赌博，去当铺，去画瓷器，去体验舌尖上被称为珍珠的东方。

然而，今日，这是澳门的一个不同以往的星期天，因为空气中弥漫着台风的讯息。不同在于更加无聊。在门房，特立尼达修女：*Qué? Salir con tiempo tan feo?*② 我不会耽搁很久！而且，萧小姐……萧和伙伴们，嗒嗒，琴房的地面，电话："劲风，二十二和二十三节。"很危险？英语教师一边问，一边扣好外套的腰带。没有。没有那么危险。只不过是台风尾。嗒嗒。一个礼物。*Fá*③。梅花？牡丹？呼——呼——，西风。中国女人把石子摆到棋盘上，盯着朋友：小心点，要下瓢泼大雨了。嗒嗒。特立尼达不高兴地拉开门上的插销：*Aun mismo*④！她的手指

---

① 指澳门。
② 西班牙语：怎么？天色这么差还要出去？
③ 粤语：花。
④ 西班牙语：还是要去。

了指天空：Mira!① 乌黑的天空，像松花蛋。

走在去西望洋花园的路上，埃斯特尔边走边对自己说：我必须去，必须去，因为是欣欣。欣欣，她喜欢的学生，当她在学校发烧的时候，唯一来看望她的就是欣欣。欣欣值得她做任何事情。医院离得不远。我要给她一个惊喜。

可是，当她向花园走去的时候，听到树冠发出巨大的响声。她犹豫了。什么声音？没关系。萧认为可以出门，没有危险，萧肯定比西班牙女人更懂。她加快了脚步。有人在花园里。这是英语教师在澳门的第一个夏天。据说，台风尾是火，台风尾，火舌。火与水。出门是为了去看望欣欣，这是事实，却也是因为爱冒险的毛病。本来现在应该待在房间里，漆黑一片，热得要死，任凭外面的世界狂风暴雨！开始下雨了。我要不要在这里避一避雨？一棵巨大的柳树，柳条会打湿她的脸。那边。一棵柳杉，散发着柳杉木的香味。那边所有的树，全都这样高大、树冠密实、令人不寒而栗吗？轰隆——轰隆——，一场大雨。那棵大树（是不是香椿？）被大雨浇得树枝零乱，散发出洋葱味。萧曾对她说过，中国人用这种树上的芽和树叶当菜吃。我要做的是抓紧时间赶路。如果我现在停下来……她打了一个寒战。雾气渐渐笼罩了花园。这时，树林里：天啊！那是什么？一个白色的身影。那个影子几乎撞上她。十字架！也许有人正在去一场葬礼的路上。可是，在狂风肆虐的天气举行葬礼？葬礼和婚礼都不是狂风肆虐的天气该有的。从香椿树到

---

① 西班牙语：看！

湖上的亭子只有一步之遥。这时，她真的看到一个人，男人或者女人，在香烛棒的高度飘着，像一只气球在黑色的口袋里挣扎。是雾的原因。是我的视力的原因。她从一个亭子跑到另一个亭子，从一棵树跑到另一棵树，雨伞坏了，脚下蹚着水；她飞奔着，不知是因为风雨的原因，还是因为惊吓的原因；她浑身湿透，分不清是雨水还是汗水。已经快到了。我在这里，我在那里。轰隆——轰隆——据学校里那些上了岁数的信佛的女佣说，魔鬼掌握着台风的缰绳，骑在台风的犄角上。因此，每个人都要买一块猪肉或鸡，去庙里上供、磕头。现在要做的应该是回去，英语教师想。可是，现在医院比家更近。更不要说如何面对特立尼达、面对特立尼达时的羞愧和自己的放弃。她奔跑起来。天空时而阴云密布，时而大雨倾盆，八面来风吹得枝叶不辨方向地摇摆。幽灵的叫声盖过了风暴的呼啸，抑或是自己的喊叫声？

她手脚并用地爬上通往医院院子的那个陡峭的台阶，仿佛是在爬罗马的圣阶。我终于到了，圣母啊！来到台阶顶上，她精疲力竭，满身泥水，却忽然感到自己看不见东西。她擦了擦眼睛，还是看不见。某种鸟，某种鸟的粪便可以致盲，不论是在中国，还是在犹太山地，人们都知道这个。在《旧约》里，多比①是一个好人，当他露宿休息的时候，那种热的脏东西掉到了他的眼睛里，因此，当他一觉醒来时……是肝脏的问题，我得了肝病，是那些松花蛋。鱼胆，蛇胆。多比就是用胆汁治好了自己。是肝的问题还是地狱般的飓风的问题？她听到救护

---

① 见《次经·多比传》。

车的声音：嘀——嘀——！……有人受伤。有可能和她一样，瞎子。一只鸟在风中飞，它挥动着白色的翅膀，狂乱地飞着，谁敢向它发起挑战，它的毒汁就射向谁的眼睛。瘟疫。害虫。祸害。埃斯特尔贴着医院的院墙艰难地走着，她一边摸索着踉踉跄跄地走，一边想到自己从事的工作。特立尼达说得有道理。还有萧，萧怎么可能竟然不告诫她。她向南走去，南边有一个女友。她继续向前走，后退了几步，抵抗着，挣扎着。一直来到教堂后方与圣器室的拐角处才停下脚步。埃斯特尔大声喊起来：阿燕！……阿燕……没有回应。她继续喊着：阿燕！……仍然没有任何应答。难道是老妇人出事了？台风掀翻了圣器室的屋顶，摧毁了教堂的钟楼，吹倒了她的住房，谁知道呢。阿燕！……

终于，阿燕对路人的呼唤有了回应，接待了她，给她倒了一杯茶压惊，用鸡蛋清为她清洗了眼睛，用熨烫祭袍的熨斗熨干了她的衣服。熨斗在雨水淋湿的布上发出吱吱的声响。埃斯特尔穿着一件旧长衫，一个念头涌上了她的心头：思远。谁能比阿燕更适合打听那个亲切名字的含义呢？有时，她自己随心所欲地翻译：初升的太阳……金色的岩石……海洋的皇帝……可是，她从来都不曾想到问一问阿燕。阿燕定期到学校来卖用皱纹纸做的纸花、用生丝做的绢花，甚至也有鲜花；她从小教堂到教师之家，逐个敲开每位教师的门。埃斯特尔每星期六都要买一枝牡丹、一枝郁金香，或者满楼道飘香的当归花。蓝色的绢花可以扎在女人的辫子上，减轻她们的哀思；有封斋节之花，有复活节之花，还有新年红艳艳的花。整个学校都认识这位卖花女，可是，英语教师是她最好的顾客。怎么会直到现在才……阿燕会讲葡萄牙语，她是多年前作为葡萄牙驻上海领事的佣人来到澳门的。这个中国女人皈依了天主教，学会了教规，做了圣器管理员，几乎成了一名修女。她的全名叫阿燕·塞莱斯迪·达康塞桑，领事夫人是她的教母。

阿燕认识一个叫思远的人，那是她第一位老板的儿子，不过，那似乎是一个不走运的孩子，溺水而亡。埃斯特尔仔细听着卖花女的话，掂量着这个女人说出的字：不走运？你是说思远"不走运"？阿燕盯着她：怎么会？他的名字很招人喜欢，一个男孩子的名字。然而，有的时候，也会有自相矛盾的名字。在中国，给孩子起一个难听的名字并非想让他死，因为死神有自己的喜好。她自己不是也曾见过好人走在恶人的前面、白发人送黑发人的事情吗？很少见到破罐子摔碎的。她的男孩，死神的宠儿，那个孩子，淹死在一个盛水的木桶里。赞美上帝吧！一时间，英语教师竟担心起来，害怕阿燕问她在哪里听说了这个名字。北方人的名字，思远。问就问吧。一个故事，一部正在读的小说里的故事，思远，小说的男主人公。阿燕吹了吹熨斗上的火。门的下方，一堆树叶打着旋。阿燕划了一个十字。

巧合：晚上十点左右回家途中，埃斯特尔一定会与陆思远迎面相遇。一辆对面开来的出租车，里面坐着一个男人，额头上扎着绷带。停！她对司机大喊一声。陆一定也是这样做的。两辆车紧挨着路旁的排水沟停了下来。您为什么叫我停车，小姐？司机嘟囔着说。那个人是路环港务局的人，受了伤，路环那边的天空似乎一片片地塌落在黑沙和九澳的村子里，海水摧毁了渔港的防波堤，冲走了小舢板和帆船。

如果从阿燕那里得不到任何关于"思远"的信息，那么，埃斯特尔就再没有任何人可以打听了。其实，一天，在萧小姐的课上，似乎是为了变一个花样，她曾这样要求：给我讲讲中国人的姓名吧！我对姓名很好奇。和华略显吃惊地问：姓名？讲什么？学生的姓名？这个嘛，学生的姓名……男人的姓名。给我讲一讲男人的姓名吧。她的脸红了。萧用胳膊支着下巴，眼睛注视着她。不相信？看你说的，我不相信？！她想了想，考虑了一下最具代表性、最典型的名字。你看，我的父亲是四川人，因为他刚来到这个世界的时候又小又弱，家人便给他起了"健"这个名字，中文普通话的意思是"健康"，中文教师解释说。不过，不论是普通话还是粤语，男孩子的名字总是很大气：荣啦、聪啦、富啦，甚至王，一般用类似"虎"的字来替代。有一些名字是男孩或女孩都可以用的：玉啦、永春啦。一般来说，这是在老来得子的情况下。这些名字，与其说是为了孩子的体面，倒不如说是为了父母的面子，对吧？年轻人会因为名字而骄傲吗？会有知恩图报的举动吗？比如灵石，也就是玉。埃斯特尔聚精会神地听着，期待着。就在她要开口说出"思远"这个名字的时候，叮铃——叮铃——，午饭的铃声响起。好啦，家庭作业！萧看了看表，一边写着什么，一边提醒她注意字的写法，不要从后向前写，不要写错笔画，下一节课要……我会给你一份名单，我保证。中文课，半小时，隔周的星期六上。关于姓名的课到此结束。

阿燕在一个陶盆里烧了几枝艾蒿和芦苇秆，缅怀她的"思远"。这不是一个普通的名字。在她的一生中，她认识两个"思远"。那个孩子，不幸的小家伙。父母，可怜的家伙，父母不喜欢他。阿燕九岁的时候便已经工作了。全家都不喜欢这个连自己都照料不好的小女佣，把她扔到街上任人欺负。衣服干了，埃斯特尔脱掉长衫，开始穿上自己的衣服。阿燕背对着她，透过在风中吱嘎作响的百叶窗的窗缝向外望着。热浪充斥着小小的房间，笼罩着它，在房间里跃动，像是湖面上的一群蚊子。刚才我还什么都看不见呢……阿燕让英语教师恢复了视力，让她比任何时候看得都清楚。她看到空气，看到了这个上了年纪的中国女人映在窗帘上的忧郁的沉默。她还看到了自己的急不可耐像一道烟似的从嘴里喷射出来：那么，阿燕，"思远"是什么意思？她甚至看到了那个弥留之际的孩子和正在抚慰孩子的阿燕，上帝保佑。圣器管理员转回身，指着屋角放着的床：为什么不躺一会儿？你在站着睡觉哦！

  躺在席子上，埃斯特尔惊奇地发现，自己现在竟看到了本来无法看到的事物：无体无形之物——空间、惊恐、激情。可是，她首先需要眼盲。多比，多比雅的父亲，就是因为取下了眼睛上的白膜之后认清了撒拉的神秘。然而，她，在她的周围，神秘的面孔复杂而多样，正如从古老花园的九曲桥上望月。圣器管理员一边将一条土耳其毛巾盖在埃斯特尔身上，一边喃喃地说着一些令人费解的话：思远的名字？可是，经历了精神紧张超过了好奇心的一天之后，埃斯特尔此时已经陷入了沉睡之中。

陆思远住了几天医院。一听说他出院了,埃斯特尔便想去看望他。下午课后,中国教师们去开校务委员会会议。埃斯特尔暗自下了决心:或者今天就去,或者永远都不去。她回到自己的房间。星期六,院子打扫过,垃圾堆在院子的角落里,小教堂的钟召唤女教徒们去做七苦圣母祷告。埃斯特尔站在镜子前收拾停当,廉价的镜子里出现的是一张被挤压得变形的脸。不过,在另一面镜子里,在男人的眼睛里,会是一张十全十美的脸吗?低胸的玫瑰色连衣裙。中国男人喜欢他们的女人将胸紧紧裹在长衫的领子里。正因为这个原因,因为不是他的女人,因为是另外一个女人,因为是一个不同的女人,然而,也因为他已经准备爱她。她看了一眼手表,让我去吧,二十分钟之内有一班渡船。她跑下楼梯,穿过篱笆墙,一直冲到街上。她是那么敏捷,身体挺得那么直,仿佛一个高擎着胜利火炬的人。

然而,当英语教师来到大门口,走上去码头的那条路时,她变得谨慎起来。小心,可能会遇到熟人:别胡思乱想,谁会在这个时候去离岛呢?更糟糕的是可能有人跟踪自己。这里到处都有懒散的军人。懒散是万恶之源。万一有人看到自己上船,万一那个人在咖啡馆说三道四:圣达菲学校的女教师经常坐船出门,你们注意到了吗?

码头到了。放心了,一个熟人也没有见到。码头上全是中国人。可是,埃斯特尔还是感到有些局促不安,感觉自己像一个脱光了衣服而失去了保护的人。她不断看着手表。船晚点了,回来就晚了,同事们就会察觉她不在学校,邻居就会立刻敲着门环:*May I*? 上帝啊,周围的宿舍，每一扇门、每一扇百叶窗的吱嘎声，走廊里从第一间宿舍、第二间宿舍，直到最后一间宿舍的脚步声。与其说比邻而居，倒不如说杂居一处。不但圣达菲学校是这样。绝不是。整个忠诚之城①都是这样。那个弹丸之地。那个池鱼笼鸟之地。

埃斯特尔焦急地等待着篱笆门打开的那一刻，期待着生锈的铁栓嘎吱作响的声音、舵手的喊声和开船的哨音，期待着终于能够用双手捧着特立独行的沉甸甸的感觉，同时，天晓得，还有对后悔和返校的担心。

终于上了船，她在船尾的油桶和煤袋之间坐下。船尾，油和煤的气味，脏兮兮的。为了爱在所不辞！可是，在心里——真荒唐——似乎她不是自觉自愿来的，倒好像是被强迫的，被送到这里，被派到这里，不得已而来此。

船驳岸的时候，天色渐晚。乘客们一个接一个地走下船去，乘客和货物都不多。她让自己安静下来，活像一只老鼠，而驾驶舱里的舵手蹲到地上抽起了水烟。透过舷窗，埃斯特尔看见了陆。他的一条胳膊似乎放在胸前……她犹豫着要不要去见船上的这个男人。船长？船长已经全好了吗？她不知道汉语里船长怎么说。陆，陆先生。陆，路环岛上一个很普通的姓。每一条帆船、每一条拖船上肯定都有一个陆。他们全都是陆家子弟、陆家子孙，凭着姓氏、渔船的船名或者出生年份而彼此相识：富字辈的陆，健字辈的陆。跳到岸上去见他，这是最正常不过的事情，哪怕有风险，为什么不呢？她问自

---

① 指澳门。

己,如果萧在自己的位置上,她会怎样做。萧?邻居来这里做什么?不仅仅叫他陆,而是叫他的全名,那个男人会马上听出他的名字。她仍然一动不动,什么也没有问。思远,这个她那么喜欢反复叨念、反复想象、反复幻想的名字,现在,却莫名其妙地让她难以叫出口。

返校。她的面前,几个男人正在玩博彩游戏,女人们用背带背着孩子,坐在条凳的一端。中秋节的夜晚。在澳门,在澳门的山丘上,人们都在向那个像橙子似的圆圆的黄色星球致敬。圣达菲的教师们也去山上了吗?教师之家空无一人吗?哎,但愿如此!虽然是月圆之夜,澳门却让人感到些许哀伤。浪漫而哀伤。浑浊的河水,白晃晃的江面,月光下黑黢黢的中国岛屿。更让人哀伤的是,她去了路环岛,那么远的路环岛,花了一个小时,回来又一个小时,既毫无舒适可言,又随便轻率的旅行。她去路环岛是为了追求一个人的心,而那个人却没有给她带来希望。她的勇气,她的玫瑰色丝质连衣裙,一场失败。

当时,在澳门,不忠的爱情,例如地下情,是每日的谈资。是爱情,也是交易,然而,后者是自由而合法的。钱,钱什么时候遇到过障碍?因此,爱情当于暗地里,交易则是在光天化日之下,有时在贾梅士花园,有时在豪华酒楼的盛宴上。

至于学校和学校里的爱情,近在眼前:萧和华。中文女教师定期的香港之行。萧小姐去看她义父的这个星期——学监习惯这样说。中文女教师经常带些小礼物分给同事们:杏仁露、杨桃羹。一次,她穿了一件背部带图案的织锦缎的长衫。*May I come in?*① 天啊，真漂亮！萧转了一圈，又转了一圈：*Hand painted*②！正面，侧面。玻璃丝袜，半高跟的牛皮鞋。往日里，她习惯的是平底鞋、牛仔裤、直发配发箍。现在，波浪式的卷发。丁香花的底纹之上，一个金色的竹枝沿左肩绕过项链向上伸展。*Lovely! Very dainty!*③ 在香港买的？当然。其实也不是买的，不是，是礼物。礼物？为什么？今天你过生日？她在床沿坐下，膝盖并拢，两手相扣，像是在做传指环的游戏。中国女人现在只差一个盖头，那是新娘在结婚日必不可少的物件。不是，是昨天，二十九岁。她点了一支烟。香烟。长衫两边的开衩几乎到了腰部。

一个星期天。晚上十点。萧小姐打扮得如此妖艳要去哪里？你要出去？我？瞎说！可这不是睡衣，对不对？埃斯特尔开玩笑地说。中国女人站起身，在房间里来来回回踱着步子：我是来看看你，想和你喝一杯茶！她从床边走到洗手间，三步。你的镜子比我的好，知道吗？她又向床边走来。埃斯特尔还从没有见过她现在这个样子。很好，欢迎。她挪开书，腾出放茶碗的地方，拿起暖水瓶，背对着萧说：看样子，是你义父陪你过生日的。*Yes*④。他为你举办生日派对，是不是？*Yes*。客人的鞋跟轻轻地击打着地板，每当走到草毡时便没有了声音。埃斯特尔一边倒茶，一边心里问自己，在如此狭小的空间，她们彼此竟不曾相遇或撞见。她用两只手捧着茶碗，恭

---

① 英语：我可以进来吗？
② 英语：手绘。
③ 英语：好美！好雅致！
④ 英语：是。

敬地说：*Happy birthday to you*!① 现在，两个人静静地喝着茶，可是，埃斯特尔还在想着刚才的话题：她在香港是不是有很多朋友？她的朋友们参加了她的生日派对吗？这时，有人在走廊的尽头咳嗽，萧连忙将一个手指放到嘴唇上。埃斯特尔不能相信邻居如此讲究如此漂亮的装扮只是为了从她自己的房间到隔壁房间坐一坐。真浪费。她弯下身，小声说：咱们去看电影，夜场……，如何？打扮得如此漂亮，应该去皇宫娱乐场，到皇宫娱乐场吃宵夜、跳舞。和谁跳舞？中国女人打断了她的话。和我的影子吗？所以啊，咱们去看电影。看什么电影并不重要。只为了消遣。还为了看你显摆哦！这时，埃斯特尔发现朋友脸色发白。咱们去吧？我很快就穿好衣服。然而，她的话毫无说服力，仿佛周围的一切都在拆穿她的话，让她的话化为泡影，似乎在告诉她，还是继续待在原地为好，沉默着，在沉睡的房子里聆听吱——吱——的蝉鸣。那些蝉一定是在菠萝蜜树上，和华小声说，因为蚊子的缘故，她熄灭了油灯。这些小傻瓜，它们还没有发现那是一棵死树。都怨蚂蚁，吞噬尸体的家伙……她站起身，抚摸着丝绸长衫，这在澳门是很少见到的，至少穿在她的身上是罕见的：我本来一直穿得那么惨！她再次点上灯，走到镜子前，擦去口红。本来我已经万事俱备，准备这个样子去看电影的！她从脚上拔掉鞋。*Mán hón*②! 她的脸色惨白。因为是夜晚的缘故？因为黑眼圈周围涂了绿色的缘故？因为她忍着不哭的缘故？

---

① 英语：祝你生日快乐！
② 粤语：晚安。

大约十分钟后，最多十分钟之后，邻居已经躺下，床发出吱嘎吱嘎的响声。埃斯特尔想到也许她在香港已经穿过这件长衫。于是，嗒嗒，她用指节敲了敲隔墙。*Yes*！你第一次穿这件长衫是在香港吧？怎么？哎，那是另一回事，香港，在那边，没有人注意。可是，你到底穿了没有呢？走廊里的灯又亮了，一个长长的"嘘"。容小姐，一定是她，不但讨厌，而且耳朵特别尖。她不是被鲍比的叫声吵醒，睡意全无，发誓要毒杀那条狗，就是被院子里的猫叫吵醒，或者被吊顶上的一只老鼠窸窸窣窣啃福米卡材料的声音吵醒。

每当无聊，或者更糟糕，郁闷的时候，埃斯特尔常常躲在自己的世界里叹息：哎，我的生活啊！哎，我过的是什么日子啊！或者，孤独地小声自言自语。有时，她也曾想，相同处境中的芳邻们是如何排遣郁闷的。中国女人们，稳重而谨言慎行。每天，在这所房子里，到处都是她们切分音似的只言片语、欢呼惊叫、笑声，然而，她们的心……在她们的脑海里，心随着布鞋无声的节奏跳动着。埃斯特尔甚至想象那些中国女人的头脑和她们不再缠足却仍然无声的脚之间的配合，以及她们因此而具有的平衡和美感。不论她们各自扮演什么样的角色，却都不是居住而是漂浮在这所房子各处。秉性如此，中国女人们。她们，我们权且这样说，像是一群需要隐藏自己，而不是展现自己的人。

然而，令人称奇的是，艳丽之夜后的早晨，和华像一切不曾发生过一样。真的什么都没有发生。早上，她又穿上了平常穿的裤子和帆布鞋，戴着发箍。如果不是那些学生们。在学生们面前很难掩饰和假装。因此，消息不胫而走：萧小姐在香港烫了头发，很适合她，她显得更年轻、更摩登了。背后议论，跟女教师可不能开玩笑。然而，她无法阻止的是，当她经过篱笆墙的时候，女学生们抛下游戏，跟在她的身后挑衅似的喊道：*Hou léang! Nei hou léang!*① 真漂亮，你真漂亮！

不过，在埃斯特尔看来，那不过是她的独白方式，学监把一切都看在眼里：看，现在她开始自言自语了？开始的时候都这样。开始什么？她说"开始"是什么意思？罗莎谢绝了椅子，抱怨说自己的事情堆积如山。你看，萧小姐已经说她要批改作业，要改掉用铅笔敲打学生和不高兴时牢骚满腹的毛病。哦，那是另一回事！修女坐了下来，开始解释埃斯特尔的自言自语和萧的自言自语之间的区别：中文部的老师，这里大家都能理解她，不是吗？她们全都说粤语，全都明白她说的话。这是事实。埃斯特尔只好认错。你不要忘记罗塞蒙德，不要忘记学校里是怎么传她在晚上接待来访者的。那个德国女人不过是大声念了几封信。她写的信吗？是，因为她从来收不到信。如果是法语，这里嬷嬷们都懂法语，或者是英语……可偏偏是那个谁都不懂的语言！罗塞蒙德一定是为了发泄，正是因为那个地方谁都听不懂她的话。要证明自己，为什么不呢？在一个谁都不懂我们语言的地方听到自己的语言好比在沙漠里见到一条小河。抑或是一种承认，一个重逢？

关于德国女教师，没有更多的消息留下来，只知道

---

① 粤语：好靓！你好靓！

她不告而别。那是一个晴朗的日子，与三个月前她来到这里时一样，罗塞蒙德消失了。然而，关于她，出现了两种说法：种种说法，当然，都转瞬即逝，这不仅因为德国是那么遥远的一个国家，而且因为一个人既然消失了，那么，他很快便会被遗忘。一些人说，她来这里是为了了解圣达菲教团，并对其传教活动做出评估。罗塞蒙德想来东方从事传教事业。另一种说法则与男人有关，这种说法在校外比在校内流传得更广。德国女人与一个亚洲人有了孩子，那个有一半中国血统的人是澳门娱乐场高管。这个外国女人追随她的情人而来，她会说中国话，会说各种语言：像魔鬼那样？可是，那个男人却没有给她回应，于是，姑娘离去了。然而，对于教师之家来说，失去的是走廊的转角处那总能看到的罗塞蒙德的红头发和她在试唱课上的歌声。她高高的个子，头发像一团火出现在竹屏风的上方。每个圣日的下午，都在教学生们：哆，来，咪……

在失败的路环岛之行那天晚上，埃斯特尔梦见容小姐在四处散布她对陆思远的爱恋：就是港务局的那个人，知道吗？所以，她坐船去见他，那个人是有妇之夫，真不要脸！餐桌旁，十四位中国教师全都对她侧目而视，全都不理她。连多拉也是这个样子。米饭盆端上来了，她最后一个去盛饭，筷子却从她的指间滑落了，米竟变成了虫子。虫子?! 惩罚。这是惩罚。中国故事里的惩罚就是这样：一个月亮门，拱门下方有一张桌子，一条蛇盘绕在酒杯里，使杯中的酒成了一杯毒酒。我没有碰米饭。可是，她却引起了注意。也不能不吃。她将整瓶调料倒入盘子里。闭上眼睛,这样就看不到自己咽下去的东西。最后,同事们一言不发地离开了,幽暗的餐厅里只剩下她一个人独自面对有毒的饭。就在这时,突然狂风暴雨大作,对着院子的玻璃窗发出"乒乒乓乓"的响声,餐厅里变得漆黑一片,哗——哗——的雨声,咆哮的汽笛声。路环岛,船只云集于路环岛,萧和华的收音机在播报。水涌入了路环岛。天啊!萧小姐去路环岛做什么?没有人回答。她挣扎着想站起来,却做不到,她被捆在了板凳上:是开往路环岛的渡船上的板凳吗?看,餐厅里也进了水,绿色的瓶子、那些虫子漂了起来;看,她的男朋友落水了,沉没了,那是她的男朋友。他在中国游过了一条像海那样大的河。是黄河吗?如果我邀请萧和我一起来路环岛就好了,她一定会帮助他,一定会救他。陆又把胳膊放在胸前。萧像一条鱼似的在游。他曾经游过了黄河。为什么会发生这样的灾难?是中国女教师的报复,就是这个原因,是报复。萧在念咒语。中国女人在报复。如果她能从板凳解脱出来,离开那里,去找这位中国朋友,跪在她的脚下:*For God's sake!*① 对不起。首先要做的应该是向她道歉。不幸事件的始作俑者,除了我,谁能是始作俑者?(她难以相信,却必须接受)在路环岛发生的事情都是我的错。惩罚?

夜晚总是以淋漓尽致的方式将那些无法亲身经历的事情呈现出来,就好像那一切真的发生过,或者真的毫无意外地发生着一样。这种事情不只发生在埃斯特尔身上。一天下午,萧又来到她的房间:我总是做梦,甚至

---

① 英语:看在上帝的分儿上!

觉得没有梦就不算睡觉。她讲起了自己前一天晚上的梦。她像以往一样去了香港,却没有返回。结婚了,是吗?埃斯特尔问。在香港结婚了?中国女人没有回答,陷入了思考。结婚?没有。不记得结婚。可是,的确留在了那里。之后,她想念自己的东西,她的书籍和金丝雀。她来到挂长衫的衣架前,她推测说。这时,她醒了,在床的尽头并没有看到衣架,她想念那个衣架!最奇怪的是,她不能来澳门取任何东西,也不能派别人来。某种巨大而无情的东西将她与学校和澳门分隔开。是海吗?一片突然涨潮的海,一片波涛汹涌的海……

她起身告辞。然而,埃斯特尔却不让她走,因为她还没有讲自己的噩梦:经常做噩梦,醒来仍然心有余悸,甚至吓得大叫起来,吵醒整个教师之家。中国女教师立刻问:噩梦?让我看看你的眼睛、舌头。这是心脏和血液的问题。寒,是寒气。夏天怎么有寒?没错,小姐,这种寒与季节完全没有关系,而与人体内的温度有关系。不平衡,是失衡问题。是我曾经跟你讲过的阴阳的问题。她让她保护好胸部:不要穿这种西式低胸上衣,要穿中式的,衣襟一边压在另一边的,带领子的。我是阴盛,对吗?埃斯特尔问。我是不是虚弱?不,不是弱的问题,只是你身体的内气问题。她们互相对望了一眼。有人在为洗澡的事情发生争吵。水是定量的,每两天洗一次澡,或者更长时间。萧劝埃斯特尔不要用眼过度:你晚上看书,这有损你的健康,伤肝,不利血液运行到肝部。

当客人离开之后,英语教师开始回味刮台风那天自己失明的情况。肯定是因为风刮起的灰尘。无论如何……关于这件事,萧会怎么说?她的诊断是什么?有很多致盲的情况。因愤怒而失明的人是危险的，他会破坏周围的一切。因感情而失明的人会毁灭自己。因黑蒙而失明的人不过是经历一次情感波动，一次慌乱，就像太阳表面的影子，一次日食，更不要说神秘的喜不自禁：圣露西亚①将自己的眼睛盛在银制的盘子里换取上天的许可，并宣誓（在中国也这样吗?）：为了照亮我们的光！为了那一双双眼睛！

教师之家。整座房子建筑在一口井上，这是上了年纪的女佣们经常谈论的话题之一。怎么会在一口井上？千真万确，并且那是一口酸水井，因为这个原因，嬷嬷花房里的植物萎蔫不振，衣服总也洗不干净。确切地说，那是在很久之后，自十九世纪末陆续来到澳门并居住在十八世纪修道院废墟上的圣达菲学校的女教徒们，那些嬷嬷们，发觉这里的水质恶劣，就让人填埋了那口井。再后来，女修道院长，一位年轻而富有活力的法国人，重修了修道院和小教堂，并将校舍加高了一层。那些水只被用来喂经常在附近游荡的猫。关于那些猫的说法是值得相信的。直到今天，它们仍然舔着长满青苔的石墙，喝着从一道裂开的水泥缝渗出的水，全然不顾墙头上鲍比的狂吠和洗衣房女工驱赶它们的扫帚。每当这个时候，埃斯特尔便从窗户招呼她的邻居：看，咱们的"老房客"，看，它们多想念那口井啊！在萧看来，酸性的水适合经常与蛇肉相配的酸性的猫肉，那是一种以"龙虎斗"闻名的美味。

---

① 圣女，传说中的光明使者。

萧知道在中国某个地方有一个名叫"甜井"的宫殿，圣达菲学校关于酸水的问题成了两个人聊天中的文字游戏。看，如果这个宫殿是皇家公主们结婚的地方，那里种着无花果树和葡萄树，那么，这里便是猫交配的地方，而荒芜的花园里生长着苦艾。文字游戏。嘲弄。例如拿罗莎·米司蒂卡开玩笑：嬷嬷，你知道咱们的地下有一个实验室吗？各种你需要的酸，嬷嬷，你的化学！猫的炼丹术！而关于井的故事，中国女教师可以从老人们的记忆中去挖掘：从来没有人淹死在这口井里？某个灾难，天晓得，某人的自杀。否则，为什么填埋这口井？如果它既不能浇灌花房里的植物，也不能用来洗衣服，一定有其他用途。水毕竟是水，哪怕用来清洗院子，蒸汽可以用在厨房里，或者在极端干旱的情况下，一种假设，用于灭火。为什么一定要在井上盖这样一座十字架形状的浑圆高大的房子？

酸水井之家，任何一个明眼人都会称它为沉默之家。因为，除了琴房里试唱练耳和练习音阶的歌声之外，楼道里只有低声的窃窃私语，谁会在那里高声谈笑？比如，谁会在那里唱歌？钢琴，拖沓而嘶哑。一连三个月，罗塞蒙德，哆——来——咪——，她嗓音低沉，白皙的胳膊做出为这座房子祈福的样子。罗塞蒙德，在她之后，一位日本修女，她的名字很奇怪，因为中国女教师们给她起了外号，叫她"中板嬷嬷"。"中板嬷嬷"身体瘦小枯干，经常隐身在屏风后面。但是，下课之后，偶尔——不是有人这样说吗？——她偶尔出现在那里，弹奏出短小的和弦，轻快而舒缓，抒情而缠绵。短短的几分钟而已。之后，砰——，钢琴盖子的声音。于是，当音乐教师沿着走廊一路走来的时候，中国女人们纷纷跑到自己房间的门口，而音乐教师则这边那边频频施礼，送上一个微笑，似乎是在表示歉意："中板嬷嬷"时间……

其他……

萧和华的金丝雀常常换羽，每当月光之夜，因为容小姐失眠的问题，它的主人便将它罩起来。萧还是唯一一个有收音机的人。因此，有时，埃斯特尔会被一阵叮叮咚咚甜美的音乐声叫醒。

鲜活的沉默，沸腾着生命的沉默？

好吧，答案取决于对问题的感受，因为那里的生活，表面上……不是生活的客厅，而是门廊。北方的门廊，瓷质的屋顶对着杂草丛生的小花园的门廊。那里，鲍比对着月亮、萤火虫、壁虎和猫吼叫着。

门廊难道不是这座房子的精神象征吗？

门廊，那是中国教师们举办中秋晚会、新年晚会、为这个或那个精力旺盛的同事举办生日派对的地方：在山坡的台地上燃起一小堆篝火，若干小吃，茶啦，烫好的酒啦，皮影戏啦。新年之际，空气像一把刀，她们便将床上的棉被裹在身上。新年前夕，因为萧小姐抱怨杂草长满了院子，大扫除是必须的，所有的房客们全都拿起了锄头和扫把。

门廊。那里正是教师之家交流的地方。*Parties*①。打麻将牌。家在中国的同事们每年探亲归来时的喧嚣。现

---

① 英语：派对。

在，她们像耶利米①面对耶路撒冷哭墙，头发遮面，握紧拳头敲打砖柱。

门廊。深夜，如果有人忘记熄灭门廊的灯，对于深夜起身的人来说，便会觉得那是一个神圣的地方。这时，埃斯特尔便会突然浮想联翩：会不会有人半夜三更越过门廊那个圣殿，进入房子，让所有的人心惊肉跳？有人？谁？某个翩翩少年？当然，一位翩翩少年。里面紧锁着九位风华正茂的姑娘。可是，那会是什么样的少年？他要到哪里去？天空中一弯残月，蓝色琉璃瓦的屋顶，摇曳而暗淡的灯光，像圣龛上的灯光。少年，离得最近、最可能的就是天使库斯托迪奥②，他的等身雕像就在主教堂的右侧。米格尔③，英武的正义与审判骑士，他戴着希腊头盔，穿着短袜和护胸甲胄。有翅膀的阿尔坎若④，他可以飞过门口的旗帜而不被发觉。龙，强大而恐怖的战斗英雄。龙？英语教师用被单捂住嘴。啊，可是，龙不是代表中国吗？不过，在那个城堡里过着修道院生活的姑娘们难道不都是龙的传人吗？她们的血管里不是流淌着魔鬼的血液吗？不，米格尔绝不可能。阿尔坎若，一个敌人？！

埃斯特尔打开灯，醒过神来，不再天马行空地胡思乱想。

绝不会有人来找她们，不论是黑夜还是白天，不论门廊是否亮着烛灯。谁都不会。没有一个少年会来。门

---

① 《圣经》中的人物，被称为"流泪的先知"。
② 葡萄牙的守护天使。
③ 即《圣经》里的大君、天使长米迦勒。
④ 即米格尔。

廊，祭坛里猫互相爱抚，黑暗中的尖叫，或斜坡上的月亮，就像一系列祝圣仪式。猫施展情欲与暴力的门廊和酸水井都是这座房子的组成部分。

星期六，玉湖茶楼，屡屡被推迟的饮茶。难道是埃斯特尔和甘多拉都不愿意像完成任务似的去赴聚会吗？也许吧，虽然双方并非有意为之。一般来说，心碎与一见倾心都是始料未及的事情。爱情也是这样吗？仇恨不是。仇恨，一个恶习。她们的情况是友谊。像橄榄油一样的友谊，这就是她们的友谊。你是我在澳门认识的第一个人，是你去接我的船……我去过果阿，果阿一直在我心里。表面是清澈的橄榄油，可是深处却别有隐情。隐情，此情此景中，彼此缄口不言的是什么？

两个人来到茶楼，面对面在板凳上坐下，彼此的心中都感受到一阵快乐的涟漪。好想你啊！我们不会再错过了，对不对？果阿女人丝毫没有停顿：新闻？关于自己，没有什么好讲的，安安静静平淡无奇的每一天。她问埃斯特尔是否和中尉去看过电影。去了，星期四，一部好看的电影，可是，不是和中尉一起去的，不是。果阿女人瞪大了眼睛：那是和谁？两份茶，她们要了两份茶。两壶茶。总是心不在焉，这个 Sai-Kó！多拉用扇子敲着桌子边叫来服务生。抱歉，今天没有那种带馅的点心。茶不是太清淡，就是太浓酽。上茶。走开！

你到底和谁去了，我可以知道吗？甘多拉，她从来不去看电影。如果是因为没有人陪伴——可是，埃斯特尔曾自告奋勇陪她去。其实，她对电影无所谓。上午，教堂；下午，逛一逛商店、街市。给自己放大假。午睡。

三个小时的午睡。据说,这样会长肚子。她露出短短的文胸与纱丽裙之间的胃部。在她的家乡,男人们喜欢丰腴的女人。可是,她并不因此就对家乡的男人感兴趣。她撇了撇嘴。门托先生,那个摩尔人!你认识他,不认识?与他合得来吗?埃斯特尔与萨卡里亚斯中尉的关系是否是严肃的,他们是否准备订婚。只是随便问问,并不在意答案。消遣而已。多拉说,这与澳门女人们那种说长论短、搬弄是非不同。关于萧,你连问都不问。萧,不感兴趣?才不是。她好像什么都知道。

这时,她们的聊天进入了细节之处,约定一起去香港,去逛商店。她们都喜欢逛商店。果阿女人聊着,确切地说,她谈兴很浓,脸上放着光。我想在香港买一个戒指,知道吗?特别喜欢戒指,不再买一个绝不离开。她倒光了茶壶里的水,为朋友斟满一杯茶。假期真烦。宁愿上课,哪怕明天一千倍的课!她的脸色暗淡下来。今天就不说了,下次我一定讲给你听。因为有堂·博斯科老师陪她从教堂回家……咳,我不理他,是他一厢情愿。这是什么,一个洞,没错,是一个洞。这时,两个人意识到是时候了。她们叫来服务生。两个人都想付账。这次该我了!不,是我!好吧,我们对半分。

街上,人行道上,女孩子们用滑石画出格子在玩跳房子。两位女教师停下脚步。一个沙包,单腿站立的游戏者,她小心地将沙包从一个格推入另一个格,然后继续,嘀嘀,眼睛望着天,像瞎子似的。多拉和埃斯特尔相视一笑。她们在玉湖茶楼的相聚也像这场游戏。在玉湖茶楼,她们的话题从一件事情跳到另一件事情,目光望着旁边,小心地避开危险。

她们道别分手。

果阿女人心急如焚,她要赶回宿舍,脱掉凉鞋光着脚,鞋带令她很难受。星期六见!可却好像是在说:后会有期,随便哪一个星期六。

埃斯特尔留在原地。小的时候,她也玩过跳房子游戏,只不过玩得没有这么好。"跳房子"的中文怎么说?这里画的是一架飞机:是一架飞机还是一个张开双臂的人?女孩子们换了一拨,开始抽签,单腿站立,新一轮游戏开始了。那么熟练,那么较真。不过,游戏中间,她们可以把双脚放在飞机的翅膀上稍事休息。是放在飞机的翅膀上,还是人的胳膊上?

"你现在去见中尉吗?"甘多拉刚才问。

"不,我们没有任何约定。天太热,我有些累,要早睡。"

埃斯特尔往回走,向广场一角的一家餐馆走去,想喝一碗鱼肉粥。天黑下来。这个时候,同事们在餐厅。我从便门进去,将自己锁在房间里,躺到床上去。一份小吃,鱼肉粥,一块钱。英式点心,牛奶加咸味饼干。维多利亚女王下午茶。这一切只要一块钱!餐馆空无一人。肯定不会有人只是为了一碗鱼肉粥来此,除非是一桌晚宴。不信就去看看吧!她坐下,点了粥。就这些?就这些。晚些时候,会有军官来,军官和他们的家人,来此品尝当地食品。某个外地人,天晓得,是不是来自香港,一个孤独的皇家海军司令。有人点了酒,他们抽着雪茄。这些都是她的猜测,当然,因为她从来没有在就餐时间光顾那里。她总是去得晚,而且那些日子,学校食堂的午餐只是为了打发饿了三天的人。每当这个时候,她来到这家英式小餐馆，在角落里的一张桌子坐下，点一碗粥，有些不好意思地狼吞虎咽地喝下去。就要这些？就这些。

回到家，甩掉鞋，合衣躺到床上。晚上，教师之家传出窸窸窣窣的声音：有人拿着热水瓶上楼来，有人在呼噜——呼噜——喝一碗茶，有人穿着塑料凉鞋趿拉——趿拉——去洗手间。琴房里，容小姐在给最年轻的同事试一件连衣裙，两个人正窃窃私语。埃斯特尔听出剪子在生丝布料上发出咝咝的声音，地上有一个空针线盒，微弱的笑声。埃斯特尔听着整座房子里各处的所有响动，这里的一个个房间像一个个鸟笼，有的同事轻轻地爬上双层床，有的滑到地上，砰——，像一坨蛇，有的蹲在绳编的垫子上。埃斯特尔听着，又似乎什么也没有听到，不过是听到自己的声音：自己的思绪，那份存在感和分量，发出的声音超过了其他各种喧哗。可是，偏偏客人们竟都有喜欢靠在我的铁床头上这个毛病……在我的床脚留下的印记，这些客人啊……

她一下从床上坐起来，穿上鞋。

就当没说过那样的话吧。她要穿好衣服，打扮一番，去给萨卡里亚斯打电话："你如果愿意，我们在电影院门口见面。"*Nei yak mon fan?*[①] 漆黑的夜里，不合时宜的"早上好"。哎，可是，萨卡觉得中国话是那么有趣：*Nei yak cháfan má?*[②] 你吃饭了吗？埃斯特尔会大方地问一句，就像他经常对她这样问一样，是要试一试自己的勇气吗？不过，她希望他这样说：啊，啊，啊，喂！他正是

[①] 粤语：你吔完饭？意思是："你吃过饭了？"
[②] 粤语：你吔咗饭吗？意思是："你吃了饭没有？"

这样说的。中尉是一个绅士。他是绅士，或许他喜欢她的陪伴？啊，啊，啊，喂！*Hou ié*①！萨卡里亚斯，他是出于礼貌，还是因为和她一样如此孤独？

无论如何，她要去打电话。打电话，这是积极的一步，哪怕是徒劳的。她开始选择连衣裙：蓝色的？白色的？真不懂为什么果阿女人只需要弥撒和购物就够了。人像船一样：船体的水下部分紧张工作，搅动水流，船体的水上部分浮在水面上。给中尉打电话，和他一起继续演戏，那是看得见的部分。不是有人曾经告诉过我，说甘多拉的袖口里也有一封信吗？比如，钱的问题，她哪来的钱买那么多东西？在圣达菲学校，教师的工资微薄，更不要说初修课程的教师。她又躺到床上：真热！连打扮一下的勇气都没有。应该赶紧把自己收拾好，九点钟门房的电话间要上锁。然而，她非但没有这样做，反而再次靠到鸭绒大枕头上，鸭绒里的硬须扎到了她的太阳穴。

砰砰，*May I*？萧问她为什么没有来餐厅。*You all right?*② 不是因为这个原因头疼。好吧，用 *pá-fá-iáu*。埃斯特尔决定穿蓝色连衣裙：如果她看到我出门去，她会说什么？别担心，我已经用了 *pá-fá-iáu*。隔墙的另一边，萧又在樟木箱子里寻找最有效的药。我现在感觉好多了，我想出去走一走，英语教师用几乎听不到的声音说，可这并没有挡住另一个房间里的萧立刻做出回应：*For a walk? Yes, for a walk。All by yourself? Yes。*③

---

① 粤语：好耶。
② 英语：你都好吗？
③ 英语：走一走？是，走一走。你自己去吗？是。

埃斯特尔加快动作。连衣裙穿反了。她脱下连衣裙。汗冒了出来。这时，上层楼道传来一阵大笑。好像有人在笑她们，笑她们刚刚隔着墙那个短短的、断断续续的谈话。那个人又笑起来。英语教师蹑手蹑脚地走出去。她可以发誓，朋友正透过门缝窥视着她。黑暗中，她走出教师之家，来到冬天的花园里，几个修女从身边走过，她们是去修道院的内院。钟楼传来九下钟声。花园的大门发出嘎吱的响声。病了？病什么，没有影的事！出去寻开心，哪里都不疼了。她穿过到处是积水的花园。上帝啊，幸亏我不是甘多拉。多拉一分一分地攒钱，穿打了掌的鞋，残茶当消夜，箱子里却满满当当。幸亏我不是萧和华。萧每隔一个星期就要跑到香港去：去看一个老人？一个富翁？她在湿漉漉的草地上险些滑倒。可我竟像一个难民似的在这里冒风险……一个黑色的翅膀掠过她的头发：蝙蝠？她用手袋护住帽子：蝙蝠，如果它们抓住了头发，或者剪断头发，或者剪断它们的爪子。天啊！已经到了门廊，那个烛灯，一个黄色的人。不，黄色，不是，脸色苍白而已。白得像弦月：赞美宇宙三大法则的月亮。她拨了兵营的电话号码。我在这里给一个军人打电话到底为什么，我的妈啊。电话的另一端传来萨卡优雅的声音：啊，啊，啊，喂！

甘多拉，那个果阿女人，真的，她一刻不停地往房间里搬东西。女房东告诉学监，她在床底下、衣柜里存放了那么多东西：一箱箱的餐具、亚麻布和一包包咸鱼。晚餐时，多拉总爱吃咸鱼，站在街门口都可以闻到一股难闻的卤水味。当大部分购物者与朋友相见甚欢的时候，多拉却一头扎进瓷器店，左看右看各种各样的瓷器，查看它们的透明度，查看绘画是否完美。然后，像店员那样熟练地抓过算盘，噼啪、噼啪，整套茶具打百分之三十的折扣。她的双手在空中比画了三次：三十！英语、葡萄牙语、孔卡尼语①、粤语：三十！矮个子的店员踮着脚尖，手指像扇子似的张开：*yá*、*ihi*、*saam*、*sei*……*sâp*②！什么？二十五！十！二十！十！她转过身，假装放弃。每星期六，去玉湖茶楼之前。或者，饮茶之后，那时，天已经黑下来，借着灯光，她的手影出现在墙的亮光里：*sau-ieng-chi*③？皮影？终于，店员累了，或者，被吓到了，因为对中国人来说，那些影子是死人的幽灵。中国人转动了一下脖子，将头向后一仰，像是最后的一搏似的：唉，*Ihi sâp*④！

圆桌旁，女工们，她们最多十五岁，正在给她们各自手中的茶杯上色。她们一边用毛笔蘸上颜料，一边交换着眼神：老板，一个吝啬鬼，一个守财奴，怎么竟让那个果阿鬼佬……？！

中尉正准备睡觉，所以并没有表现出多大的兴致。他打着哈欠放下了电话。埃斯特尔几乎开始后悔。她甚至想回到房间，涂一涂口红，换上一双鞋，就好像他能够通过电话看到她、觉得她没有精心打扮似的。尤其是这双鞋。她沮丧地看了看自己的鞋：要不是自己刚刚摸黑穿过花园、那个积水的院子，要不是偷偷摸摸地出门……她摇了摇头。中尉正在"太阳与海"等着自己，

---

① 果阿当地语言。
② 粤语：一、二、三、四……十。
③ 粤语：手影戏。
④ 粤语：二十。

那是军官的咖啡馆,军官妻子们的咖啡馆,这才是最重要的。他在等自己,而自己,一边走进去,一边对自己说:我是这里最漂亮的!这正是门托先生正在写的关于自我心理学的那本书的主题。正因为这个原因,自己希望他顺利,英语教师想。最漂亮的!本来就是漂亮。咖啡馆里人头攒动,所有的目光都汇聚到自己的身上。关于门托先生,中尉曾问过自己:那个老家伙是谁?你们是怎么认识的?萨卡里亚斯戏谑地笑了一下,也许他在生气。门托先生高高的个子,身材健壮魁梧,气宇轩昂,留着灰白色的连鬓大胡子。门托,他的专长是训鸟。然而,她在澳门认识他的时候,他却是一个卖香料的。他在营地大街的街角有一家商店,卖炸芋头和马尔加奥①的香料。可我还是不明白你们是怎么认识的……中尉这样说。多拉这样说。多拉说他不是真正的果阿人,他不会说葡萄牙语,只是名义上的果阿人,摩尔人的血统,异教徒血统。一个讨厌的人,爱给人立规矩,是不是?埃斯特尔却觉得他在这方面很有意思。一天,他们一起去松屋快餐店吃午饭,她用刀切开面包,抹上黄油,而他却用一个教师的口吻说:*I'm sorry, miss*②……很遗憾,英语教师无缘白金汉宫。这个人就是有循规蹈矩的毛病,看见了?果阿女人不耐烦了,说了一句脏话。脏话?!用英语说脏话?不论是用英语还是用葡萄牙语,都是没有教养的表现。在埃斯特尔面前,他从来不会表现得没有教养。他们偶尔会在"太阳与海"见面,他很喜欢那里

---

① 果阿第二大城市。
② 英语:抱歉,小姐。

的茶,对那里的烤面包片也很有研究:烤面包机放在那边的桌子上,他的鼻梁上架着眼镜,观看全过程,然后迅速关掉机器:*Just so*①!似乎是在用那个动作制止一场灾难。据说门托先生过去经营着孟买最著名的一家酒店,一百年前,维多利亚女王曾在那家酒店与婆罗门晚宴。直到今天,女王坐过的那张椅子仍然被作为文物保留着。训鸟人谙熟君主制度和宗教礼仪。通过他,埃斯特尔才知道,自己的名字在希伯莱语中叫艾迪萨,是星星的意思,更确切地说,是北极星的意思。不过,香料商人却待她如 *Queen of Persia*②。哦,这么说,他读《圣经》?甘多拉吃惊地问。果阿女人一直以为他是佛教徒,在印度,佛教徒们崇拜站在大象身上的立佛。佛教徒,而不是印度教教徒,他们的千手佛和他们的魔鬼。门托从不杀生,他的店里有很多老鼠。

在东望洋山上,离兵营几步之遥的地方,出现了一条眼镜蛇。兵营指挥官的孩子们正围着一棵树转圈嬉闹,蛇吐着芯子。要不是黑人勤务兵发现了它,连忙跑去叫来一个中国人……所以,这天晚上,萨卡里亚斯中尉:我们去看蛇吧?电影简直太没有意思。况且,澳门人从未见过像这条那么大的蛇,五十年来都没有过。埃斯特尔庆幸自己没有换鞋。山上肯定泥泞不堪。不管怎样,呼吸一下新鲜空气还是不错的。我已经看够电影了。我也是。萨卡里亚斯高兴了,难得两个人能志趣相投。我

---

① 英语:就这么简单。
② 英语:波斯皇后。

厌倦这里的一切,她说。他伏在方向盘上,汽车费力地向山上爬去:厌倦一切?你说的?因为我……街灯昏暗,车险些撞上一个路桩。见鬼!

眼镜蛇被挂在一棵刺桐树上,尾巴垂到地上的一汪血泊中。它自下而上有两米多长,好像死后变得更长了……下士说。树枝也许是被它压弯的吧?士兵们正等待厨房的人来进行最后的宰杀。下士:看,中尉,它的重量、体量、扁脸、条纹胸部、猫头鹰似的大眼镜。一条大蛇,一条巨蛇,中尉!在埃斯特尔看来,蛇的身体偶尔还在动。是风的原因。它僵直得像一根棍子。杀死它的人用手扭断了它的脖子,看!杀死它、让它流血的人,那个中国人,现在正春风满面,眼镜蛇是一个好东西,那是一笔马上就要到手的钱。士兵们与当地人一起烤像大面包似的菠萝蜜,菠萝蜜的籽像栗子似的爆裂开。他们喝着啤酒。一条眼镜蛇,是眼镜蛇,一个魔鬼!他们正准备向客栈的老板要来胆汁入酒。胆汁?酒不会变苦吗?怎么会苦?蛇在喷射毒液的时候,是从牙齿喷出的,那是魔鬼的精髓。有些醉了的人们笑着。值班的士兵正要去通知指挥官有客来访,中尉却阻止了他:我们马上就下山去了。我们走吧!埃斯特尔催促着,死蛇让她感到心中不快,让她冒冷汗。这里有一点冷。把我的套头衫借给你吧?

他们向山下走去。中尉绕道去了观景台。此前他们曾去过几次观景台,但都是白天去的。我们去看夜景!他向树林开去。

萨卡里亚斯中尉消瘦、魁梧,看上去很健康。他习惯早上去南湾跑步,并且不喝酒,也不吸烟,不与中国女人交往,然而,在那天晚上……他却那么柔情似水,就在那天晚上,他是那么含情脉脉。叫我萨卡吧!家人、朋友,大家都这样叫,萨卡这个,萨卡那个。你还从来都没有叫过我!最多,就是叫我的姓。一个女人,特别是一个女人对他以姓相称,这让他感到怪怪的。为什么不叫你萨卡里亚斯?你不喜欢这样称呼?

他停了车,一下放松了。不论怎么称呼,她都不知道该如何对待一个男人,更不要说是萨卡里亚斯,圣若奥·巴蒂斯塔①的父亲。他大笑起来,笑声在树林里回荡:真的?我没有接受过宗教教育。给我讲讲,讲讲!你看,这个巴蒂斯塔,是耶稣给他起的名字,他的母亲在怀上他之前一直不孕,而且年事已高……是奇迹吗?是,是一个奇迹。由于父亲萨卡里亚斯不相信,上帝便对他进行惩处,让他变成了哑巴。天啊!现在,中尉不曾离开,而是蜷缩在座位上,像猫一样,眼睛望着目标。然后呢?一般情况下,萨卡里亚斯总是衣着笔挺,指指点点:看那边,贾梅士花园,看,螺丝山!你去过螺丝山吗?还有亚美打利庇卢大马路。还有大三巴。还有你们学校!距离、高度、边界、方位基点。西面的闹市区和主教山,北面的望厦山,我们在中间,海平面一百一十米的位置。电台和医院,还有教堂。愿意的话,我们可以白天去那里。不过,他看上去那么漫不经心,确切地说,他是心不在焉。我们不走吧?埃斯特尔饶有兴趣

---

① 萨卡里亚斯,葡萄牙语译名,即《圣经》中的人物撒迦利亚。圣若奥·巴蒂斯塔,《圣经》中的人物,即约翰。见《新约·路加福音》第一章。

地在夜色中寻找学校的位置。别去找学校。那个萨卡里亚斯，一个身为儿子和父亲的圣人。是，都是圣人。中尉垂下眼睛，将额头依靠在女伴的肩膀上：昨天晚上执勤的时候，我觉得特别累。说到名字，我的名字是从爷爷那里继承的。可是，不仅如此。还有父亲的因素。父亲对字母 Z 情有独钟，甚至有些迷信。大女儿叫祖尔米拉，二女儿叫齐塔，他……像中国人那样为每个孩子挑选合适的字、象征好运气的字、表示善行的字。和中国人一样，他的父亲盼望出生的是一个男孩，就这样，男孩出生了，他的名字叫萨卡里亚斯①。他缩成一团：叫我萨卡！我们相处足足十个月了，快一年了，你从来都没有叫过我，注意到了吗？你看，萨卡……埃斯特尔顺从地说。他一下从座椅上跳起来，直直地盯着她：这么说，你喜欢我？不是我的名字，而是我这个人。喜欢吗？埃斯特尔的第一个感觉是吓了一跳，接着笑了起来。英语女教师并非发自内心地笑，而是强装着笑，为自己的宿命而笑了起来。慢藏诲盗。中尉仍然盯着她，语气中透出不悦：好笑，是吗？他一直都叫她"埃斯特尔"。好听，埃斯特尔这个字简短而突兀。用宝贝更亲切。他甚至学会了一句粤语，用来打电话的时候说。她在打电话的时候还想起来这句话：*Nei yak cháfan má?* 你吃饭了吗？她并不在意他的粤语，而且她对他的粤语心存疑虑。不过，现在，埃斯特尔对自己的笑感到歉疚，自己竟自顾自地笑起来，真荒唐。他还在抱怨她不真心实意，因为她什么都不叫他。而他……渐渐地，他平静下来，回

---

① 在葡萄牙语中，祖尔米拉、齐塔和萨卡里亚斯的第一个字母都是 Z。

到原先的位置上。给我讲讲我的圣徒，讲讲吧！她重新讲起来：萨卡里亚斯，一个犹太教士，撒迦利亚。至于若奥·巴蒂斯塔，谁不知道约翰，那么知名的圣徒？在里斯本我们那个区，每年六月不是还举办圣若奥节吗？六月二十四日。

忽然，热情高涨的萨卡语气温柔地提起中国新年时的一件事情，那天晚上，埃斯特尔爽约了，而且没有向他道歉。知道吗？我把所有的一切都押上了，甚至我的脸面。我赌了，输了。跑第一名和第二名的马，赌前两匹马，押上我的手表。有生以来第一次……我喝醉了！他说他烂醉如泥，病入膏肓的样子，大家只好给他找来了医生。他擦了擦额头上的汗。我根本不想你对我提起这件事。中尉有些冲动，夸张地说：我可能真的死了，医生说我可能就那样死了，我本来是一个滴酒不沾的人。他做出夸张的样子是希望埃斯特尔向他道歉吗？可是，她沉默不语，这让萨卡心生不快，终于发泄说：这并不是唯一一次她对他的不尊重，噢，不，多少次！只是他太有耐心。换了其他人处在他的位置上！他急切地抓住她的胳膊：给我一个解释，我要一个解释！她本能地向后退去。解释是他无法得到的东西。中尉松开了她的胳膊，重新陷入了思考：我变得很可笑。其实，一点基础都没有。好吧，如果在此之前，我的愿望是得到她，现在……噢，现在，我希望理解她，别无他求。那天晚上，埃斯特尔给他打电话的情景，她出乎意料的主动和她的邀请，这一切让他神魂颠倒。可是，为什么？她这种态度的背后是什么？愧疚？一时间，愧疚的念头让萨卡纷乱的心里敞亮起来，他把这个念头视作一根救命的稻草，心里暗想:她感到愧疚,这是对我最好的回报。那么,她的愧疚难道不是一种修复或重建的方式吗?可是,重建什么?爱情吗?但愿不是悔恨的爱情,不是令人伤感的爱情吧。萨卡里亚斯重新平静下来。现在,他相信,埃斯特尔的沉默一定是……人经常在沉默中相互理解,有多少人是这样啊。他们听到城市钟楼的钟响了起来。也许是十一点。也许是十二点。这时,圣达菲学校的女教师似乎是在对自己低声说道:天啊,中国新年过去这么久了!似乎是在说:从那时到现在,我经历了多少事情要说啊。至少中尉是这样理解的,并且从中察觉到不屑一顾,天晓得,一种不尊重的感觉。中尉面色苍白,一言不发。埃斯特尔近乎残酷地给他泼了冷水,不,是让他死了心。

中尉又擦了擦额头,振作精神,理了理满头深棕色的波浪式的头发,发动了汽车。在发动机的轰鸣声中,埃斯特尔没有听清他的话,也是因为他说话的声音很低,可是,他好像在说着后悔之类的话:总有一天,会后悔的。轰——轰——轰——,发动机在响。总有一天……这时,传来另一种声音,是从树林里传来的,吵闹声和推杯换盏之声响成一片。是那条蛇!萨卡里亚斯停下车,再次狠狠地说:总有一天。我发誓!

车子离那边的人们很近,路上飞起的尘土飘了过去。嘘!没有必要让他们知道我们……中尉小心地说。尘土和臭味。臭味?只要不是某些水生物,冷血动物都能装死等待时机,中尉更正说。喧闹声远去,他们开上了一条小路。来到马路上,萨卡里亚斯加快了车速。车子飞快,以至让埃斯特尔感到些许害怕。可是,她没有勇气让他将车速降下来。没有脸面。不过，借着车灯的亮光，她悄悄打量着他棱角分明的侧影、直挺的身体、高傲的样子。在《旧约》中，除了主的警告令其成为哑巴的萨卡里亚斯之外，还有另一个萨卡里亚斯①，那就是预言了可怕的八大异象的萨卡里亚斯：那些敢于对抗神的子民的人必定会生而腐烂，他们的眼睛会因腐烂而掉下来。

玉湖茶楼停业装修。*Yôk Wu* 位于营地街市附近，周围摊档云集，于是，多拉和埃斯特尔决定去小货摊转一转：有卖真丝布头的，有卖水果的，还有卖除螨樟脑的。据说茶楼要将店面扩建至旧货商店。摊主去世后，他的摊位被拍卖。这位摊主算是澳门最年长之辈。可惜！局促拥挤正是那里的魅力所在，不是吗？快要开学了，埃斯特尔和甘多拉在邮局偶遇，两个人于是结伴在南湾漫无目的地闲逛。你想去哪里？随便哪里都行。两个人溜达到海湾拐弯处便往回走，然后在码头边的石头上坐下。秋天是澳门最浪漫的季节，令人伤感的日落，木棉的树叶纷纷凋零，为在冬日里积聚来年萌芽的力量……也许是受天气影响，甘多拉沉思不语。也许是因为她自身的原因，她的民族向来以严肃和神秘著称。遇到麻烦了？唉，还能是什么呢？我已经三个星期没有收到信了。埃斯特尔安慰她说：别着急，这很正常，果阿如今与葡萄牙政府关系紧张。埃斯特尔告诉甘多拉，她曾给在果阿卡兰扎伦原先的那些同事们写过信，可是，她们一封都没有收到。你在卡兰扎伦生活过？对，我在那里教过书。

---

① 《旧约·撒迦利亚书》。

然而，多拉这么问是醉翁之意不在酒。印度进犯果阿时，她正在遥远的里斯本实习。你当时跟家人在一起？果阿女人一边摆弄纱丽裙褶，一边回答说她在果阿和里斯本其实都没有家人。我在里斯本有一个朋友。后来，我竞聘来澳门执教两年，但这是一个错误，我真后悔做了这个决定！甘多拉神经质地摇了摇头，她那黑灰色的辫子亮亮的，像海马的光泽。竞聘到澳门来工作真是一个愚蠢的决定。甘多拉叹了一口气。真希望能回到两年前，让一切重新来过！在这里，我孤身一人，特别想念里斯本，想念迪马斯。谁？迪马斯，一个厉害的贼！她笑了，露出长长的完整的牙齿，其中有一两颗是镶金的。然而，这笑中却带着泪。迪马斯，一个亲爱的小偷，偷走了她再也不会给予别的男人的东西——信任。唉，我是一个不轻易相信别人的人！

甘多拉说，她十八岁时在潘吉姆爱上了一个二十一岁的小伙子。男孩家庭出身好，得到了多拉父母的认可。即便如此，他们也只能隔着窗户谈恋爱。时至今日，隔着窗户或是隔着门谈恋爱在果阿依旧普遍。这听起来多么有趣，姑娘们在男友面前好像木偶一般只露出脑袋和脚，甘多拉也是如此。一天下午，天气很好，男孩来到她家。天气炎热，女佣为他准备了一把椅子放在窗外。结果，这个流氓居然趁天黑后爬到了椅子上！啊！他想跳进屋里？他想搂住我。他们两人青梅竹马，曾经一起参加苦难耶稣圣像巡游，她扮演圣埃莲娜，手持耶稣的十字架，而他则扮演君士坦丁大帝，高举军旗。甘多拉笑了起来。这个胆大包天的家伙想搂住我，亲吻我，我立刻退后。那是老式的下落式窗户，将他的一只手砸伤了。甘多拉起身整理衣裙,她腰身丰腴,丰满的胸部藏在丝棉披肩下。我们接着溜达?好。后来,他的右手手指缠了绷带,幸运的是没有两只手都受伤。埃斯特尔问是不是所有的果阿女孩都像她这样。你说呢?我可不是随便的女孩!甘多拉加快脚步,她要去找瓷器商。后来,我在达曼教书的时候,学校男生部有一名男老师,一个爱搬弄是非、无端指责别人的家伙:他为人处世总是偷偷摸摸,俗话说得好,不会叫的狗才咬人。我觉得他喜欢我,但是我不搭理他。总之,他会毁了她的生活。不过,我也给了他一点教训。甘多拉没有说明到底发生了什么,只说"上帝有眼"。那个可怜的家伙有些斜视,两只眼睛的颜色也不相同。不管从哪方面说,都不是什么好事儿。总之,遗忘是最有力的复仇方式。

多拉几乎一路小跑,她在瓷器店老板那里订了一套蓝釉彩茶具。这些中国女工,我们可要多长一个心眼。不同的茶杯由不同的人上色,有的线条粗,有的线条细,所用的颜料也有差别。这时,甘多拉忽然若有所思:不是发生过这样的事情吗?有一次,迪马斯将地址写错了,把"二层"写成了"一层",于是,信被送到楼下邻居那里搁置了半个月。楼下的房客粗心大意,跟孩子一样。果阿女人的眉间皱纹更加凹陷,看上去老了许多。不是有过类似的事情吗?甘多拉打算去问问一楼的房客。她已经向圣方济各·沙勿略①许下诺言,天晓得,会不会有奇迹降临。

---

① 最早来东方传教的耶稣会士之一,1552年在澳门附近的一个小岛逝世。

就在这天,教皇去世了。一大早,埃斯特尔收拾停当,准备去上课。一群学生围在学监周围,走下台阶,教堂敲响了丧钟,还降了半旗。发生什么事了?你不知道吗?学校全体人员在为教皇去世哀悼。罗莎·米司蒂卡斜眼看着埃斯特尔,说道:我敢打赌你没有任何感觉吧。我没有感觉?是的,你不会因为这个巨大的损失而感到痛苦的。教会如今成了孤儿,教民们失去了他们的牧师。您弄错了,我一向对若望二十三世充满敬仰,他是那么智慧,那么仁慈。所有的教皇都是这样的,否则也无法得到圣灵的青睐。罗莎捂得严严实实,双手交叉放于衣袖之中,黑纱蒙面。半小时后,教堂大门关闭,人们逐一散去,开始斋戒,与过"圣周①"时一样。英语教师回到房间,移开床、小衣柜和铁制洗脸池,将宿舍彻底打扫了一番。

——May I?

萧戴着蓝布包头,身穿砂纸围裙,脚踩拖鞋,说道:你没发现吧?我在粉刷天花板。想看看吗?虽然只涂了一层涂料,但是看上去漂亮极了。天花板刷上了黄色,角落涂的是康乃馨粉。啊,太让人高兴了!萧和华也收拾了一个上午。埃斯特尔问她是否要把隔墙也粉刷了。不,我觉得刷隔墙需要用另外一种质量的涂料。只见萧和华房间的地板上铺满了报纸,稀释剂散发出刺鼻的味道,玻璃窗上附着一层墙灰。真漂亮,祝贺你!教堂里修女们的祷告声一直传到院子里。你今天下午打算干什么?不知道,去图书馆吧。我得逃离这里,萧说。她已

---

① 为纪念耶稣在世上最后的受难和复活而举行的七天宗教活动。

感觉嗓子不适,用红玫瑰水漱了口。她摘下包头。我要去洗一个澡,把门窗都敞开着,然后坐渡船到氹仔或是路环转一转。你看今天天气多好!埃斯特尔于是答应与她同行。

这天餐厅的午饭极为简单。饭后,中国女人准备就绪,来敲埃斯特尔的房门,砰砰。咱们得小心行事,否则,被嬷嬷们发现我们俩在这个时候去岛上闲逛,她们一定会有被侮辱的感觉。她们的圣座(对教皇的尊称)此时已长眠于罗马,长眠于包括圣达菲学校老师在内的每一个天主教徒的心中。*Come along*①。两人向杂物间走去,那里的土坯房子光线暗淡,园丁、打水工和杂役们正躺在地上睡午觉。英语教师险些被男人的大腿、竹竿和木桶绊倒。我们干吗要从这里走!我不需要向任何人解释我外出的原因。嘘!来到大街上,萧向埃斯特尔坦白说她的情况更复杂一些:我曾经是一名初入教者。理论上说,她至今仍旧是。每个星期天,教区神甫都会在传教活动上点她的名,并且推荐她去参加神职的弥撒。天色不早,渡船每隔一小时才有一班。进入十一月,白天变短。你想去氹仔还是路环?码头上,中国女人询问同伴想买去氹仔还是路环的船票。然而,她并没有指望得到回答。在她前面有一大群乘客和一堆货物,渡船的缆绳很快就被解开,开船的哨子也响了起来。*Faiti*!两个人没有买票便上了船。其实,这班船并不停靠氹仔。这样也好,况且,路环有一家著名的小饭店,那里的甲鱼汤做得棒极了。咱们今天午饭吃的什么?萧和华用手

---

① 英语:来吧。

掌捂住胸口：我的胃开始翻江倒海了。

　　作为初入教者，萧曾身披白色罗缎参加洗礼仪式，她甚至做过退省，虽然她还未发愿。不过，正接受洗礼的人往往比已经受洗的信徒更为虔诚。可惜的是，萧和华的情况正好相反。她从包里拿出一袋西瓜子，并递给埃斯特尔吃。萧和华嗑瓜子的技术娴熟，用牙咬开后便将瓜子壳吐在左手心里。软弱，是因为软弱。噢，软弱！为何软弱？中国女人若有所思，像是在寻找一个公正的答案。*Well*①……天主教，应该说，所有宗教吸引她的是表面的排场，那些奢华的仪式。总之，是宗教外在的部分，而它的本质……是上帝的仁爱，不是吗？仁爱与畏惧。两人坐在向阳的板凳上，萧将油布窗帘拉开，把瓜子壳扔进水里。欢迎你，十一月的阳光！她随即吟了一句诗："我不愿做阴影下绽放的雏菊。"萧和华用胳膊肘拱了拱埃斯特尔，说道：我这是在说反话。她的嘴唇染上了西瓜子的颜色。诗歌本身就是一种宗教。她太软弱了，软弱到无法追随任何信仰，而上帝却像红酒般有力。一个一辈子喝惯了茶的人是承受不了红酒的。她对信仰抱有一种幻想，这是她自童年起就有的品德，或者说，毛病。萧和华开始讲述外婆的事：外婆信佛，我跟她从上海逃来时只有十一岁。外婆当年负责祭礼事宜，包括敲钟、打洗手水、点香，噢，我的老天，还为那些和尚做斋饭、为死者准备供奉祭品！萧和华继承了外婆对于仪式的神圣感，但不幸的是，她并没有继承老人家的信仰。外婆相信万事皆有因，一切皆为佛。

---

① 英语：语气词，意思是"嗯……"。

渡船速度缓慢，刚刚行驶了一半路程。海面上可见桅杆顶上飘着红旗的渔船。他们是大陆的渔民？什么大陆的渔民？他们只是为了能在大陆的海域捕鱼才悬挂红旗的。中国人就是这样，为了填饱肚子而出卖自己的灵魂。这些中国人，天晓得，全世界都这样。可怜的人们。咔，咔，萧和华边说边嗑瓜子。我的外婆要是听到我这么说……任何一个佛教徒都会指责她这番话的。佛经上说，要以出世之心做入世之事。如果一切真的皆为佛！萧将窗帘拉上。十一月的阳光并不刺眼，但仍足以烤蔫树木花草。佛教讲求定力，不可有杂念，所谓坐看云起时。而基督教……

也许听上去有些奇怪。天主教吸引萧之处除了那些仪式，还包括善与恶、上帝与魔鬼之间的争斗，或者说，教会在这场战争中使用的武器：圣礼、赦罪和告解。这也许是因为她一直感到自己不完美。她所感受到的没有一样是完美的，*with all my due respect*①，就连外婆也如此。外婆为祭奠先祖做的那些吃的，最后都进了她自己的肚子里！

船靠岸了。真是一趟漫长的旅行。中国女人说：但愿海潮能让咱们回去。渡船漂浮在水上，几乎露出了龙骨，上面沾满了泥和苔藓。埃斯特尔停住脚步：可是我们必须回去！英语教师已经不想下船。萧和华挽住她的胳膊说：已经这样了，*come along*！

就在这时，一张干净俊秀的面孔在秋日阳光的照耀下映入她们的眼帘，此人身穿水手制服。整个旅程，埃

---

① 英语：恕我直言。

斯特尔连陆思远的影子都没有看到。一路上,她们行驶在黑暗且平静的河面之上,犹如希腊神话中的冥界河(船尾有一名船工,阳光反射在他的竹篙上),而萧和华则一直在讲述她对宗教的思考。陆的出现是一个意外,他笑容深邃,好像画像中的人物。埃斯特尔感到震惊,而她的同伴之前还在沉思默想,现在一下子变得兴奋起来。她在船长面前显得很随意,似乎跟他很熟。她向陆思远介绍起来:这是我的同事,她在英文部工作。萧和华没有告诉陆思远自己的同事叫什么名字,而他也假装不认识埃斯特尔。三个人用英语和粤语交流起来。什么?喝茶?喝汤?行,去喝汤吧,快到吃晚饭的时候了。陆思远笑了起来,他将手平放在额前,遮挡着阳光。去"玳瑁①"餐馆如何?哦,*Yes! Ooi*②。于是,三人相约晚些时候在饭店见面。他现在非常忙。五点半?六点?埃斯特尔提醒说她们还得回学校。噢,你已经开始考虑回去的事了?!陆思远做出生气的模样,接着便与两位女士道别,奔向码头。他从一条舢板跳到另一条舢板上,从一只帆船蹦到另一只帆船上,与其说像猴子一样跳跃着,倒不如说像是在飞。在一艘渡船的船舷旁,陆思远停了下来,张开手臂:他皮肤雪白,与黑色船帆形成鲜明的对比,看上去像一个幽灵。码头上,中国女人小声嘀咕道:*My God*③,他的个子真高!他是北方人,北方人的身材高大,而且,他会说普通话和三种方言。是吗?英语

---

① 原文为"Concha-da-Tartaruga"。
② 粤语:好啊。
③ 英语:我的上帝。

教师对自己倾心之人的事情完全失去了兴趣,也许是因为萧向他介绍她的方式或对待他的态度。他假装不认识埃斯特尔。可是一个给我写了那样一封信的男人……但是,谁能说那一定是情书呢?如果不是,那封信上究竟写了什么?埃斯特尔发誓一定要找人将信的内容念给自己听。找一个陌生人。那些坐在寺庙门口板凳上的读书人?埃斯特尔想问朋友那些人是否会说英文,话到嘴边又咽了回去。她敢肯定那些人只会说中文。萧看着她:我们就站在这里?*Come along*!天黑前去公园转转,去看看那些珊瑚树!

去往公园的路上,萧和华关于潮水的预言在埃斯特尔的脑中挥之不去。你刚才是在开玩笑,对不对?什么开玩笑?你没有算一算咱们来的时候路上花了多少时间吗?中国女人靠近埃斯特尔,在她耳边窃窃私语起来。莫不是萧和华自小在寺庙幽暗、神秘和惊恐的环境中长大,养成了这样小声说话的习惯?她每次提及香港和在香港的义父时也爱用这样暧昧的方式说话。在澳门,人们完全可能因为这一点而编造说她是去香港看囚犯的。囚犯?是的,比如,一个在牢狱里的哥哥。澳门很多中国人的亲戚都被关押在香港。或者,也可能是她的情人。萧和华曾这样跟埃斯特尔描述澳门那些阴暗的房子:一扇门被一只手打开,一只没有手臂的手……中国女人对着埃斯特尔耳语道:别再说回去了,求你。忘了吧!好好享受与陆思远在"玳瑁"的晚餐。陆是一个不错的小伙子,一个好同志。说完,萧和华开始翩翩起舞,小脑袋优雅地跟随着舞步晃动,旗袍的袖子好似张开的翅膀,整个人看上去像是一只印度鹡鸰。你将要品尝到甲鱼汤,噢，美味极了！很好，那回澳门本岛的船呢？埃斯特尔又问。回去的船是几点的？万一回不去，我们睡哪里？中国女人毫不理会同伴，继续自己的舞蹈，一会儿消失在树丛中，一会儿又从埃斯特尔身后出现。她将手放在朋友肩膀上说：*Forget! For God's sake!*[①] 谁在乎渡船？过去与将来都不重要，咱们应该活在当下。活在当下，这是佛语。

公园里的光线渐渐变暗。她们回到村子里。萧安静下来，甚至有些呆若木鸡。中国有句谚语表达的正是她刚才所说的意思。英语中也有相同的表述，葡萄牙语里一定也有类似的谚语。埃斯特尔回答说：是的。在葡萄牙，任何事情都能对应一个谚语。接着，她用葡萄牙语字正腔圆地说道："*Cada hora seu cantar*[②]。"埃斯特尔在萧和华身后，边走边捡树叶，萧可能根本没有听见她在说什么。即便听到了，葡萄牙语对中国人来说也没有任何意义。"*Cada hora seu cantar*。"埃斯特尔重复道。真有意思，萧说，你们的谚语真是言简意赅！那是因为谚语就像是天边的星星：人们创造了它们，只为能在地上照亮彼此。

路环至澳门的最后一班渡船夜里十点开船，这天却到了午夜还没有出发。陆思远愿意提供自己的住处和床让她们过夜。他已经收拾妥当。萧倾向于接受他的提议。为什么不呢？咱们明天一早回去，黎明时就涨潮了。中

[①] 英语：忘了吧！看在上帝的分儿上！
[②] 葡萄牙语：一切皆有定数。

国女人望着朋友问道：怎么样？埃斯特尔权衡着利弊，没有回答。若是在路环过夜，明天整个澳门必定流言蜚语满天飞：她们两个十一月去路环干什么？在码头待到天亮，坦白说……萧抱怨道。我找不到更好的办法了。明天，全澳门都会议论纷纷：这两个姑娘夜宿路环？在岛上？这么做太愚蠢了。水，我们需要潮水送我们回去，英语教师思忖着。都是水的错。来路环之前，中国女人还有所顾忌，可现在：两个大姑娘居然夜宿路环！而且，她们还是圣达菲学校的老师！居然在一个中国男人的家里过夜！码头上，两个女人等着陆给她们取热水瓶泡茶。啊，我吃了好多！甲鱼肉对心脏有益，今天我的心……中国女人伸了一个懒腰。啊，我现在只希望有一张床或一个地铺，美美地睡一觉。美美地睡一觉？到早上五点再出发？别再跟我说今天要在这里过夜的事情！这太过分了。和华蜷缩在角落里，胳膊抱着膝盖，将头埋在自己的臂弯里。她生气了？

　　码头一片寂静，只听见小船上有动静。那些被称为 *fan-siun*[①] 的船外形好似核桃壳，专门出海打捞螃蟹。一位老人正在其中一条船的船尾抽烟斗，那里有一条一声不响的狗，一个篮子，里面睡着一个孩子，海上的灯发出一闪一闪的光。陆刚才说，如果她们愿意，他可以让人把渡船的闸打开，这样她们就不必在潮湿的夜露中等待。你觉得呢？萧没有回答。她睡着了，埃斯特尔心想。去拿热水瓶的陆迟迟不来。埃斯特尔好想喝一杯热茶。也许中国女人说得有道理，这个时候，什么都比不上一

---

① 粤语：帆船。

张床。我的上帝,这是什么地方啊?连一个小客栈都没有。渔民们的吆喝声令她想起一种夜行鸟的叫声,那声音距离她很近,充满阳刚。码头的灯灭了。埃斯特尔小声叫着萧的名字,她却连一点反应都没有。码头深处,老旧的 *ferry* 闸门紧闭,如同幻影一般。

第二天早上,若是有人问起萧和华路环之行如何,她必定对陆思远和甲鱼汤只字不提。事实上,第二天早上,虽然服了中药、用了白花油,中国女人依旧病怏怏地窝在房间里。早餐时间,英语教师过来敲她的房门:*May I help you?*① 病人用一块方巾捂着脑袋,请求埃斯特尔帮她请假。学校小礼堂里,教皇的追思会已经结束。一些像容小姐一样皈依天主教的中国老师们头戴白花出现在餐厅里。没有人在餐桌上问起萧。埃斯特尔给她捎了一碗粥:你得吃点儿!我没的吃,屋里啥也没有。都怪那甲鱼汤,埃斯特尔琢磨着,虽然她意识到还有别的原因。埃斯特尔脑海里浮现出陆一手拎着热水瓶一手拿着提灯出现在码头的那一幕。之后,他向她慢慢靠近,将灯举到她眼前并惊呼:*Hou léang*!埃斯特尔下意识地站了起来。这太荒唐了!像一个中国女人那样站在一个男人面前。她继续站立着,好像某个自我防卫的人那样?陆距离她很近,近得他们两人的影子在码头墙壁上几乎挨在了一起。我快渴死了!她没话找话。他拔出热水瓶塞,从口袋里拿出一个纸杯,不,是两个纸杯,接着用他修长的手指将它们分开。篱笆墙上,两人的影子紧挨

---

① 英语:有什么需要我做的吗?

着，中国味十足的画面。就在那时，萧醒了。她蜷缩的身体慢慢伸展开，先从头部，接着是脖子，好像一条蛇。她看了看四周。我在哪儿呢？埃斯特尔不明白萧在说什么，因为她说的是方言，但能听出她的焦虑。怎么了？发生什么事了？我做了一个梦，一个噩梦！萧和华揉了揉眼睛。茶？我不想喝茶。我只想离开这里。去坐船？对，去坐船，随便去哪儿。几点开船？

陆叫来一个 pang-yau，那家伙半裸着身体，从背后看上去像是一个女人。船夫划着一根火柴。萧从堤坝上的台阶往下跑，嘴里还嘟囔着：怎么会做这样的梦！船里飘出一股浓浓的薰香味，这香是用来掩盖退潮时海面飘来的难闻气味的。

除了甲鱼之外一定还有别的原因，埃斯特尔沉思着。她和陆思远的影子。陆紧挨着她，为她沏茶。影子，影子布下的陷阱。下午，萧和华喝了一碗米汤。后来，她整夜辗转难眠，如坐针毡，屋里的灯亮了一宿。天刚亮，就光着脚跑到邻居房间：要是有人问起，咱们怎么说？你想过怎么说了吗？谁也没问我。如果问起呢？咱们得统一口径。最重要的就是咱们俩得统一口径。说完，中国女人就编了一个借口以防万一。埃斯特尔打了一个呵欠。几点了？六点。哦，你饶了我吧！她随即翻了一个身，面朝墙壁。

然而，英语教师却无法入睡了，思量着中国女人为何对她们去路环的事如此小心谨慎。为什么？是因为她作为初入教者的义务？哦，得了吧！她甚至打算夜宿在朋友家。朋友？他们是朋友吗？萧做的那个梦一定包含了凶兆，否则，她不会发疯似的要回到夜里十二点才开的船上。回来的路上她俩一路无语。埃斯特尔一直等着萧和华对她说：陆思远夸你漂亮，我都听见了，"Hou léang"，但她什么也没有说。那个梦呢？她要是告诉我她梦见了什么……神奇的是，和华能根据月亮辨别方向，依据一只小鸟啄她的不同预知凶吉。难道小鸟啄人还有差别？很大的差别，我能用我最敏感的指肚感觉出来，手指连心。谁知道那梦是不是……埃斯特尔赶忙下床，嗒嗒，走到隔墙边：我想和你谈谈。我能去你那里吗？

也许是因为角形的原因，中国老师的房间比葡萄牙老师的房间看上去还要窄小。靠窗的那个尖尖的拐角里放的是什么？一尊神像？不是，是一个用来挂衣服的柳编模特的上身。你从哪里弄来这么一个破玩意儿？埃斯特尔第一次走进萧和华房间时就这样问过。这是原来我们寺里为和尚做长袍用的。这个没有头部的模特身型魁梧，几乎是方形的。当初，萧将其连同她的私人物品，包括义父赠予她的礼物，一齐从寺庙搬到学校来。带到学校来？嬷嬷们允许在宿舍里放这种东西？不允许，当然不能在宿舍里。但是，一旦你毕业了，从一名学生变成老师……啪，萧和华打出一张牌。现在，她能在这里摆放任何她想摆放的东西。当然，只要房间装得下。萧和华微笑着。正因为如此，中国老师的房间里还有牡丹花圃和鸟笼。这是你自己的宿舍，不是吗？最好别说话，不然会出错牌。啪，啪。一个下着倾盆大雨的下午，从后院渗进的脏水在走廊里流淌着，好像泥鳅一般。埃斯特尔到朋友那里原本是想学打麻将的，结果，她们不得不因为大雨祈求上帝帮忙。两个人将报纸塞在门缝下，污水沿着楼梯向楼下流去。我觉得，如果有这么一个玩意儿在我的床头旁放着,我肯定会睡不着觉。为什么?啪,啪。

现在,埃斯特尔蹑手蹑脚,生怕吵醒了其他老师。她停住了脚步。模特身穿萧的旗袍,头部安置的一盏灯在黎明晨光的映衬下发出惨白的光。真是太令人印象深刻了!中国女人在床上乐了起来:你和我的"室友"就是合不来!埃斯特尔蜷曲在床边说:知道我为什么过来吗?因为那个梦,你昨天做的那个梦。她将腿伸进棉被里。我来是想听听你梦见了什么。

中国女人注视着埃斯特尔,说:昨天出发前,我在手帕上打了一个结,提醒自己不要忘记给陆思远捎一个口信。

——你是说,你事前就知道咱们会见到他?
——Well……

萧有些不耐烦,她的思路被朋友的质问打断了。

——咱们还是说梦吧。一般人要是这样从梦中惊醒,虽然梦见的东西就在眼前,但持续的时间却很短暂,很快就会从脑海里消失。

之后,不管我们多么努力试图回忆梦境,回忆梦里发生的一切,不管我们多么竭尽全力搜索记忆都无济于事。至少对她来说是这样的。我觉得所有的人都这样。梦里的画面都是零散而割裂的。梦里从一处到另一处构成一个完整的场景,交织第二个场景,再交织第三个场景。总之,一片混乱。她习惯记录下这些场景——咱们姑且管这些画面叫作场景——,再将它们拼凑起来,或者说,将它们整理在一起。我昨天到家后就这么做了,事实上,回来的路上和整个晚上我都在做这件事情。我今天实在太累了，没法跟你解释！现在你让我回忆那个梦，真的很困难。但是，谁知道呢，埃斯特尔当时也在那梦里……说不定试着告诉她，说不定通过她能发现我自己发现不了的东西。萧和华稍坐起后又躺下。她对自己当时陷入那样的惊恐感到意外。害怕。她找不到害怕的缘由，因为缺少主要的场景。有些东西在有些地方被她下意识地隐瞒了？因为愧疚？

——接着说梦。

昨天的梦和我以前做过的梦不一样，中国女人说。那是一个无声而且压抑的梦。打一个不恰当的比方，就好像一只翅膀被绑住的鸡。这是偷鸡贼惯用的手法。一旦小偷听到动静，觉得被人跟踪，他拔腿就跑，可是，可怜的畜生却丝毫不能动弹。

萧曾在手帕上打结提醒自己和路环那边的朋友有约。

——你忘记了？

——我全忘了。

梦的线索是一座桥。那桥不是架在水面之上，而是躺在河床上。总之，是一座淹没在水中的桥。在桥面和桥身上穿梭的，是鱼，但是没有鳍，这些鱼没有能帮助它们越过波浪的鳍或呼吸功能。这些肢体残缺的鱼儿排成长长的一排。至于那桥是什么材质做的，中国女人说不上来。梦里的一切都看不见，摸不着，但却如此真实，就好像身体里跃动的生命或伴随着生命的死亡，人们往往对它们默然视之。鱼儿排成一排在忏悔。突然，萧和华坐了起来。你也在那里！我？没错。她在那里，埃斯特尔在那里，陆思远也在那里，萧和华神秘兮兮地回忆着。她喘着粗气。梦里还有别人。是人，不是鱼。是人，是一群忏悔者。和华下了床,背对她的朋友望向窗外。她穿着真丝睡衣的身影在黎明细冷的光照下看上去就像是一个孩子。她说她不知道梦里的其他人都是谁,也没有兴趣知道。但我们……萧和华转身与埃斯特尔四目相对:我们都在那里,你,我,还有他!对此,她很肯定。我们三人在桥上爬行,她声音沙哑地回忆说。在那座被水淹没的桥上。那样一个深渊。

在那天和之后的许多天里,英语教师都对萧的梦困惑不已。她和陆思远都出现在那梦里。那些鱼不会游?咱们得统一口径,最重要的是咱们俩得统一口径,中国女人坚持说。当然。我们在同一条船上。当她给天竺葵的花盆里浇水之后,那花儿并没有领情,蔫蔫地几乎倒在水里。愚蠢,心不在焉。我今天已经浇过水了!

——埃斯特尔小姐,有客人找您!女门房在院子里喊道。

——找我?

——是的,在会客室里。

请您快点。什么客人?谁?修女转身离开。英语教师在洗漱间里照了照镜子,迅速梳理了一番就跑下楼去。萧正上楼来。埃斯特尔告诉她有客人来访。是的,是欣欣的母亲,她刚进会客室。萧和华小声说道:小心点,不要与她太亲近,避免接触她的口气,她可是肺结核重症患者。肺结核?你一定得小心,回头再跟你细说。她肯定会邀请你去她家。如果我是你,我不会接受她的邀请。

欣欣的母亲是一位优雅的女士,穿着丝袜,脚踏高跟鞋。埃斯特尔透过门帘第一眼看到的就是她的腿和穿着绿色皮鞋的纤足。掀起门帘，埃斯特尔惊讶于她盘在宽宽的额头上的高耸的秀发，而额头上却有一块污垢：是因为会客室昏暗的灯光照在上面的影子？来客鞠了一躬，自我介绍道：免贵姓王。接着又深鞠了几躬，之后两个人在沙发两头分别坐下。很荣幸能认识女儿的老师，特别是女儿最崇拜的老师。我可怜的女儿……我，一个可怜的女人……这话跟她的年轻与时髦并不吻合。为什么王女士如此年轻富有，女儿却在澳门最大的中学寄宿？她向埃斯特尔表达了她的感激之情。真的，感激！因为自从女儿喜欢上了您以后，变得比以往开心，也不像从前那么想家了。欣欣以前十分恋家，还总是头疼。我可怜的女儿……她的措辞是埃斯特尔听过的最正式的，但却不失亲切。喝茶时，王女士从手袋里取出一小包桃干，用手指轻拨，分给埃斯特尔。她圆圆鼓鼓的指甲好像手表的玻璃蒙子。两个人最后将一包桃干都吃了。

谈话间隙，萧预告的邀请出现了：老师，不知道老师能否赏光……到寒舍小聚？约一个周末到我家来。最好是冬天，香港最好的季节，那时候有很多精彩的演出、展览和歌仔戏[①]。欣欣的母亲轻触埃斯特尔的手臂：您不知道我多么期待您的光临！她的英文标准无误，眼睛闪闪发亮，手也热乎乎的。我很荣幸，*Mrs. Wang*[②]。欣欣的母亲颤抖着说：不，不是 *Mrs.*，请称呼我 *Miss*。她挺直

---

① 台湾地方剧种之一。
② 英语：王女士。

身板，额上有一块胎记，好像一朵神秘的紫花。于是，两个人将聚会的时间定在了一月。王小姐说要为埃斯特尔准备冬季最美味的菜肴。她将茶杯送到唇边时突然停住：您接受了？您真的愿意去？当然，十分乐意。王小姐放下茶杯，鼓起掌来。

谈话气氛变得活跃起来。喝完茶就到了坐船回香港的时间。王女士从她那夸张而复杂的盘发中拔下一支象牙簪子塞到埃斯特尔怀中，她有两支这样的簪子别在耳朵之上。

此时，女门卫来了，她向来客表达歉意：欣欣正在上数学课，她有数学考试。王小姐两道美丽的柳叶眉聚拢在一起：*Never mind*①，反正我来也不是为了看她，我来是为了见老师。门卫打开百叶窗：这里这么暗……王小姐向埃斯特尔又鞠一躬：期待一月与您在香港重聚。她的手指点了点埃斯特尔怀中的象牙簪子。突，突，突，门卫将百叶窗拉起。这簪子就是咱们约定的信物。（约定？）好像古老的爱情誓言：*You keep the other hairpin of the two*②。

晚饭过后，暮色深沉，埃斯特尔和萧穿过院子，聊起了王小姐。我猜她邀请你冬天去她那里了。是的。我看见了。她邀请了所有的人，包括我，但我婉拒了。我是打算去香港，但我想和你一起去。如果可以，听我这个朋友一句劝……王小姐的身体似乎在冬天会好些。冬

---

① 英语：没关系。
② 英语：一对发簪，你我各留一支。

天对于结核病患者来说是最好的季节,他们逃过了秋天,春天尚未到来,在冬天可以暂时脱离危险。冬天给了他们最终面临死亡前的一个短暂的喘息机会。这段时间是王小姐一年里最美的时候,她会打扮得花枝招展出门,坐上船,来到澳门邀请女儿的老师们参加她的派对。萧和华摇了摇头。其余的日子里,这个可怜的女人就……她的情况真的这么糟糕?糟糕?你没有注意到她的皮肤吗?没有注意到她那惨白的皮肤和指甲吗?似乎连医生们都没有想到她能熬这么久:每年春秋两季她都会咯血,到了冬天,病情却会大大好转,有人甚至看到她出入澳门的赌场。后院里的狗发疯似的号叫着。她在香港做过 *croupier*①,你知道吗?*croupier*?不止是 *croupier* 那么简单,萧和华暗示道。干这行的女人想挣多少就能挣多少。她有些姿色,额上又有一个胎记,是大玩家们的宠儿,他们都付她珠宝,王小姐因此吸金无数。你知道吗,女人在怀孕时闻过玫瑰的香味后,孩子的额头上就会有这样的胎记。这种胎记很少见,有这样胎记的孩子都具备某种魔力。你知道吗?

现在埃斯特尔明白为什么欣欣的假期总是在学校里度过了。可怜的孩子!她的父亲呢?她不能去父亲家吗?噢,父亲!萧和华突然不说话了,仔细地听了听:有人在打麻将……学校主楼朝向马路那边传来一阵声响,那不是麻将的声音,而是打仗。嗯……还不到响枪的时候呢。有人开始关窗户,有人拉上了百叶窗。萧和华和埃斯特尔爬上楼梯。我要是你就不会赴约。你知道她家的

---

① 英语:荷官,赌场管理人员。

餐具和床单是不是干净？英语教师摸了摸口袋里的象牙簪子。容小姐曾去过她家一次，那简直就是一个小宫殿，有仆人侍奉，晚餐也很丰盛。尽管如此，容小姐回到澳门后做的第一件事就是去药房买净血剂。簪子。英语教师迅速抽出放在口袋里的那只手。莫非她的女儿是跟那些有钱人中的一个生的？那是当然。梆，梆，梆，传来一阵敲打声。有人在敲东西。从哪里传来的？萧和华和埃斯特尔在黑暗中对视了一下。是从修道院那边传来的。每当有几乎已经不怎么去教堂的年迈的修女过世，神父都会去她的房间祷告。这些德高望重的嬷嬷们像往常那样坐在轮椅上，干瘪的手指握着念珠，就这样逝去。而那些仆人们则会使劲敲打用松木制成的棺材板。和华快步上了楼梯：晚安！埃斯特尔则在寻思着如何处理那簪子：我一进屋就把它从口袋里拿出来，给裙子消毒，然后把它放在哪里呢？不管怎么说，王小姐得的又不是麻风病，埃斯特尔大声说道。你搞错了，肺病比麻风更糟。更糟？是，是的，更容易传染。*Good night, Mán hón!*

大寒这天，中国人吃素。这一年大寒来临的前一天，有人在垃圾堆里发现一名死婴——一个女孩。关于这件事情，报纸上连只言片语都没有。毕竟，垃圾堆里发现女死婴在这里是一件稀松平常的事。常有中国母亲在生下女婴后来到修道院大门右边的出口，泪流满面地说：我该拿她怎么办？我丈夫会杀了我的。嬷嬷们会回答：我们会养活她。之后，中国女人会谢谢嬷嬷们。修女们于是收下这无辜的孩子，修道院的托儿所继而变成了孤儿院。据说，每个孩子降临这个世界的瞬间，不管这孩子的出身多么贫贱，天上都会出现一颗星星，罗莎·米司蒂卡妮娓道来。她说,女弃婴最终也许不会嫁给王子,但她有可能成为像与耶稣缔结神婚的圣加大利纳那样的女人。圣达菲学校曾有一位嬷嬷就是这样的弃婴,她是人性泯灭的产物,罪孽之果,但最终沐浴着圣洁之光离世(补偿定律!)。另一个例子是学校秘书处主任。她被送到修道院来时,她的父亲只留下一张纸条,上面潦草地写着她的名字:*Miss King*①。金是一个混血儿,一个和鬼佬生的 *Fan kuâi chai*②:一双海蓝色的眼睛出卖了她那东方人的线条。然而,这并没有阻碍她成为学校的领导者。

因为大寒这天发生在澳门的这件惨事,圣达菲学校的女教师之间变得水火不容起来。一切源于果阿女人在喝汤后和吃主菜之前做的那番评论:那个在垃圾堆里找到的女孩呢?太野蛮了!简直就是丑恶的罪行!甘多拉走向中国教师,而这些中国老师们只是耸耸肩,短暂且一致地相互交换了一下眼神。然而,萧和华却慷慨激昂地用英文说道:只要人们的思维不变,只要一切还像现在这样……在中国大陆,毛主席……说到这儿,萧和华戛然而止。其中一位同事起身离席,拖动椅子,发出巨大的噪声。接着,一阵沉默。另外两名女教师随即仿效那位同事,接着又有三位女教师这么做。不一会儿,平日里坐得满满当当、看上去好像鸡饲料槽一样的餐桌上就只剩寥寥几人了。清洁工前去收拾汤盆。墙上的钟嘀嗒嘀嗒地走着。何曾在午餐时间听到过钟表的嘀嗒声?

---

① 英语:金小姐。
② 粤语:番鬼仔。意思是"西洋小孩"。

往日里筷子的叮当声和喝水的咕噜声哪里去了?

抿完最后一口茶,萧玩世不恭地将桌上的空位比作被蛇碾秃的草丛。她不知如何用英语表达这种情形。在她的家乡,人们管这叫作"斗折蛇行"。蛇在很远的地方听到一种类似老鹰的猛禽的叫声就会开始仓皇而逃。那些飞禽比鹰更凶猛,飞得也更高。你有没有发现,此时,毛主席的名字就是警钟?中文部教师挑着眉毛说。毕竟,现在的中国已经是中华人民共和国了,一个新中国!

只有果阿女人没有明白众人何故离席:她们都斋戒了?连蔬菜都不吃了?这些人都禁食了,因为她们中有一半是佛教徒,另一半则对佛教心存敬畏。(或是因为厨子图省事?)她们只做蔬菜,连米饭、豆子或是面包也没有。这天的菜谱里有莲藕,象征好运。大寒前夕,这些中国老师与奥德修斯在莲花岛遇见的那些岛民一样①。我感觉胃不舒服,埃斯特尔抱怨说。如果有莲藕和莲子剩下,啊,那她们真的已经忘记自己的祖国了!萧对奥德修斯的故事一无所知。算了,明天我去买点熏肉。包括甘多拉在内的其他老师都离开了,只有她们两个人还坐在餐桌前。我以为中国人重男轻女已是过去的事呢,英语教师说道。过去是,现在还是。就像我刚才说的那些她们不爱听的:只要一切还像现在这样。说到这儿,萧和华变了口吻,严肃得好像预见到了某个凶兆:今年是马年。马年出生的女孩会离经叛道,厌恶男人。王小姐

---

① 据古希腊诗人荷马的史诗《奥德赛》所述,希腊英雄奥德修斯以"木马计"攻陷特洛伊城后,在返乡的路上经过莲花岛,岛上的居民爱吃一种类似莲藕的食物,吃了之后精神出离,忘记世间悲喜。

应该属于这样的女孩。可怜的人也遭到报应了，得了肺结核。你说什么？埃斯特尔惊讶极了。萧，像你这样思想开化的人也这么迷信？*Well*……在中国，连智者都难免迷信。狂妄自大是要付出代价的，这一点她很清楚。萧和华身子前倾，小声告诉埃斯特尔说自己其实是私生女，她的母亲就是马年出生的，秘密入党后，从父亲家搬到山洞里生活。接着，她小声说道：最后，我母亲生我时血崩了。

嘀铃，上课铃响。已经到时间了？几点了？咱们俩忘了时间。两人拿起书本。现在，埃斯特尔对朋友的属相好奇起来：你属什么？如果猜一猜她是哪年生的话……和华应该不满三十岁。平时她不爱打扮，但到了星期天，脸上抹上珍珠霜，穿上康乃馨色的真丝棉袄，她看上去不到二十岁。你说什么？萧问。没什么，我什么也没有说。埃斯特尔从前往后又从后往前默数了中国生肖：马、蛇、龙……龙前面的生肖是？啊，兔。兔前面是虎。只要知道她母亲离家出走的年份就能知道她的属相。埃斯特尔断定萧和华的母亲是在怀孕后离开娘家的。这就像算二加二等于四那么简单。在中国，未婚先孕……可是，我为什么在这里凭一个已故母亲去推算她女儿的年龄？

两人走进大庭院。萧小姐，你如何看待婚姻？嗯……一个单身又没有钱的逃难女子在澳门……以前，中国女人无论如何都是要结婚的：孔子说过，在另一个世界没有人是只身一人，所以，夫妻总是葬在一起。孤鸟难筑巢。说着，萧和华发出爽朗的笑声。你知道吗？在中国，一个好妻子和一个好母亲必须遵守三从四德。

这是以前，现在情况不同了。她转过身来，双臂交叉将书本抱在胸前。中国革命将这些旧礼教都推翻了。你这么认为？你觉得中国比以前进步了？萧和华没有回答，继续小步走着，用余光瞄了瞄同伴。在这里我是自由的，我甚至可以……可以恋爱！萧抱着书在空荡荡的院子里旋转起来。既然今天，大寒到来的这天大家都像神仙似的吃斋，那明天……明天就该来一点熏肉！说完，萧和华又大笑起来。嘀铃……再见。萧和华上课的教室在二层。

震耳的铃声反复敲打，提醒那些迟到的人们。她们中的一些人去参加合唱团彩排了，另一些人则利用午休时间去逛商店或是找鞋匠了。

甘多拉手里攥着一封信出现在大门口，可她的反应却与以往截然不同……往常收到信后，她要么邀请埃斯特尔去她的住地：我给你做 *chacuti*① 和 *bajajuri*②，要么跟她絮叨自己买的东西：一件搭配纱丽的上衣，或是一套正宗的陶瓷茶具。虽然从来闭口不提信的内容，但上帝啊，她那亢奋劲儿就好像拂晓扯着脖子打鸣的公鸡，美滋滋的。可是现在，两人在楼梯平台见面，多拉却只字不提。哪里来的信？英语教师在第二天知晓了答案，果阿女人找到她：给你，可以收在你的集邮册里。那是一张盖着潘吉姆邮戳的邮票。啊，潘吉姆！我太怀念那里了！真想回到果阿的潘吉姆啊！甘多拉却嘀咕道：给我钱我都不会再回去。埃斯特尔沉默着。有才干的人在家

---

① 果阿当地语言：咖喱鸡。
② 果阿当地语言：印度斋饭。

乡不如在外地更受到重视，果阿女人从牙缝里挤出这些字来。她厌恶的眼神如鹰眼一般。它们在诉说什么？诉说不幸？

这一年的狂欢节是在二月中旬。天气很冷。因为感冒，埃斯特尔上一个星期在校医务室里度过了春节。狂欢节前的星期天，她就待在宿舍里。萧没有敲门，拿着一个包裹走了进来：特立尼达修女托我转交给你的。给我的？谁寄来的？包裹上没有写寄件人是谁。中国女人还带了一瓶梅子糖浆：你晚上还是咳得厉害，弄得我都没法睡觉。她接着向埃斯特尔解释如何服用糖浆，埃斯特尔则前后反复看着包裹，可是连一张便条或是口信都没有。请把药放在桌上吧。和华在床脚坐下，对埃斯特尔说，说不定是哪个朋友送给你的礼物吧。也许吧，但我想不出是谁。比如，中尉。中尉？肯定不是中尉送的。我能把脚伸进你的 *min-toi*① 里吗？中国女人问。当然可以。放好脚，和华开始问有关狂欢节的问题。中国不庆祝狂欢节，澳门以前也不庆祝这个节日。在葡萄牙，人们习惯在这个节日里赠送礼物吗？什么样的礼物？葡萄牙还有类似的节日吗？在中国，人们既不庆祝狂欢节前的星期天，也不庆祝"肥美的星期二"，更别提放假了。罗莎·米司蒂卡曾经提起过这个世俗的节日：需要在教堂祭坛前祈祷三天来减轻世间犯下的罪孽。这意思是说，西方世界在这些天里用一种特殊的方式造孽？

---

① 土生粤语：棉胎。土生澳门人按照粤语发音将用棉花或丝绵制作的棉称为棉胎。

两个人的对话不断被萧和华的问题打断，这在中国女人身上并不常见。她对包裹当然好奇，但此时，她对狂欢节和葡萄牙人更感兴趣。萧和华惊讶于葡萄牙人来到澳门并定居于此，但却很少有人学说当地语言。你别忘了，这里的葡萄牙人都是军人和他们的家属，埃斯特尔提醒说，再说，难道葡语不是澳门当地语言吗？萧和华蜷缩在棉被里说：真暖和呀！然后，突然无端地问道：你呢？你一个单身女子，为什么来这里？

萧没有暗示埃斯特尔像某些澳门女子那样是为了某个男人来到这里的。埃斯特尔从床头只能看到她乌黑的直发，不管怎么说，中国女人低调且不失高雅。我为什么来这里？为了了解中国人。是吗？萧坐了起来。得了吧！说完又躺下了。学监曾告诉萧和华，在她的家乡，人们在狂欢节期间互相拆台、互相揭短，但谁也不会因此生气。那是玩笑，人们在狂欢节期间开玩笑。玩笑也是为了帮助人们暂时忘却义务和责任，因为狂欢节放纵之后就将迎来封斋期，人们忏悔的时候。萧和华在棉被里伸了一个懒腰。真想犯懒！她坦言自己绝不可能为了了解葡萄牙人而去葡萄牙。我可不会。那些她认识的葡萄牙人已经让她觉得够受的了。那些军人在这里无所事事，只会玩弄中国女人。埃斯特尔拽了拽从肩膀滑落的棉被。请原谅我的粗鲁，中文教师急忙说道。那些男人都是已婚人士。他们的老婆，*my God*！她们都被蒙在鼓里。这床这么窄，你不觉得难受吗？有什么难受？这对于澳门女人来说不算什么。澳门女人有住在船上的，有住在山洞里的。只要有一口米粥、一些竹笋和一点茶叶渣就能过活。*Cheap*①！这些就已经绰绰有余。她们不是黑人。萧又坐了起来：她们既不是黑人也不是奴隶。可我从没听说过一个葡萄牙姑娘到澳门来是为了了解中国人的。真的，对我来说，这真是一个新鲜事！

埃斯特尔起身喝了一口水，并感谢萧和华给她送来止咳糖浆：一次一勺，一天三次，是吗？接着，她突然问：既然你不喜欢葡萄牙人，为什么总跟我在一起？中国女人迟疑了一下。我也不知道，可能因为咱们都说英文，也可能因为你和我们住在一起，每天朝夕相处。过了一会儿，萧和华继续说：谁知道呢，可能因为你来澳门是为了了解中国人吧。有一种说法：当一个人念叨另一个人，即使双方并不认识，另一个人也会有心灵感应。这属于一种心理现象。宿命。确实如此。埃斯特尔搬到这里与萧和华成为邻居的第一天，正是萧教她如何开灯的。你还记得吗？从那时起我们之间的感应就……所以，我没有对你做任何调查。其他老师，比如容小姐，都在向嬷嬷们打听，交头接耳，窃窃私语。我没有那样。我对自己说：日久见人心。事实上，我的确是第一次与外国人做邻居。好像对她来说这是一件冒险的事似的。住在我旁边有危险？埃斯特尔强笑着问。危险？你终于说出来了！所以我说，她接着说道，我本能地知道你想要干什么。她从床上跳了下来：我该走了！她对着洗漱间的镜子理了理头发，又将床单捋平。不管怎么样，我密切留意过你的一举一动。真的？那我可要提防着你了，埃斯特尔看着她剪至脖子的厚密的短发说。萧转过身，

---

① 英语：不费力的。

用一种奇怪的腔调大声说道：*Tschung-hua jen-min Kung-ho ko*[①]！

片刻之后，英语教师才明白同伴说的是：中华人民共和国！还有她说话时的神态，分明是在发出警告。毫无疑问，萧是在暗示陆思远，不言自明。教堂钟声响了，早上七点。埃斯特尔起床准备去餐厅。她面朝前方的院子，边收拾边思忖：安分守己，我就该安分守己，剩下的留给那些有资格的人。正如葡萄牙语里的一个谚语所说：一只鸟，一树枝[②]。

包裹，两张纸一样的东西。不，是三张。最后一张是厚砂纸。是什么？关上窗，别加重你的咳嗽！邻居提醒道。她边说边将自己屋里的酒精灯点上。知道是谁寄给你的吗？纸条，包裹里应该有一张纸条。埃斯特尔在那几张纸里寻找起来。果然有一张空白卡片。卡片背面写着：*Queen of Persia*。啊！

这位慷慨的护士此时已经拿着咳嗽药水出现在埃斯特尔面前：一口气喝完，因为这药有一点苦。这糖浆除了治咳嗽还能治失眠。你看着吧，简直就是神药。萧和华俯身看着埃斯特尔怀里的包裹问道：是甜点？是的，一个朋友送的。礼物。她觉得有必要解释一下是什么朋友：一个在营地大街拐角开店的印度人。什么样的店面？卖香料和炸芋头的店。萧和华边嚼边说：味道有点像煎饼。吃完又舔了舔手指。再来点？没问题。中国女人回

---

① 粤语：中华人民共和国。
② 即"各司其职"。

宿舍取来茶水,坐在邻居身旁。两个人就这样就着印度人的甜点品起茶来。现在,闭上眼,放松,深呼吸。五分钟后你就会安然入睡。

然而,事情并非如此。这天晚上埃斯特尔前所未有的清醒。嗒嗒,邻居和其他中国女人们拖着拖鞋的脚步声。砰砰,夜里的洗漱声。开关的声响。当然,还有鲍比凄惨的叫声。

终于,一片漆黑。屋里的黑一直延伸至窗口,那里有一丝亮光。是月光?不,是星星的光亮。一簇星星悬挂在夜空,将夜一分为二。我的脑袋就像是一张坏了的唱片,埃斯特尔想:那天下午萧说的那番话,是质问?是拐弯抹角的打探?抑或是嫉妒?印度人送给我点心又是为什么?埃斯特尔翻身试图入睡。不管怎么样,那些点心给她带来些许安慰和快乐。包裹能装下的点心是最少的分量,大小差不多和信纸一般。难道真的是一封信?让我打开看看。埃斯特尔点上床头的灯,小心翼翼拆开包裹封皮:果然有一件黑色的物品,太奇怪了!她将它拿起,背对着光细细端详起来:是一块带着两个洞眼的黑色绸缎。是一张面具?

谜底正是面具。埃斯特尔最近一次在"太阳与海"遇到印度香料商时,他曾提及一个即将到来的犹太节日。是在二月?还是三月?普珥日,是普珥日。为庆祝这个节日,犹太人会吃一些特别的食物。印度人居然还记得我,真是一个可爱的人啊!普珥日是为了庆祝由于以斯帖王后[①]的干预而使犹太人在波斯帝国免遭屠杀的节日。

---

① 与埃斯特尔同名。英语译名为以斯帖。

她曾答应门托会尽快读《旧约·以斯帖记》，可到现在还没有开始看。

于是，埃斯特尔坐了起来，从放字典的架子上抽出《圣经》，在目录中找到《旧约》。房间小的好处就在于此，一切都伸手可及。她望了望四周。夜晚昏暗的房间让人联想到中餐馆门口的蛇笼，自己好像那蜷曲着的生物，被四面墙包围着。或许是被黑夜，一个循环往复的黑夜包围着？《以斯帖记》里是这样写的："国王亚哈随鲁见王后以斯帖站在院内，就施恩于她，向她伸出手中的金杖。王对她说：'王后以斯帖啊，你要什么？你求什么？就是国的一半也必赐给你。'"[1]埃斯特尔从一开始就被故事情节吸引住了。以斯帖取代了违抗国王旨意的瓦实提王后。国王因瓦实提抗旨，下令"所有的妇人，无论丈夫贵贱都必尊敬他。"[2] 埃斯特尔认真地读着，一字不落。她反复阅读以下部分："众女子照例先净身十二个月。女子进去见王是这样的：晚上进去，次日回到女子第二院。除非王喜爱她，再提名召她，就不再进去见王。"[3] 说到底，亚哈随鲁跟现在的那些王也没有多大分别。萧对她讲过中国一夫多妻制年代里发生的故事，而这一制度在澳门依旧存在。以斯帖之所以被誉为女英雄，是因为她取悦于亚哈随鲁王？并非如此。她之所以为世人称道，是因为她发现了谋害国王和屠杀犹太族的阴谋。粉碎阴谋之日被称为普珥日，犹太人得以立于波斯人之

---

[1] 《旧约·以斯帖记》第五章第 2 节。
[2] 《旧约·以斯帖记》第一章第 20 节。
[3] 《旧约·以斯帖记》第二章第 12 节。

上。正如所有战争一样，这是一段混乱的复仇史。门托先生告诉埃斯特尔，普珥日如今是一个民间节日。犹太人的狂欢节？

夜里十一点，一阵咳嗽袭来。英语教师合上《圣经》，熄灭了油灯。隔壁房间里，中国女人在床上辗转反侧。若是邻居也在看一本这样的巨作，那必定是毛的著作。夜里十二点。院子里的猫在呻吟。两个人都没有睡着。假如萧的抽屉里也有一封信……为什么不呢？这念头第一次从埃斯特尔的脑海中闪过。陆思远能给我写信，也有可能给她写。而她的优势在于她能从头到尾看完他的信，还能看了再看，如果有必要，还能将信修饰一番。埃斯特尔用被子遮住脸，深呼吸，试图放松。可以肯定的是，萧没有收到什么情书。那我呢？我也没有。埃斯特尔侧身面对墙壁。唉，谁能让我不继续想了！就是因为这些胡思乱想我才失眠的。而萧那里的情况也是一样。事实上，两个人什么事都没有，可就是无法入眠。在这样一个被银河的七千颗星星穿透的深夜，两个人共同感受的是对夜的恐惧。

中文教师在她那因为角形而显得比邻居更窄的房间里同样彻夜无眠。失眠这东西就像水痘一样会传染，而在教师之家就更容易：紧挨的床铺、床垫和床两侧扶手的嘎吱作响声，热水瓶瓶塞的出气声，还有走廊里昏暗的灯光。寂寞。都是一样的寂寞。和华起身，小心翼翼地走到窗口欣赏夜空。中国有一个关于银河的美丽传说，说的是银河两岸有两颗星互相深爱着对方但却无法相见。萧的母亲曾为寺庙的佛塔绣过一幅画，画中有两只喜鹊。

喜鹊在中国北方被视为吉祥之鸟，因为是它们在那两颗星之间架起了一座桥，银河两岸相爱的人才得以在每年的七月七日相见。

萧回到床上躺下。

就在这样一个夜晚，萧和华的母亲将她带到人间，然后撒手人寰。过了明天，我就二十九岁三个月了。母亲生我时十六岁。二十九岁，我简直太老了！比她年轻十岁的姑娘们个个都已经结婚了。她心智一直很成熟，在十六岁前就已经这样。她和她的外婆，两个晚婚的"老姑娘"，在中国婚恋观的悬崖上艰难地行走。她们移居此地可不像飞鸟那般轻松，而是如蛇一样匍匐前进。萧和华点上台灯，喝了一口茶。隔墙另一边，她的邻居也在麦秸做成的床垫上翻来覆去。十六岁时，萧和华在澳门遇到了自己的初恋刘先生，一个卖纸偶的上海难民。外婆对此人却不信任。他常送些纸偶给老人家，今天给一个送子观音，明天给一个财神。有一天，他竟送了一个面目狰狞的恶神，但是，这个纸偶反过来就变成了慈眉善目的灶神爷。然而，外婆并不喜欢。她觉得那些纸偶有所指。邪恶。那双面纸偶充满恶意，这个男人不怀好意。后来，香港义父出现了，外婆对他信任有加。

这是一个没有月亮的夜晚，但夜空仍有光亮。那亮光不像月光般洒落，而是低调且集中，好像只为萧和华一人落入她的房间。从墙壁到天花板，从穿着长袍的柳编模特到金丝雀鸟笼的栅栏，一切都是那么清晰可见。这个带玄关的歪歪扭扭的房间此刻因为夜光的照射变成了孤立的圆形。在这个圆里，所有的东西都在它该在的位置，只有萧不知该如何自处。她想起板樟堂街那个瞎子算命先生，他摸着她的掌纹时曾一脸惶恐。她将棉被往上拽了拽。二月的凌晨寒气逼人。埃斯特尔在隔壁房间同样辗转难眠。有人喜欢英语教师吗？当然，那个中尉。据说西方人都是蛮夷。那些出入于澳门酒店的中国女人们看见"鬼佬"就好像遇到瘟疫，避之不及。一个念头从萧和华脑中闪过，她又清醒了。啊，不可能！埃斯特尔！感情的事没有种族之分，不该抱有任何偏见，感情面前，人人平等。鸳鸯成双对，鲤鱼结伴游。已经凌晨一点了。明天一早还有课：我已经迷失了！她的朋友很少提及她那些在澳门的同胞们的事情，那些包括中尉在内的身穿制服、整日无所事事的军人们的故事。不可能！

埃斯特尔不是那样的人，是你在胡思乱想。萧和华，你要是想休息，那就必须停止这些胡思乱想，停止一切胡思乱想。她用手捂住了脸。今天下午我对埃斯特尔说的那些话对她不公平，我对她的态度很不好，希望没有伤害到她。她是你的朋友。再说了，你有证据吗？没有。完全没有。我应该向她道歉。想到这里，萧和华开始感到些许睡意。就好像那些坦白忏悔后渐渐找到自己良知的人一样，萧终于能够入眠。然而，她的邻居还清醒着。难道她也心怀内疚？亡羊补牢，为时不晚。中国女人就这样睡着了。差十五分钟两点。

这天，澳门举行苦难耶稣圣像巡游。耶稣圣像身上披挂着各类受难刑具：锤子、十字架钉子、荆冠、长矛和浸满酸葡萄酒的海绵。巡游队伍中有一位扮演圣女维罗尼加的少女，手持耶稣画像。除此以外，还有来自教会、教友会、修道院和澳门官方的各色人等，包括总督的仪仗队。仪仗队员一律是身材高大、腰杆挺得笔直的黑人。整座城市都参与到这个活动中来了，只有中国人在一旁袖手旁观，好像什么都没有发生似的。即便有些店主从店门探头张望，小商小贩们抽空从摊铺生意上抬起眼来，也只能看见他们冷漠的眼神！中国人对待西方节日都是这样的态度吗？是的，除了六月十日的葡萄牙国庆日。在声势浩大、爱国主义热情高涨的气氛中，澳门的老老少少都兴奋地聚集在街边观看庆典活动。也许是因为他们没有自己的祖国，所以才对别人的国庆日如此重视。中国人的爱体现在对家庭、父母、子女和先辈们的重视，生死对他们来说更为重要。所以，他们娇宠子女、孝敬长辈。带着这些思考，英语教师在萧和华的陪伴下行走在巡游队伍的队尾。信徒们开始念万福经。她们都不明白自己为什么要参加这个活动。好吧，因为大家都参加。再说，澳门也没有多少地方可去，而她们又都是教会学校的老师。既然我是初入教者，我觉得自己应该多跟信徒们接触，萧说。你知道我是初入教者吗？知道，你告诉过我。巡游队伍缓慢地行进着，抵达民政总署大楼前广场时，那里的咖啡馆全都空无一人。一阵窃窃私语声后，全场陷入一片寂静。巡游队伍在这里稍作停留，模拟耶稣苦路中与自己的母亲相遇。三月的澳门即将迎来一年中最早的几场雨和炎热。扮演维罗尼加的少女说话声很轻柔，像一把刀子插入闷热的空气中。

　　活动快要结束时，她们在人群中遇到了甘多拉，她垂着眼，肩上披着纱巾。尽管巡游队伍时而向前时而往后将她们的距离不断拉近，果阿女人却假装没有看见她们。也许她的确没有看见，因为她在十分专注地诵经。要不是澳门坑坑洼洼的道路十分不便，她也许会像一名忏悔者一样赤足行走，埃斯特尔想。巡游结束的钟声敲响了，引领队伍行进的旗幡也收了起来，主教在教堂向民众送去祝福。多拉跪地膜拜。后来，巡游队伍开始解散时，埃斯特尔见她慌乱地跟随着学校和神学院的方阵，接着趾高气昂地从中穿过。她像一名修女，身穿深色拖地长裙，头戴黑色面纱。像一个幽灵。

萧掏出一元钱让自己的一名教女去买龙虱，好几名年长些的女生也围了上来。趁着夜幕降临，埃斯特尔一路跟随果阿女人。我的上帝，她拖着那么长的裙摆怎么还能走这么快？有几段路程，她把果阿女人跟丢了。要是我没有看错，她的眼里含着泪。信，一定是信的原因。她最近没有收到信。不知道有没有专管这种事的神灵。要是有，多拉如此虔诚的人一定知道是谁。特立尼达曾求助过圣埃斯佩迪托。

——*Nei yak mon fan*？

埃斯特尔有些措手不及，但她并不感到吃惊。一听到说话的声音，她立刻判断出是谁，还有那身军装和夕阳照映下的军装扣子。我一整天都在期待有什么事情发生，现在倒是出现了一个我未曾料到的情况。至于果阿女人的行为举止，埃斯特尔这会儿并不觉得意外，遇到他却实在是出乎意料。萧今天也给了埃斯特尔一个惊喜。中国女人房间的墙上挂着一幅幸福女神像，那画里的女神美极了，头顶光环，双手各捧一轮新月。

萨卡里亚斯中尉身着礼服。我今天去参加巡游了，你觉得怎么样？指挥官 *Hong Kong foot*①发作了，所以我代表他去参加巡游。望厦兵营里受香港脚困扰的士兵很多。虽然现在天气还冷，士兵们却因为受不了靴子，已经开始在集体宿舍里光脚了。到了五六月，这东西就像瘟疫一样更加令人头疼。幸好我每次淋浴后都把脚擦干，再扑些爽身粉。埃斯特尔和中尉就香港脚和脚气药的问题聊了起来。那些药通常都没有什么疗效。你注意到刚才电影播放间隙那则广告里出现的一只大脚吗？萨卡里亚斯紧挨着埃斯特尔向前行走，好像他们昨天刚见过面，而不是已有几个月未见了。万一得了 *Hong Kong foot*，一种真菌感染引起的皮肤病，就得穿透气的鞋子，比如凉鞋或是日本木屐。幸好我……

埃斯特尔发觉身穿礼服的中尉格外优雅。他邀请她共进晚餐：我知道一个特别的地方。他将嘴贴在她耳边问道：你吃蛙腿吗？抱歉，今天不行，我和我的同事约好……是吗？约在哪里？他们穿过加思栏花园前地，那里的确停了一辆三轮车，萧正从车上下来。叫上你的同事吧！中尉提议。我很乐意也邀请她，咱们三个人一起去吃饭吧。中国女人高兴地接受了邀请。萨卡里亚斯叫道：*Sam-lun-ché*! *Sam-lun-ché*! 他们叫了两辆三轮车，中尉单独坐一辆在前面带路。餐馆距离加思栏花园还有一段路程。

一路上萧和华对好友的男朋友赞不绝口。他人真好！长得也帅。看到你们这么一对儿真是让人高兴。真般配。埃斯特尔点头表示同意，但内心深处却对萨卡里亚斯和

---

① 英语：香港脚。

她自己的表现感到费解。他们已有几个月未见，她甚至已经忘记了他，忘记了他的处事和说话方式，就好像当初并不认识他一样。我就是这样的一个人，好像大雨落下，并不在流过的地方留下痕迹。他从未向她表白，他们也没有真的在一起，而她自己在恋爱方面也屡受挫败。因为爱得不够深，所以总是能找出各种借口回避。今天这样，也许是因为无聊，也许是因为澳门实在太小。如果萨卡不是每次都给她打电话，而是经常鸿雁传书，哪怕是在分手以后，哪怕只是写上一句，问候一声"*Nei yak mon fan?*"，她都会感到高兴。这句问候用嘴说出来不觉得有什么，但要是写在纸上，她会乐于接受。不管怎么说，这句话能使中尉在埃斯特尔心目中不再处于默默无闻的位置。不过，澳门没有哪一位军官穿上礼服能像萨卡里亚斯这么英俊，没有谁穿上白色礼服能像他这么有型。

中尉的三轮车不时取道捷径，萧便不断催促自己车上那位瘦骨嶙峋的车夫：*Faiti! Faiti!* 在最终看到了萨卡里亚斯乘坐的三轮车后，中国女人长舒了一口气：谢天谢地！

埃斯特尔则在车上回想与萨卡有关的一切。他爱读新现实主义小说，床头放的是费雷拉·德卡斯特罗[①]的《移民》。他爱看意大利电影，喜欢下象棋。萨卡里亚斯·德索萨中尉出生于一个殷实家庭，他母亲的家庭是名副其实的贵族。他的曾祖父是诗人卡米洛·佩萨尼亚[②]

[①] 费雷拉·德卡斯特罗（1898—1974），葡萄牙作家。
[②] 卡米洛·佩萨尼亚（1867—1926），又译庇山耶，葡萄牙最伟大的诗人之一。

父亲的表兄，签名时总把姓名中出现的ss写成ç。虽说出身名门，但萨卡性格随和简单。他穿戴讲究，总是西装革履，外加他那一头浓密的金发，走在澳门大街上十分引人注目。

我看不到你朋友的车了，我们不会走散了吧？中国女人问。好像这个聚会对她来说非常重要似的，又好像澳门是一个大城市似的。

中尉的祖母是德国血统，他本人算是德俄混血。曾有一个叫伊里娜的女人是萨卡的软肋，虽说她比他还大几岁。战争期间，伊里娜随父母从汉堡迁居至里斯本。汉堡有一个红灯区，那里的女人都裸体在窗前展示自己。裸体？不冷吗？屋里有暖气，她们只要站在玻璃窗后就行，一整条街都是这样的女人。萨卡里亚斯曾去过汉堡。

中尉的日子很清闲，至少埃斯特尔这么觉得。伊里娜长得很美，可惜她因为患有贫血症需要饮用带铁的矿泉水，牙齿都被毁了。中尉对音乐颇有研究，会演奏好几种乐器，还曾在军官俱乐部做过一个关于室内乐的演讲。他就像大卫王，既擅长弹奏竖琴，又会拉弓射箭。

Hó[①]，*hó*！他在那里，中国女人兴奋地说。她见埃斯特尔如此沉默寡言，便问她是不是头疼，还凑到她面前仔细端详她的面容。巷子里灯光昏暗，天上既没有星星也没有月亮，天气热得反常。我昨天夜里还在用热水袋！

饭店服务周到，当然，菜肴价格也不菲。萧询问了店里的特色菜后，主动提出要当翻译，她推荐了熏肉。好吃吗？是什么肉做的？什么？狗肉？上帝啊，我宁愿

---

① 粤语：好。

只吃白米饭,中尉说。埃斯特尔也不愿尝试这道菜。但是,既然大家各取所需,中国女人还是点了熏肉,另外两名食客则对这盘气味难闻的食物避之不及。但这只是一个小问题。菜单里的菜肴种类多样,蛙肉鲜美,朋友们也谈得来。说起朋友,饭桌上什么都好商量,但关乎到味蕾问题的时候,即便是朋友也不会妥协。总之,晚餐很成功。萨卡为讨两位客人的欢心,在饭桌上试着说了几句粤语,逗得萧哈哈大笑。他还用英文讲了一些兵营里的故事,这些故事都不是笑话,而涉及到政治,别说萧,埃斯特尔都听不太明白。但中国女人依旧笑声不止。中尉是这一切的始作俑者。

三个人酒足饭饱后肩并肩走出饭店,中尉走在两位女士中间:咱们要不要去看一场午夜电影?埃斯特尔讨厌看恐怖片,婉拒了中尉的邀请。萧虽然沉默不语,但无法掩饰她想去的心情。埃斯特尔从未见过中国女人如此兴奋,她的大笑是那么夸张。据埃斯特尔所知,狗肉是属于热性的,也许有兴奋剂的作用。难道这东西还能催情?

来到学校后门,中国女人将钥匙插进生锈的锁头里,一边开门一边祝贺朋友找到了归宿。她确实极少对葡萄牙人产生好感,便劝埃斯特尔赶紧结婚。你这样孤身一人在外漂着,在澳门教书挣那么一点可怜的生活费,还要屈就在圣达菲学校的鸽子笼里……听我这无名之辈的劝,嫁人吧!萧说,如果换作是她,能遇到这样的男人,绝对不假思索就嫁了。是,但是也得我爱他才行啊,埃斯特尔辩驳说。难道你不爱他?两人走到院子中央,突然听到从廊柱走道里传来呻吟声。是我们说话的回音?

两人驻足聆听。是什么？是猫叫声。几只猫正在汇集着积水的墙根打架。你看它们！黑漆漆的，好像魔鬼！中国女人对有关学校井水的传闻一直有所怀疑。房子底下有一口井？整座房子建在一口水井之上？嗯……我从没有听说过这样的事，萧喃喃自语。谁也别想蒙骗她，这个世界上还没有人能欺骗她。水井的事始终是一个谜。绝望的中国女人们会选择投井自杀，相比男人，这种死法在女人中更常见。这是因为一来，死者能保住全尸；二来，井水很深，死法也就隐秘。可怜的人们在陷入绝望、无处可去之际，便回到家乡寻求解脱，一了百了。萧迅速爬上楼梯，埃斯特尔紧随其后。两人健步如飞，若是有人看见，一定会以为她们遭到了袭击。而那些又黑又瘦的猫儿则继续在苦难耶稣圣像巡游日漆黑的夜晚苦苦呻吟着。

埃斯特尔已躺下，心里却想着思远。自十月以来，他们两人就没有再见过面。据他说，十月正是他家乡的黄色菊花开放的季节。

埃斯特尔已经一个星期没有见到甘多拉了。这也不奇怪，除了她，很多人都销声匿迹，不见踪影。悲伤来袭的时候，还有什么治愈方式比避世更为有效呢？也许，世界上任何一个弹丸之地的任何一所学校都是这样，教会学校的特点具体说来就是：教职人员之间不和，人们处世谨慎，不温不火。萧小姐房间里挂着一幅丝绸画，上面画着一对门神——家的守护神。可是，圣达菲学校里何处是家？中文教师也常为忧郁所扰，将自己困于屋中。上午的课一结束，萧和华和其他女教师们便钻进各自的小屋。正午，当烈日的红色开始发紫，这抑郁的毛病便逐渐蔓延开来。

然而，果阿女人的弱点众人皆知。若是前院油漆托盘里有寄给甘多拉·戈伊斯的信，那简直是一件了不得的大事：特立尼达定将她的信放在一摞邮件的最上面。有欧洲航班抵达的那天，多拉都会一大清早紧张地伫立在学校台阶上喘着粗气，左手提着纱丽，右手掌放在胸前：难道她的胸口藏着神奇的奖牌？护身符？*Agnus Dei*①？说不定是她那任性男友的肖像，为什么不是呢？中国老师们以此为乐：是肚子疼，多拉这些日子肚子疼。然而，在埃斯特尔看来，她是在稳住自己的心，整个心都系于信里。"我们星期六去玉湖茶楼吧？今天就去？"或者："我想给你看一套我在瓷器店预订的 *lam-sāo-soi*② 茶具，茶杯晶莹剔透得能透过它们看到月亮。"或是为埃斯特尔准备了小吃：咖喱鸡、罗望子果和青芒。

然而，这个星期甘多拉收到的来信签发地与以往不同。（有人看见）她一把抓住信纸，又撒手让它掉落在地，再弯腰将其捡起，之后便闪电般地消失了。随即，多拉在课堂上展开了报复行动：检查学生课本和作业本时，只要发现里面有乱写乱画，就记作旷课。学生们在她面前排成一排，面露惧色。往常十分钟就能结束的检查花了一个小时的时间，一个日常惯例变为一场审判。她甚至检查学生们的铅笔头、钢笔尖和活页夹的每个角落，粗鲁地一页页翻阅学生们的作业本，只用动作示意谁可以离开，谁该回到自己的座位。她用手指指向学生，

---

① 拉丁语：上帝的羔羊。
② 粤语：蓝釉彩。

示意她们按照前后顺序分别朗读课文。若是朗读时稍有结巴或是忽略了标点符号,她便潦草地记下"不及格",全程一言不发,直到下课。这节课简直就是一场灾难,令人窒息的沉默,一种折磨。

究竟是什么信?埃斯特尔在餐厅吃午饭时暗自思忖。甘多拉一脸沉思,她将空汤勺送到嘴边,茶凉了也未喝一口,甚至没有添米饭。我们明天去 Yôk Wu 怎么样?英语教师在餐桌对面提议道。多拉没有任何反应。周围是中国老师的喧哗声和拖曳餐椅的嘎吱声。容小姐正在拆鸡翅,并把最好的部分留给自己。就在这时,果阿女人从衣服口袋里掏出一个信封,小心翼翼地将上面的邮票撕下来,起身递给埃斯特尔:给你集邮。啊,是果阿!埃斯特尔兴奋地叫了起来。不,是印度的一座寺庙,甘多拉语气沉重地说。她正要离开时,一阵风吹动了餐厅的门帘,将她的纱丽也吹了起来,一股寒气在餐厅里散开。这寒气是因为"痛苦圣母节①",还是因为信里那些强硬到几乎残酷的语言?埃斯特尔一边研究那张邮票,一边询问是哪座寺庙。普兰达尔庙,果阿女人回答说,她的一半身子已立于门外。多么令人敬畏,普兰达尔,一个能使大地为之颤抖的神。

多拉在那个星期剩下的日子里完全不见踪影。没有人看到她出入学校大门。她必定是从后院的篱笆门进出,穿过菜园。啊,她有钥匙?没有,根本不需要,只要将篱笆推开就行,有时还会偶遇将种着菊花和矮橘树的花

---

① 每年九月十五日为感怀圣母玛利亚一生所受各种苦难而举办的纪念活动。

盆偷偷拿出去卖的园丁修女。果阿女人还以节食为借口，不再去餐厅吃午饭了。

她是不是害怕别人问起信的事情？学监晚上经过埃斯特尔房间的时候问。害怕？可是谁会问她这件事情呢？好吧，她因为来信心情不好，结果大家都受影响了。比如，她班里的学生都被她训斥。真的吗？是的，学生们在课上都抱怨说果阿老师因为信中了魔。她几乎每天都给学生打分。只要有人在课堂上开口，就会被她请出门外。罗莎·米司蒂卡扶了扶眼镜，接着说：只要上帝乐意，坏消息说来就来。信是她的所有寄托……埃斯特尔没有向学监透露这次来信的签发地与以往不同，她感觉时机不合适。嬷嬷突然着急地说：啊，晚上的祷告开始了，我却还在这里嚼舌根！更何况，透露这些信息需要事先有所准备，英语教师心想。话已在嘴边，埃斯特尔转身看着邮票，普兰达尔庙上还有用黑色墨水写的部分地址，以往的来信地址都是用蓝色墨水写的。不。这事很复杂，对嬷嬷和埃斯特尔自己来说都很复杂。两个联系人？多拉难道有两个联系人？好吧，她就算有二十个又怎样？嬷嬷和埃斯特尔面对面，沉默不语。这是初修课教师的秘密。事实上，学监和英语教师也各有秘密。罗莎本名阿尔德宫德斯，多么神圣的名字！这是一个古老的贵族之家的名字，是某个从事葡萄种植的悠久的贵族家族传承下来的。然而，修女不是从没有对埃斯特尔提起过她的父亲从事家乡和澳门的葡萄酒买卖吗？修女常将自己的家乡挂在嘴边，对父亲的生意却只字不提。她的家乡与奥诺洛泉交界，著名的奥诺洛泉之战中拿破仑曾惨遭溃败。她们三人各有秘密。中文教师呢？

天花板角落里，一只壁虎安静地趴着，好像被催眠了似的。这是埃斯特尔今年看见的第一只壁虎，意味着季风临近。它们纷纷出洞，钻进房子里。埃斯特尔想起她的邻居对壁虎行为的一段诠释：它们需要一种非内在的、来自外部的力量，比如来自空气或是水，谁知道呢，说不定来自时空深处。就好像一种病毒，不可避免。但是，在萧看来，那些丝毫没有隐瞒的人反倒是不完美的，是软弱和病态的表现。

埃斯特尔认同朋友的说法，她想就此与学监讨论一番。要想解释如此隐晦的说法，没有谁比教书的修女更合适了。罗莎能背诵《新约》中的段落。说到底，宗教是什么？难道是秘密中的秘密？无论怎样，讨论的时机总也不合适。这天，学监走下石阶时，埃斯特尔正趴在窗台上：噢，嬷嬷，你注意到菠萝蜜树被白蚁侵蚀了吗？夕阳西下，罗莎停下脚步查看院子里那株菠萝蜜树。真的吗？真的。那些果子已经干瘪了，看上去像是空心的。罗莎耸了耸肩膀说：看来它的果子不是因为长熟了才掉下来，而是因为树本身腐烂了。不用担心，等台风来的时候，一切就都解决了。嬷嬷加快了脚步。教堂的钟声响了，铛——铛——，是为紧急召唤所有的人员而敲响的。

埃斯特尔离开窗口时还在思索为什么菠萝蜜树会变成那样。罗莎甚至没有走近它，更别提表示出惊叹了。我沾上了萧爱用隐喻的毛病。中国女人说话总是十分小心谨慎，好像人们手持剪刀时总将刀刃朝外。

正是从这天开始，甘多拉出现在学校时，前额多了一块印记。教师办公室里议论纷纷:印度人?这在印度代表什么?因为甘多拉平时爱穿亮闪闪的长裙,使用干枯的野草制成的香水,同事们给她起了"凤凰"这个绰号。你们看到"凤凰"了吗?她眉心上的朱砂代表了社会等级。她画的那种应该是已婚女人使用的,看着很像。埃斯特尔虽然曾去过果阿,但从未注意过这一细节。印度的种姓制度很复杂。印度?她不是基督徒?不是天主教徒?那又如何?眉间的朱砂只代表社会地位,跟宗教没有关系。办公室里所有的人都充满好奇,各执一词,但却没有一个人能给出确切的答案。中国老师不禁侧目望向埃斯特尔,以致于让她浑身不自在。学生们的好奇程度就更别提了。甘多拉在课堂提问,她们都低头不语。姑娘,把头抬起来,你有东西掉在地上了吗?噗,噗,噗,全班憋着笑声。嘘!有什么可笑的?多拉表面一脸阴沉,心里却在偷着乐,尽情地享受这场表演。人们在伪装得比假装更甚时通常是为了自我防卫。至少,是一种享受。学生们止住笑声,期待她们的老师不经意间将手放到额前驱赶苍蝇或是擦汗,那颗朱砂继而被损坏,证明它是假的。然而,学生们的等待只是徒劳。多拉在黑板前解疑答惑,辫子上沾满粉笔灰,脸上油光发亮,她额前的印记却经受住了石灰和汗液的考验,丝毫无损。有人甚至怀疑那是一颗宝石,好像集市上卖的小佛像,弥勒佛像。也有人说她额头上的是一个金子做的小苍蝇。噢,这是多么神奇的比较!课间,一班的学生则开玩笑说老师眉心粘了一片药片。甘多拉对学生们的表现冷眼旁观:少见多怪的孩子。连我们也觉得奇怪!埃斯特尔发泄说。多拉告诉埃斯特尔自己在从香港至澳门的途中将朱砂弄丢了，现在却在箱子里找到了。涂上它总比丢了强。我们家族的女人，没有哪个人出门不涂上象征家族门第的朱砂印记的。

最终，门托先生揭开了谜底：是的，我们多拉的额前确实是一颗真的朱砂！她的家族属于第二级刹帝利，是武士阶层后裔。她那被神灵庇护的父亲只是一名小小的药剂师，每天摆弄摆弄药片，和和药膏。门托从不信口雌黄，埃斯特尔对他的话深信不疑。他推了推眼镜，好仔细端详茶杯中茶叶的颜色和质地。我以前真的完全不认识甘多拉，结识她的父亲是在果阿的一次聚会中。她父亲个头不高，整天忙着研磨药物，谁不认识他呢？我来澳门后认识了多拉。我是潘吉姆最有名的药剂师的女儿！她自我介绍的那一刻有些做作，令我反感。我来自第三阶层吠舍，从事商贸活动，对此我感到很自豪。门托学着中国人沏茶的方式，先将茶壶倒满水，再用壶里的茶水洗茶杯。我为你准备了化妆品。啊，是吗？你还有这些东西？当然，我有朱砂和小豆蔻，还给香港的店铺供货。哪天我带你去看我的库房，是一个很大的地下室，跨越两条街。那里什么都有，从食用香料到药用香料，再到化妆品香料，一应俱全。萧和华曾跟埃斯特尔说过有关门托的一则传言：据说他与一个中国女人结婚后的第二天，老婆就跑了。那个中国女人说，摩尔人床底下的瓶子里藏着魔鬼。萧笑了起来。那些所谓的"恶魔"胡椒肯定是用于黑市买卖的。是胡椒，或是鸦片。

巧合的是，埃斯特尔也在这时决定冒一回险。她想起了阿尔蕾特，就是那个英国人，我认为她是英国人，那个叫"埃萨乌"的英国牙医的妻子阿尔蕾特和她的大胆。阿尔蕾特是有夫之妇，她的丈夫给她提供了不错的生活条件。萧也曾说：我是自由的，我甚至可以恋爱！这样的话居然是从一名中国女人口中说出的？埃斯特尔在思念陆思远时几乎总是同时想到她的中国同事。她在心里丈量着自己与萧和华之间的距离，随即发现出现在脚下的是一座深渊。萧梦里的那个深渊？那是一个被诅咒的噩梦，还是把它留给忏悔室吧。距离不仅仅是埃斯特尔单方面的，而是她与萧和华双方之间的，也许正是因为距离才有了理解，所谓相生相克。距离是一种仪式。还好，难道不正是仪式将人与动物区分开的吗？距离是一种平衡和补偿，就好像某些植物的叶子虽甜，但往往有毒，根茎虽苦，却能治病。

英语教师暗自揣度着，她不会去路环，但若是与陆思远在澳门本岛相遇……两个人在茶馆远远相望。要是遇见他，我不会假装没有看到，我会跟他打招呼。为什么不呢？换作别人，甚至会主动去找他。不管怎样，就这个星期六下午，下过雨后。再说，萧这个周末要去香港。

埃斯特尔正在臆想时，邻居来敲她的房门，好像已经猜到了她的想法。萧和华问她需不需要从香港捎些东西回来。不用，我什么都不需要，祝你玩得开心。

萧猜到了，她洞悉一切。思绪无法穿过墙壁，却不会背叛它的主人。那种 *medium size*[①] 的棉缎睡衣呢？萧追

---

① 英语：中号。

问。啊,我都忘记了。两件?我买两件给你?什么颜色的?萧和华盯着埃斯特尔:你怎么了?怎么脸色这么苍白?埃斯特尔忙说要给她钱。钱的事不着急。说完,萧和华将帆布背包挎在肩膀上,道了声"Bye-bye[①]"后便快步离开了。走到走廊拐角时,又将背包卸下,回到朋友身边,在她耳边窃窃私语了一番。嗒,嗒,两人走至楼梯台阶。*Have a nice time!*[②] 埃斯特尔小声说,双唇收紧,像是在诅咒。之后,只听后门的篱笆嘎吱作响,萧和华跳上了三轮车,留下她的邻居安静地站着聆听三轮车的铃响、车夫的吆喝和自己的心跳。

去往餐厅的路上,随着一声雷鸣,雨点从天而降:究竟是打雷还是飓风来袭?英语教师加快步伐:我要是现在被闪电击中……被闪电击中等于被人在胸口捅刀子。埃斯特尔的身影凄凉地沿着被腐蚀的石柱廊道行进着,雨水在围墙内干涸的水塘中飞溅。若是真有什么不幸发生,埃斯特尔不会被伤到一丁点。一名女佣背着儿子在廊道避雨,男孩儿在她背上啃甘蔗。女佣与埃斯特尔打着招呼,称她一声"先生",埃斯特尔却浑然不知。她感觉自己像是被火光融化的大地(究竟是雷声还是雨声轰鸣?),发出玻璃似的光芒。

这天下午,埃斯特尔在闹市区闲逛,边走边想到陆思远与萧和华的关系。说不定他们一同去了香港。天哪,我这是在做梦!她想象着他们在船舱里,周围是一群半

---

① 英语:拜拜。意思是"再见"。
② 英语:祝你玩得开心!

裸上身的胖男人，他们或是坐在椅子上打鼾，或是在动脚趾。小孩子们叽叽喳喳吵个不停，衣服上沾着冰激凌留下的污渍。一趟毫无诗意的旅行。星期六满座的 *ferry* 船脏兮兮油乎乎，实在不适合情侣搭乘。步行至草堆街，埃斯特尔不由自主地往街边几处院落内探头张望，她对这几个阴暗且香火缭绕的院子充满好奇。他们在船上会聊些什么？婚姻？和华喜欢嘲讽婚姻制度：妻子应该遵守三从四德，即使丈夫是一个无趣透顶的人。难道他们会聊"狐狸与葡萄①"的故事？中国女人无一单身。谈政治？他们会谈政治吗？自从那天午饭时，萧对毛的理论进行辩护，学校里就传言……啊，茶馆里那个看报纸的小伙子实在太像陆了！学校里传言说她是共产党，她去香港探望义父只是幌子，实际上是去和同志接头。他们是在指她是间谍？圣达菲中文部女教师是中国大陆派来的间谍？埃斯特尔发现自己弄错了，茶馆里的男人不是陆思远。当然不是他，陆正在海上与他的 *sweet heart*② 在一起呢。*Sweet heart*？一想到她的朋友也有可能收到陆的信，埃斯特尔的脸一下子红了。他们说着同一种语言，她有可能收到不止一封信。为了避免经过门托先生的店，埃斯特尔从另一条街绕道而行。之后又绕行了好几次，为了不用和这个打招呼，或是跟那个微笑。不可能，萧是间谍，太荒唐了！这都是容小姐的恶意中伤。老天，她有什么可刺探的？既然澳门不过是旧中国的藏污纳垢之所，既然红卫兵们都对鸭涌河这边睁一只眼闭一只眼。

---

① 出自寓言故事集《伊索寓言》，古希腊民间流传的讽喻故事。
② 英语：甜心。

埃斯特尔又回到了草堆街和营地大街。和华若是对现任中国政府心怀好感，倒也不是什么值得大惊小怪的事情。毕竟，她幼年移民到这里，现在对大陆心存好奇也正常。埃斯特尔回头再次确认茶馆里的那个小伙子究竟是不是陆思远。不可能是他。萧若是对她外婆曾生活的世界心存信念，那才令人惊讶呢。那个世界里，佛是唯一的神，孔子是天。关于她去香港与同志接头的说法简直荒谬。既然澳门市中心有大陆人开的商店和图书馆，还有内港这个公认的是非之地，她又何必去香港？埃斯特尔在那几条街来来回回游走，遇见了刚参加完亲戚葬礼、头戴蓝花的凌小姐，还遇见了自己的学生。她道了一声"*Bye-bye*"，继续自己的路，一会儿前行，一会儿又折返回来。营地大街。草堆街。

回到学校，女门房给埃斯特尔留了口信：请给此号码回电话。她心不在焉地接过号码。*No olvídase usted el teléfono cerraba a las nueve*①，特立尼达提醒道。埃斯特尔没有听清她在说什么。事实上，她还没有回过神来。那个看完报纸又去打麻将的男子……我仔细观察了，不可能看错。路环的渡船一定是晚点了，陆没能赶上去香港的船。就这么回事，跟二加二等于四一样简单。我原本已经决定上前和他寒暄，上帝啊，最后我还是打了退堂鼓。真是一片混乱，埃斯特尔头疼起来。事情就是这样，萧和华没有撒谎。明天一早，中国女人一定会跑来告诉埃斯特尔自己上船的时候看到一只乌鸦在船头呱呱乱叫：乌鸦不吉利。你是说一只鸬鹚？管它是什么呢！后来，

---

① 西班牙语：别忘了九点以后电话间关门。

渔民们为了不惊扰到鱼儿,将这不伤人且不会说话的动物变成了盘中餐。保险起见,我还是不要告诉你细节了,中国女人说。她回来后想必会来敲我的房门,将睡衣交给我,算清价格,之后抱怨她的脚疼。每次从香港回来,她都嚷嚷脚疼,一手拎着鞋子,疲惫不堪地说:*Mán hón*!

英语教师专心留意着教堂钟楼传来的钟声:十点、十一点、十二点。她的邻居意识到她已有伴,不会事事都与之倾诉。应该说,她们二人互相为伴。多么令人惊讶!她们同吃、同住,又爱上了同一个男人。埃斯特尔闻了闻 *pá-fá-iáu*,暗自窃喜今天见到了陆思远,但绝不是因为他没有和萧在一起,而纯粹是因为自己与他不期而遇所以欣喜。毕竟,她很少能遇见他,更别提主动去找他了。从这个意义上来说,今天的偶遇是一个胜利。若是他也看见了她,那便是双重胜利。啊,*pá-fá-iáu*,真提神啊!果然是一剂神药,*pá-fá-iáu*。凌晨一点十五分。一点半。胜利?难道在没有优势的情况下也会有胜利?明天,萧,咚,咚:睡衣、价钱。至于未见到思远之事,她当然只字不提。乌鸦的事她肯定是要说的:一个在船头呱呱乱叫的黑色幽灵,真吓人!可她找到乐子没有?当然。萧和华光着脚,手拎高跟鞋,说:*I'm done up!*① *Mán hón*!若是考量她和萧和华各自付出的努力和各自具备的想象力,那么,她们都是当天的赢家。

一个星期后的又一个星期六,午休时间大雨滂沱,罗莎·米司蒂卡来到教师之家门口,在脚垫上"嚓嚓"

---

① 英语:我累死了!

蹭了蹭鞋底。埃斯特尔抱着花瓶从后院进来。那双白色的圆头系带鞋不是学监的吗？除了她，别的嬷嬷从不进教师之家的大门。两声敲门之后，大门半开，来人个头矮小，只能看见她的两只鞋。有着爱尔兰血统的门房身材高挑，探出头与学监聊了两句，她的眼睛瞪得大大的，双脚被黑色长裙盖住，看上去好像一个幽灵。大门全部开启后，迈着小鸟般碎步的罗莎出现了：*Dear teachers*①！

罗莎一路沿着走廊，用指结敲击墙壁招呼道：*Dear teachers*！

整栋楼都从午觉的困意中苏醒了。窗户一扇扇被推开，中国教师们穿着内衣，纷纷从屏风后窥探：*Mat yé*②？萧的脑袋上裹着毛巾，头发还没有干。罗莎大声宣布：*Dear teachers*！说着，她钻进了音乐教室。埃斯特尔想象着嬷嬷打开钢琴盖，在键盘上滑动指尖的模样，只有这样才与她这兴奋而又不合时宜的到访相匹配。然而，修女只是背靠钢琴，张开双臂，她是在自卫还是深呼吸？她看上去好像有些喘不过气来。老师们渐渐地聚集到房间里来。罗莎：下星期六……两位年纪最轻的老师盘腿席地而坐，极其小声地问道：*Why*③？*Tim Káai*④？学监此时坐到了钢琴椅上，她的这一举动令在场所有人颇为吃惊，因为平时她总是站着或是忙忙碌碌。是的，我想说的是……下星期六对于我们学校来说将是一个非常特别的日子。她这是要演讲？罗莎来这里发表演讲？因为什

---

① 英语：亲爱的老师们。
② 粤语：乜嘢，意思是"什么事情？"
③ 英语：怎么了。
④ 粤语：点解，意思是"为什么？"

么呢?

然而,罗莎嬷嬷的演说并非史无前例。学校老师们年复一年在院长举办的派对上听她唠叨,对她的那一套说辞早已倒背如流:方济各会不富裕,姐妹们仰仗外人施舍和教徒们的理解过活。方济各会分散在五大洲的传教会、学校、托儿所、残疾儿童救济院的境况都差不多,只要是对宗教没有敌对情绪的地区都差不多。不久前,许多在中国的女神职人员遭到迫害或被驱逐出境,她们都曾腰挎水壶下地干农活,很多还因此发高烧病倒。罗莎边说边翻着白眼。

院长生日那天,前来布道讲经的神父也说过同样的话。因此,老师们对罗莎今日午休时间召集大家重听那一套喋喋不休的训诫感到大为不解。她究竟想要说什么?嬷嬷提到圣达菲是教区最大最好的学校。姑娘们鼓起掌来。是的,可是……罗莎开始谈及修道院。老师们是否注意到我们修道院的状况呢?可以说是一片废墟。梁柱岌岌可危,一到雨天,阳台上的积水就好像马路上的一样,最近一次台风就是一个例子。更别提我们这个地方有多狭小,宿舍里挤着十张床,姐妹们几乎要露宿在院子里了。说到此,嬷嬷停了下来,也许她的思维有些混乱,或是她自己不知道该如何继续。她向在座的各位致歉。我们共同抱有的信仰是对贫苦和忏悔的人们的爱: *Spiritus promptes est caro autem infirma*[①]。耶稣本人对此也有所体会。此时,嬷嬷站了起来,礼貌而又庄重。她向

---

① 拉丁语:心灵固然愿意,肉体却软弱了。出自《旧约·马太福音》第二十六章第41节。

众人宣布修道院将建一座新院。新院?! 姑娘们惊呼起来。是的,终于。下星期六,主教先生将出席新楼奠基仪式。话音刚落,一连串问题向嬷嬷抛来:庆祝活动都有哪些?何时开始建楼?何时完工?罗莎习惯性地抚了抚自己的皱纹,看了一下表。新楼将建在学校庭院处。嬷嬷向门口走去。下星期六是一个非常重要的日子。希望不要有人缺席仪式。走到门口,罗莎又出人意料地宣布说,教区的牧师届时也会出席仪式,借此机会,那天还将举行两名修道院新成员的皈依仪式。姑娘们顿时围了上来:都是谁?我们认识吗?罗莎说出了其中一名新成员的名字,但没有透露另一位是谁。已知姓名的那位,老师们都认识,是学校图书馆的中印混血管理员。罗莎再次强调:谁都不许缺席仪式,即便是非天主教徒也不可以。她所说的非天主教徒指的是那些从不出入教堂的人,还有那些即便未受洗,但至少已经是初学教理的人。萧和华属于后一类。她扯下头上的毛巾,追上罗莎:嬷嬷,怎么到最后一刻才通知?这样不合适,我们都有各自的安排。凌小姐下星期六要参加一场婚礼。我……我要去香港。

嗒,嗒,罗莎没有停步,趾高气昂的沿着围墙内的小径一路走去,围墙内已被雨水淹成了一片汪洋。听着,打电话给你的义父解释一下。这样的事一年只此一次,一辈子也只遇到一回!缺席将是不可原谅的,更何况你是中文部的负责人。萧什么都没有承诺。参加,你当然得参加。嬷嬷一阵风似的沿着小径快步走着。两个人在小道上较着劲。最终,萧放慢了脚步,妥协了。罗莎嘀咕道:缺席,绝不允许,不管是谁。至于香港那边的义父,耐心些吧,就这一次,又不是每次。

　　下午,和华在花园散步时将此事告诉了埃斯特尔。她笑着说:谁能让那位嬷嬷变好一些?不过,最让她好奇的是第二位将皈依的信徒究竟是谁:罗莎·米司蒂卡为什么不透露那个人的姓名?她想到一种可能性。也许不对,但她有预感。知道吗?说不定是我们的"凤凰"。什么?甘多拉?对啊,她那么虔诚,经常在修道院做隐修。而且,她入修道院前的考验期可能已经结束。埃斯特尔诧异极了。噢!如果是那样的话,葡文部又要缺老师了,因为多拉若是真的成为修女,她就必须住进修道院去过修道生活。两人躺在草地上,猜测究竟是不是果阿女人。萧不愧是中国人,跟埃斯特尔打起赌来:我赌五块钱,五块钱够吃一顿好的了,咱们改天去路环的"玳瑁"餐馆吃午饭怎么样?她的左眼皮跳了一上午,都说左眼跳财。十块钱。她把赌注加到十块钱。两个人起身离开花园,沿着台阶向下走。今天晚上跟你的朋友出去吗?萧问。哪个朋友?Well,我以为你只有那一个朋友。一辆卖腌制品的小推车在她们身边停了下来,两人买了酸甜口味的柠檬干开胃,一路上边吃边走,并无交流,直到萧突然开口说:这让我想起过去杀自家猫吃的日子。我们实在是穷得没有东西可吃,但是大家都没有勇气将刀捅进那猫的肚子。不知是听了这话还是柠檬干的原因,埃斯特尔感到一阵恶心。她赶紧转换话题:亲爱的朋友,你就听我这个朋友一句劝吧,别拿那么多钱来打这个赌,你肯定会输的。是吗?当然。如果真是果阿女人,嬷嬷为什么要遮遮掩掩呢?萧和华大笑起来。也就是你这么想!罗莎·米司蒂卡最喜欢暗地里给人施小恩小惠。再说，东方人信教也不是什么稀奇的事儿，你看圣达菲修道院里，修女们有来自中国的、日本的、印度的，还有朝鲜的。神父们的情况看上去也一样。神学院里全是东帝汶人的面孔。然而，无论是修女还是修士，没有一个是澳门人。听到这里，埃斯特尔想起那些住宿生们关于学监罗莎来历的种种说法，但她没有发表自己的看法。和华则自认为对罗莎·米司蒂卡十分了解：我曾教她说粤语，她说话有些嘟嘟囔囔，但是人很精明。她混合粤语和教区法语的说话方式就是为了让咱们听不明白，你知道吗？这样，咱们就需要依赖于她，受制于她。她时常出入教师之家也是出于这个目的。你对她可得防着点儿！

两个人就这样漫无目的地在街上走着，距离教师之家越来越远，直到将近晚上七点，为了能赶上餐厅的晚餐，她们才急急忙忙返回学校。小心，你对她可得防着点儿！

埃斯特尔的嗓子，尤其是小舌部分被柠檬干刺激了，咳个不停。是星星的缘故，天还没黑，星星就已经扎堆出现了，和华解释道。人和动物在星星多的时候都会变得孱弱。中文里管这叫作……我记得英文是 *spell*①。萧和华问埃斯特尔有没有觉得脚凉。三伏天的时候脚会凉？就在这时，一个人影穿过马路，萧说：看！"凤凰"。英语教师喊道：多拉！甘多拉！那影子早已消失不见。我发誓就是她。两个人来到学校门前的台阶，登上楼梯平台，埃斯特尔停住脚步。感觉到脚冷了？我就知道。瞎

---

① 英语：咒语。

说。其实，她的确感到脚冷，却故意说不冷。是抽筋了，一只脚麻木了。事实上，真正让埃斯特尔感到紧张的是朋友关于提防这个提防那个的令人费解的提醒，这才是她觉得冷的原因。在我的家乡，星星成堆出现意味着要下大雨。萧和华仔细看了看天空。今晚会下雨。

餐厅里，英语教师嚼了几口米饭，喝了些热茶，跟同事们道了晚安后便离席了。她的邻居倒是提醒了她今晚有约：今晚不出去？出去？我？啊，瞧我这脑子！埃斯特尔原本已上了床，现在只得起身，不情愿地开始收拾起来。要不是萧和华提醒，她已早早躺下享受宁静了。然而，她现在只得放弃这些。过了几分钟，墙的另一边传来中国女人的声音：准备好了？差不多了。你们去看电影？可能吧。由于已到就寝时间，两个人的说话声极小。你好点了吗？什么？我问你好点了没有？我很好。埃斯特尔拿上包，关了灯。Mán hón！邻居：提防着星星！埃斯特尔转身问道：提防孃孃，提防星星，这究竟是怎么一回事？一阵笑声从墙的另一边传来，萧继续说：也提防着我！那声音如此低沉、如此靠近，埃斯特尔又点上灯。一阵沉默。除了院子里木瓜树上的知了发出的吱——吱——的叫声，什么都听不到。她想起了一个中秋节的夜晚，她在一片光亮中看见漆黑的灌木丛中烟头发出的微光。一个神秘的人在那里等着她。是一个男人。我被吓得伫立在人群中不得动弹。现在，一个女人把我吓成这样。一个朋友？我为什么不闯进她的房间？她的房门从不上锁。可我为什么要那样？我跟她说什么呢？不管怎么说，萧这是在威胁我。埃斯特尔钻到床头，双腿颤抖，额上冒着冷汗。更糟的是，她是在暗地里威胁我。

过了片刻,埃斯特尔下了床,但她没有出门,而是立在那里,紧张地用双手捂住耳朵,好像她的邻居嘴巴紧贴隔墙,散发的热能传到她的后背上似的。此时,她的同伴小心翼翼、沉默不语。最终,埃斯特尔仓皇逃跑,直到走到篱笆墙内的小径上,有星光为伴,才将手从耳边拿开。对她来说,中国女人的气息已渗入房间的隔墙,她的那句"忠告"像文身似的刻在墙上,无法抹去。

俗话说,谁都无法将秘密完整地带入坟墓。忏悔告解时说出的秘密则另当别论,因为它的神圣,即便是临终时疯癫妄语也不可泄露半点内容。其余的,总有疏忽透露的时候:你会将秘密告知某个自己信任的人,某个亲密的好友,或是在假期的一个不眠之夜向某个陌生人敞开心扉。至少有一部分是守不住的。一半在这里,一半在那里。人们的热情好像河流,总有干涸的时候。

新修道院奠基仪式那天,学校全体人员悉数到场。即将入修道院的另一名姑娘是一个中国人,萧心里直犯嘀咕:她是哪里人?输了五块钱也就算了,可是我在这里居然对这一切一无所知……那个中国女人又矮又瘦,梳着麻花辫,旁边站着的中印混血图书管理员略胖,留着女服务生似的短发。入教仪式上,为给中国姑娘戴上头纱,嬷嬷们将她的辫子剪短。主教先生分别给她们赐了教名,大家都不认识的中国姑娘得名雅努阿·卡埃莉。仪式结束时,嬷嬷们上前拥抱修道院新成员。所有人都注意到,这位不知名的姑娘在罗莎怀中迟迟不肯离开。

雅努阿·卡埃莉是什么意思?中文部教师问门房嬷

嬷。意思是"天堂之门"。关于她的身份,住宿生们大胆地发挥起她们的想象力来:我们知道!你们知道?知道。还不快说!众人开始交头接耳。噢,有可能!一个八卦的圈子悄然而迅速地在学校里形成了。然而,那些流言蜚语并不可信,久而久之就被人们淡忘了,直到突然有一天,一名女佣,也许正是那个哑巴,将新入会的姑娘称作"学监的教女",这称呼便在女佣之间传开了。教女?修女们不收教女,不是吗?多拉在餐厅问埃斯特尔。就这样,罗莎得了"教母"的绰号。

不管对谁而言,雅努阿·卡埃莉都是一个佶屈聱牙的名字,它的含义更是可笑。几个月来,学监尽量不让她与老师们接触,学生们则被告知要称她为"塞乌①"修女。新嬷嬷每星期六来学校辅导孩子们合唱和教义学习。看,是波尔塔②!罗莎·米司蒂卡高兴地对埃斯特尔说。修道院里,雅努阿·卡埃莉这个名字稀松平常,但出了修道院,这里的人们对拉丁语一窍不通。埃斯特尔正将一株仙客来移栽到窗口护栏处,这一分心,便不小心将土撒在了书桌上。啊,对不起。埃斯特尔去洗手池洗手。嬷嬷是在说新入修道院的修女、您的教女吗?我的教女?!怎么回事?学校里都这么传。是吗?你看,埃斯特尔边擦手边说,你看,她的名字这么奇怪,谁都不认识她……她是本地人吗?况且,嬷嬷对她真是关爱有加。罗莎将撒落的泥土聚集到一张厚纸上。我的上帝啊!"塞乌"还帮忙给孩子讲教义呢!真希望有人能帮帮我!她

---

① 葡萄牙语意为"天"。
② 葡萄牙语意为"门"。

对孩子们有耐心吗？显而易见。罗莎请求埃斯特尔给她留一些仙客来的种子：我特别喜欢仙客来！埃斯特尔却仍继续着上一个话题：新来的人是澳门人？还是台湾人？罗莎学着中国人的样子，用纸将泥土包好，又折了几下，封上了纸包的口。在教会里，有一件事情是被完全忽略不计的：国籍。国籍和血统在这里都不值一提。我们都是基督的姐妹，都在圣母院这面旗帜下效力于我主。说完，罗莎准备告辞。烦请埃斯特尔将新来的人正确的名字告知其他同事。罗莎正要出门，又和往常一样退了回来：她后退了一小步，好像还有话要说。通常情况下，她并没什么需要说的，可这次，她补充道：请不要再说"塞乌"是我的教女了！说完这句话，罗莎昂着头，迈着沉重的脚步忧心忡忡地消失在楼道里，活像一只被缚的鸟儿。

从此以后，学校里所有的人都称新来的人"塞乌"。倒也不是所有的人，那些女佣、熨衣工、餐厅里洗盘子的工人和裁缝们还是私下称她"学监的教女"。她们这么做，想必是为了给她一个"出身"和"归属"。对于中国人来说，家庭观念十分重要。就好像人参的根茎具备破土而出的力量，家庭意味着繁衍生息。而这个外来客在这里没有任何亲戚朋友，更何况，她还是一个修女！她们这么做，想必是为了给她一个"身份"。

以圣父圣子圣灵之名！罗莎从额头到胸口，再从左肩至右肩划了一个十字。您在训斥我，不是吗？这怎么是训斥？您应该训斥我，嬷嬷，我爱上了一个中国人。不，这样不行。这么说太赤裸裸了。我应该表达得更含蓄一些，好吧，入乡随俗。我要是说我在这里喜欢上了一个人呢？当然，这是一个秘密，但我可以告诉你。另一个说法：罗莎·米司蒂卡打探我和中尉的关系：进展如何？他已经向你求婚了？很多这样的军人在国内都有未婚妻。啊，不知道多少澳门姑娘都被蒙骗了！没错，这样的场景才算合理。修女们只对姑娘们的两件事最为关心：结婚或是入教。罗莎嬷嬷这么试探着，我则任由她去，并配合着她……配合什么？这种爱恋，会加重罪孽的爱恋，不该拿出来与人分享，而应该藏着掖着。就让我们假设罗莎知道一切，我不知道她是用什么手段知道的，但她已然知道了。不过，她肯定是从飞短流长里知道的，因为澳门就是飞短流长的地方。知道吗，罗莎来跟我说：一个中国人？你是不是疯了？真的是一个中国人？她万分惊愕，几乎一屁股坐在我的床边：*Pater Filius et Spiritus Sanctus*①！对于像她这样慢条斯理的嬷嬷来说，这可不多见。接着，她毫无掩饰，开门见山：如果真的是中国人，什么样的中国人，我不愿相信，这不可能。我的主啊，埃斯特尔你到底是怎么了？埃斯特尔努力寻找一个解释，可她的脑子里一片混乱：一个中国人……罗莎则在一旁掰着手指掐算澳门当地那几个有头有脸的男人：一、二、三、四。不超过十个。也许还能再有几个。这里，像样儿的中国男人没有几个，况且，个个都是已婚。一、二、三、四。不但有老婆，还都久病缠身，妻妾成群。嬷嬷一下站了起来，用食指指着埃斯特尔的鼻子：妻——妾——成——群。

---

① 拉丁语：圣父圣子圣灵。

更糟糕的是,这种反应不但可以发生在学监身上,同样可以发生在任何一个在澳门的人身上:一样的震惊,一样的偏见。一个中国人?天啊,中国人!如今,中国人简直就意味着危险。看啊,他们在自己的国家干了什么,把一切都打乱了,地位、财产,一切。所以,很多人逃到这里。澳门到处都是这样一贫如洗的人。从前,澳门不乏德高望重的中国人,他们有琉璃瓦顶的住宅、私人黄包车、成群的佣人和 *tai-tais*①。比如孙中山和他的小宫殿。如果说有地位的人诸如医生、文人逃来澳门还是不久以前的事情,现如今,不幸的是……香港,香港将外来者,换句话说,除英国人之外的外来者拒之门外,这无异于将他们推上绞架。这甚至是香港与大陆之间的一种交易。

这一年的复活节,圣达菲学校组织了一次慈善抽奖活动。活动在礼堂举行,邀请了包括葡萄牙和当地军方和官方在内的各界显要。活动前夕,一切准备就绪,中文部女教师对埃斯特尔说:我邀请了陆来参加明天的活动。是吗?他来吗?当然。作为一个标准的中国人,陆思远对下注、抽签和抽奖一类的事情很感兴趣。过了一会儿,萧继续说道:你觉得我请他来合适吗?合适,再说,既然他喜欢这些……说不定他能中一盘 *fan-kuó*② 或是一大坛麻婆 *tau-fu*③。两个人都忍俊不禁。笑什么呢?

---

① 粤语:太太,意思是"妻子"。
② 粤语:粉果。
③ 粤语:豆腐。

两个人依旧痴痴地笑。说不定他能中一只烤鸭。听说大奖是由厨子嬷嬷烹饪的烤鸭,嬷嬷们都希望总督太太能得到这个奖品。看来我请他来是请对了哟?中国女人笑得流出了眼泪。为什么你这么在意我的看法呢?萧不作声。两人都不再笑了。和华琢磨着两种回答:一是埃斯特尔最近总是躲着她,不愿陪她去路环;二是她肯定邀请了中尉,到时候她得陪着中尉。第二个回答显然是在讽刺埃斯特尔。两个答案都已在嘴边,但中国女人无法从中选择一个更为合适的。作答的时间很快过了。迟到的回答犹如晚敲的钟,无人愿听。埃斯特尔却继续问道:你果真如此在意我的看法?和往常一样,两人隔墙对话。夜已深。时不时传来草褥子的噼啪声,还有鸟叫声:是猫头鹰?也许是猫头鹰,没错,在教堂的高塔上。三月,正是夜行的鸟儿们出来活动的季节。有一个女人正在某个地方的洗衣石上拍洗衣服:丈夫在远方?然而,那声音如此微弱,听着像是一种挑衅。你邀请中尉了吗?中国女人问。中尉原本就在受邀请的嘉宾之列。萧松了一口气,问埃斯特尔知不知道谁负责叫牌。是总督秘书的女儿,这个抽奖的点子就是那个女孩的母亲向嬷嬷们建议的。又是一阵沉默。过了一会儿,萧:你醒着吗?陆思远是一个数字方面的高手。我要是也去玩两把的话……你要是去玩的话,他能帮你成为赢家。萧和华建议埃斯特尔若是想下注的话,也去向他讨教经验。OK?

此时,两人眼前都浮现出抽奖当天的画面:埃斯特尔、萧和华和陆思远在礼堂的一个角落,陆在她们耳边窃窃私语,告诉她们神奇的数字。叫牌的姑娘从口袋里掏出牌,宣布:哇!他们赢了。就这样,他们三个人不断中奖，一把接一把。这画面如此真切，令人兴奋，两个人在各自的床上激动得发抖，两张床嘎吱作响。他们很快引起了周遭人们的注意：那边三个人怎么了？他们三个？炸丸子、*tau-fu*、烤鸭！萧和埃斯特尔的奖品接踵而至，其他人却都空手而归。她们又笑了。你笑什么呢？很晚了。该睡了。*Tso tau*①！抽奖活动中的其他人都沮丧极了，包括总督太太、总督秘书的太太、总督秘书的秘书的太太，还有那些上尉和中尉们。够了！他们三个人肯定作弊了。太……凌晨一点了。明天她们谁能起来？明天早晨，筋疲力尽。一定要准备在抽奖活动上大显身手。*Good night*。*Sleep well*②。中国女人又说：陆自己下注时并不显得身手那么好，但是，当他启发别人时……他不是这里的"吉祥物"，只是来出席活动。欣欣的母亲因为额头上的胎记被看作是牌桌上的"吉祥物"。陆这样的人，在中国话里叫作……隔壁传来一声又尖又刺耳的嘘声。和华长吁了一口气："数字精灵"，中国话里被称作"数字精灵"。只要是与数字、日期和距离相关的，陆都能靠心算完成。嘘！他连海浪的高度都能凭记忆计算。

一阵困意向埃斯特尔袭来。陆与她如此耳语，这番亲近和信任，别人看到了会怎么想？他们三个人在一起，那么亲密和幸运。思远游走在她们两人之间，或者说，她们两人同时受益于他的天赋，这个事实并没有让埃斯特尔感到不适。相反，这给了她亲近他的借口。叫牌的姑娘喊道：九十九！另一位姑娘，某位当地显贵的千金

---

① 粤语：早抖，意思是"晚安"。
② 英语：祝你睡得好。

也叫道：*Kau-shap kau*①！咚！奖品是米饭布丁和一罐*tong-chá*②。萧得意扬扬地鼓起掌来。他们三个人又赢了。萨卡里亚斯呢？中尉会怎么想呢？"你可得提防着点儿。"邻居曾在那个繁星满天的夜晚提醒过她。提防着嬷嬷……也提防着我……英语教师想到此不禁打了一个寒战。*I was pulling your leg, couldn't you see I was pulling your leg?*③ 埃斯特尔相信萧和华的话，她仍然相信萧会是最后一个出卖她的人。我的邻居是我在这里唯一能与之倾诉的人。两个人沆瀣一气，好像为她们共同织了一件斗篷。嗒、嗒、嗒，我睡不着。一个斗篷，抑或是竞争？都不是。她完全信任萧和华。也许，她们互为对方的一面镜子。也许，将她们隔开的并不是一道墙，而是一份戒备和尊重，就好像忏悔室里的那层纱。

然而，若不是甘多拉，他们三个人在牌桌上取得的成功早就被人彻底遗忘了。甘多拉坚持要打破砂锅问到底：好吧，整个抽奖活动都成了你们的舞台，不是吗？多拉充满好奇：从哪儿找来的这个中国人？他是职业玩家？她甚至怀疑他是萧和华的男朋友。不是，一般朋友。他是我们俩的朋友。课间，果阿女人一反常态，来到教师办公室坐下，修起了指甲。你们可是饱餐了一顿哟，别人基本什么奖都没有中，这样的事可真是少见。她用胳膊肘推了推埃斯特尔：告诉我，你们是怎么做到的？做到什么？英语教师正忙着批改学生作业。你别装傻了。

---

① 粤语：九十九。
② 粤语：糖茶。
③ 英语：我在跟你开玩笑呢，你看不出来我是在跟你开玩笑吗？

告诉我你们总能中奖的秘诀。我们并没有总是中奖啊。你们就是总赢,总能中奖。你们实在太引人注目了!除了将小手指甲修得像鸟嘴一样尖,多拉将其余的指甲锉成了方形。埃斯特尔俯身打量甘多拉的指甲,她想起了陆思远那象牙般的手指和突出的指节:力量的象征?每当他集中注意力猜数字时,都会将双手紧握,指节突起,指甲上的半月痕变得青紫,如同死人。啊!埃斯特尔突然起身,作业本散落一地。我得去找鞋匠,差一点忘了!但我还是要去,鞋店距离学校很近,就在街角。于是,多拉收起锉刀,帮助埃斯特尔将作业本捡起来,打算与她同去。她提醒埃斯特尔,她们总共有八分钟的时间往返。

两人走下学校门前的台阶,甘多拉对埃斯特尔使出了激将法:你不想告诉我秘诀那就别说,但别再盯着我的手指看了。秘诀?是的,我可不是三岁的小孩子。还有那个中国人……两人出了大门。埃斯特尔停住脚步问:你认识他?不认识。我从来没有见过他,不过他的神态……你知道他让我想起了谁吗?谁?瞎子,上帝请宽恕我,他让我想起板樟堂街上那几个算命的瞎子。埃斯特尔险些摔倒在地:瞎子?她加快脚步,重复问道:瞎子?是的,他的眼神。准确地说,也不是眼神,他从头到脚都……我是想说,他的模样。或者说,他的外表透露出的讯息。果阿女人仔细打量过了中国人。他确实次次都能猜中,但是这实在太霸道了!他令她想起那些瞎子,那些为了预知未来竭尽全力的穷苦之士,包括他们的苦衷。神圣的主啊,他们可是双目失明的人啊。

到了鞋店,埃斯特尔急冲冲地进门:*Kei thồ? Ihi?*①她从零钱包里数出钱,然后对多拉说:他不过是澳门众多中国人中的一个,路环渔政管理站的负责人,关于他我知道的不多,只知道他姓陆。埃斯特尔转回身,幸亏来了,鞋匠习惯中午午睡,而她必须在午饭前取到鞋:我今天要去外面吃饭。是吗?和中尉一起?不是,跟萧和华一起。还有那个陆某人?

台阶上,初修课教师因为长裙的缘故稍稍落后了一些:这些中国人……在牌桌上精明透顶,诡计多端!可是,印度人有控制蛇的本领,不是吗?英语教师在前面一步两个台阶往上走。其实控制蛇并不是一件非常难的事情,多拉反驳道,只要在它们的嘴里放上一种苦味的粉就可以做到。要说取悦于人……你们这位姓陆的朋友可真算得上是一个懂得妖术之士了。妖术?埃斯特尔笑了。还有什么可以讲给我们听听的吗?!说罢,她与同伴道别。甘多拉上课的教室在楼东侧,与她的方向正相反。*Bye-bye*。两个人迟到了,上课铃声至少五分钟前就已响过。

然而,甘多拉并不善罢甘休。她为此专门去找了学监,或者说,寻找机会与学监碰面。虽说指责别人有悖于她做人的原则,但为人直率一直是她自我标榜的品性,这对她来说高于一切。甘多拉直截了当,开门见山地问学监如何看待萧和埃斯特尔在抽奖活动上的表现,或者说,如何定义她们的表现。我想知道您的看法。罗莎·

---

① 粤语:几多?二?意思是:"多少?两元?"

米司蒂卡十分诧异,问:我?我的看法?对。关于咱们学校两位女老师和那个中国男人在抽奖活动上上演的那出好戏。或许嬷嬷认识那个中国人?哪个中国人?不,我以前从来没有见过。事实上,我还没有弄明白活动上到底发生了什么,我那天自始至终都在忙。事实就是两位女教师与一名中国男子那天实在太走运了。嬷嬷挽起果阿女人的胳膊,带她进了会客室。到底发生什么了?快告诉我。甘多拉将胳膊从嬷嬷手臂中抽出,好像需要用尽全身气力来回答这个问题似的,她紧盯着嬷嬷,说:事情很简单,那天来参加活动的那么多来客和嘉宾中没有一个有机会获奖,全因为她们,我是说,他们三个。真的?我发誓。他们作弊了,厚颜无耻地作弊,除此之外没有别的解释。我的上帝。罗莎将百叶窗放下,请果阿女人坐下的同时自己也坐了下来。我的上帝。她随后开始询问细节:你是说他们三个人同时下注,是吗?然后就能赢?嬷嬷解释说她因为事务繁多,那天在抽奖活动上注意力极度分散。你无法想象,我简直像一个转盘,一整天都在转个不停!我能想象,正因为如此,我感到有义务将这件事情报告给您,趁着各种指责之声还没有传遍澳门!那两位女教师的行为着实奇怪,不足为荣。甘多拉提高嗓门,罗莎靠近她轻声问道:他们究竟赢了多少次?拿走了多少奖品?谁知道呢!大概有多少次?听着,根本数不清。他们一直在赢。最绝的是,那个中国人一直在指导她们下注。罗莎开始用手拍打膝盖,或是在习惯性地拍打衣裤上的褶皱,叹息道:一定是某个玩家,某个赌徒……奇怪,这两个明理的姑娘怎么会与这样的人有瓜葛……嬷嬷随即询问甘多拉是否知道那个中国人的底细。我不了解，只知道是渔政码头管理站的一个负责人。负责人？哪里的？澳门本岛？路环？我要去打探打探，修女下定决心。我去问问在学校里工作的本岛和路环人，包括园丁和看门人。你知道他的名字吗？他姓陆。陆什么？澳门有很多姓陆的人，就好像很多姓刘的和姓王的一样。这些中国人都有亲缘关系，都有同样的姓氏。学监将食指置于唇边，双眼紧绷，问道：你是说她们俩和那个陆某人……他们三个人将大部分奖品都赢走了？所有的！他们赢走了所有的奖品！甘多拉愤愤不平地说。罗莎表面上装作非常在意，心中却在偷笑，好像一位母亲面对一群顽皮的孩子，拉长了脸，忍住不笑。圣母玛利亚。烤鸭呢？烤鸭也被他们赢走了？多拉回答说烤鸭似乎没有，三个赌徒最后匆匆离开，算是结束了这场闹剧。嬷嬷双手合十：谢天谢地！可怜的厨师修女为了准备这道菜可费了不少气力。那烤鸭最后归谁了？是归总督夫人了吗？但愿如此。那可是一道特色菜，地道的中国菜。那鸭子是在大陆饲养，经过特别催肥的。罗莎站起身，说自己还有很多事情要做。多拉也站起来，因为没有得到嬷嬷足够的重视而无比失望。罗莎·米司蒂卡一边收拾椅子一边：我们也不能说她们两人就不配得到那些奖品，毕竟，学校的老师都是自家人。总督夫人得了烤鸭，现在也开始来教堂做礼拜了。罗莎对多拉微笑道：福音书里，父亲不是为了庆祝自己那个死而复活、失而复得的小儿子把肥牛犊宰了吗[①]？

[①] 《旧约·路加福音》第十五章第11至第32节。

除了嬷嬷，多拉是否还在其他人面前对抽奖活动上的赢家们说三道四已不得而知。可以肯定的是，门托先生这个星期再次邀请埃斯特尔去"太阳与海"。这在从前一直是每月一次，而这个月埃斯特尔已经去过一回了。店门口，印度人手拿一只黑丝绸做的娃娃，说：*Hello Queen of Persia!*① 紧接着是他的惯用台词：*If I remember right*②……门托说，要是他没有记错的话，埃斯特尔的生日就要到了，他应该准备芝麻饼作为礼物送给她。他问起了他们之前相约同去香港的事是否有下文。门托还说，如果她愿意，可以即刻带她去参观他的仓库。埃斯特尔有些胆怯，她并非害怕门托本人，而是对他的仓库心存忌惮，于是，她找借口婉拒了这一邀请。那是一个地下室，从龙嵩街直至东方斜巷，壮观至极。这条通道在过去一直延伸至外港，常被海潮淹没，囚徒们试图从这里逃跑，但许多人最终溺死于此。当时，这里曾挤满了人。如今，这个地方成了印度人存放货物和香料的仓库，规模之大堪比一座教堂。我在那里存有熏香、檀香、生姜还有槟榔。埃斯特尔怀疑印度人的主要业务是买卖白粉，她想象着地下室散发出的腐烂气味。学校里那些年长的女佣夜里在内院抽烟，飘散到她窗口的烟味都令她痛苦不已。不了，我今天去不了，我还有约，着急走。下次吧。有时，因为这座地下室的原因，埃斯特尔在城里闲逛时会特地绕过香料商的店铺。

然而，这天下午，门托先生却很坚持：这个月咱们

---

① 英语：你好，波斯皇后！
② 英语：要是我没有记错的话。

还没有一起喝过茶呢！埃斯特尔之前绞尽脑汁找出种种借口搪塞他，此时却无意拒绝印度人的提议。他的英式红茶加奶倒还是不错的，再说，这个摩尔人本就善变，也善于鼓动别人。摩尔人，多拉每每说起门托时总是充满蔑视：瞧他，五十来岁，有模有样，研究甘地生平，甚至知道是谁暗杀了甘地。看上去，他的心理学知识渊博到可以写一本书了。比如，他告诉他的波斯皇后："太阳与海"进门处有一群戴着猫脸面具的 *mei-mei*①，但你要记住，你是这里最美的，你才是全场的焦点所在。香料商还善于驯鸟，他养的鸟儿们一早从他手中飞走，天黑时又飞回来。埃斯特尔无法解释他这些奇怪的特质所拥有的力量和他与鸟类沟通的能力，只希望这些事情不要发生在自己身上。事实上，与印度人在"太阳与海"经常见面后，埃斯特尔对于是否要约会陆思远、是否该选择他并与之相爱不再犹豫不决了。她想象着陆思远在"卧佛②"酒吧等着她，两人随即跳上路过的第一辆三轮车，车夫爬上后座，将车篷顶盖拉起，放下遮雨帘，车内一片漆黑，只有一股热气……雨点敲打在油布上。谁说中国男人不懂亲吻？

这个月我们还没有一起喝过茶呢！门托先生坚持道。

大吉岭茶，浓香四溢。除了店铺，他还掌控着这座城市庞大而又阴森的地下王国：墓地一般？好吧，眼见为实！说不定像从前寺庙里安放遗体的地下室，某个史

---

① 粤语：妹妹。
② 原文为"Buda Repousante"。

前洞穴,为什么不是呢?印度阿姆利则金庙①就有一个水下庭院。甘多拉的声音出现在埃斯特尔耳边:什么洞穴?什么庙?都是他在胡扯,傻子才信他说的那些。至于那个地下室,不过就是一个破洞穴,老鼠窝。谁会去他那里买香料?他店里柜台上那些罐子装的都是腐烂的玩意儿。那个中国姑娘嫁给他的当天晚上就逃跑了。这时,门托先生似乎有心灵感应,问道:你的果阿朋友呢?她打算离开了,是吗?离开?*Sure*②。多拉那天去门托的店里买朱砂,还抱怨说:这东西是假货,已经受潮了。门托耸耸肩,一副漠不关心的样子,果阿女教师没有得到满意的答复,空手而归。茶来了。门托闻了闻味道后喝了一口,又咀嚼一番。果阿女人是否在我的店里停留对我来说没有什么差别。你似乎对她的态度无所谓,埃斯特尔说。我确实无所谓。门托将他那只好似蛤蟆皮一般粗糙的灰色大手搁在埃斯特尔的手上。后来抽奖活动怎么样?有没有什么新鲜事?这些天澳门人都在谈论这事,听说达官贵族都去了,包括总督,是真的吗?总督没有去,总督夫人去了。埃斯特尔琢磨着:他想试探我,已经有人跟他说过那天的情况了。新鲜事?好吧,那天简直成了我和我的中国朋友的一场*show*③。是吗?我们一直在赢,几乎包揽了所有的奖品,比如布丁、茶,还有一双玉筷。印度人的脸几乎被长长的英国瓷茶具完全遮住,他一口接一口地将茶灌入嘴中。之后停了片刻,说:你

---

① 位于印度西北部旁遮普邦的锡克教圣地。
② 英语:当然。
③ 英语:秀。

们得到某个神明保佑,不是吗?中国人在牌桌上总有神明庇护,一个将蛇缠在脖子上的秃顶老头儿。*Goodness*!① 不,不是所谓的神明。突然,一个念头跳入埃斯特尔脑中,她想谈谈陆思远:我刚到澳门时住在华人区……门托先生调整了一下他的眼镜,生气地招呼服务生道:烤面包,*not well done*②。他让埃斯特尔用葡萄牙语告诉服务生:*It's not crispy*③。埃斯特尔因为他打断了自己而感到万分庆幸。学监也曾在她想提起陆思远时打断过她。她小心翼翼,生怕事后后悔。要是那样,就太可怕了,无药可救。之后,还会无比羞愧。而比羞愧更糟糕的,是嫉妒,来自某个认为她只属于他的人。那感觉就好像被打劫,应该说比被打劫更糟,好像被强暴。埃斯特尔告诉服务生说面包不够脆。不管怎么说,罗莎·米司蒂卡拥有作为教徒的正直,看上去值得信赖,好像神父一般。可是印度人……为什么会想跟他倾诉呢?因为他已经上了年纪?因为他不会说葡萄牙语?你刚来的时候住在哪个区?门托问,并第二次为她斟茶。*San Kiu*④。啊,你在 *San Kiu* 有朋友?哪条街?我到澳门后的最初三个月就住在那里,当时学校的教师之家没有床位,埃斯特尔打断道。香料商将眼镜推至额头,端起的茶杯正要送至嘴边,问道:学校?学校安排你住在 *San Kiu*?不是。我那时自掏腰包,独自住在那里。他咬了一口面包,说:这口感才对,*just so*。咔

---

① 英语:天哪!
② 英语:做得不好。
③ 英语:面包不脆。
④ 粤语:新桥。

嚓，咔嚓，面包干在门托的齿间翻滚，他的耳朵有些听不清：什么？你说什么？没有，我什么都没有说。他也不说话了。

埃斯特尔品尝着大吉岭茶，同时反思不该向任何人透露自己在华人区的经历。那段时间，陆每到周末就会来到鞋匠的小铺前坐下，吹奏笛子。难道他是为了给住在鞋匠铺楼上的她听吗？他整个晚上都在吹奏。吱，鞋匠锥子钉鞋的声音成了乐曲的伴奏。吱，吱，木锥敲打在草鞋上，编鞋的秸秆上油乎乎的。那些陆思远饱含深情、低声吟唱的夜。嗨?! 印度人又将他瘦骨嶙峋的大手放在埃斯特尔的手上。如此全神贯注，我的 Queen of Persia！的确，埃斯特尔完全沉浸在自己的思绪之中，她意识到搬离新桥是一个错误。鞋匠铺楼上的房间比学校宿舍宽敞得多，也更为私密。门托的一声"嗨"吓了她一跳。再搬回去？没错，我应该再搬回去。搬回去？可是一旦在学校里住下了，如何能搬离？校方和学监嬷嬷会怎么说？萧会怎么说？特别是萧。我与萧在这里形影不离，我和中国女人唇齿相依！砰！砰！睡了吗？*May I come in*？*Tso tau*！不，不可能了。因为这是澳门，所以我不可能再搬回去。除了中国女人，澳门……埃斯特尔在新桥就像伊甸园里的夏娃，一旦失去了天真无邪，看到自己赤身裸体便感到羞愧。

星期天正逢圣灵降临节，一整个下午都在下雨。澳门的雨通常很少会持续两个小时以上，但这天却淅沥沥下个没完。天空阴沉，几乎看不见修道院和加思栏花园，更别提南湾拐弯处的河了。坐落在山包上的教师之家被雨水包围了，好似一座城堡。那些姑娘们（处女？）在那里被困一个世纪也不会有人去解救她们，日复一日，犹如在晚餐室等待耶稣的门徒。

这样的午后适合住宿生在昏暗的娱乐室里修补字典封面。她们把这个工作当成偷懒逃课的一种方式。可因为是圣灵降临节，门房修女迷信说：圣灵降临的日子，每缝一针就代表一声尖叫！姑娘们已经准备好要绣手帕或是串珠子，只能将做手工活的针线藏在衣袖里。这样的日子既不能出门，又不让动针，百无聊赖的星期天。看书，不，为了备考，大脑疲惫不堪，记忆女神啊！学习的事还是留到下一个星期吧。于是，学生们有的打乒乓球，有的下象棋，有的玩撒棍，还有的玩皮影。老师们则投入到麻将这项成人的游戏中去。她们不用缝缝补补，自然也就没有人与她们抱怨什么。萧一个下午都钻在宿舍里，只听剪子发出咔嚓声，顶针时不时从她平时不干活的手指上滑落。她在干什么？同事问。众人都去敲她的房门：你不来一起玩吗？不想吃 *sui-pao*[①]？她：*Mkoi nei*[②]，萧和华的声音微弱得几乎听不见，好像有人将别针放在她的嘴边。埃斯特尔因为偏头疼躺在床上，用一块手帕遮住了脸。邻居剪裁衣服发出的噪声比其他人的笑声更令她心烦，那声音断断续续。她明知道我病了却不来看望……还偏偏在今天缝衣服！隔壁传来呼噜呼噜滚线球的声音，听着好像是纸声。谁知道她是不是在包书？订书线被扯开的声音。咕噜咕噜，顶针滚到了床底下，她连滚带爬地找回顶针。咔嚓，咔嚓，萧和华

---

① 粤语：小包。
② 粤语：唔该你，意思是"麻烦你"。

又拿起了剪子。

正是那个星期天的傍晚,初修课老师甘多拉来到教师之家,她脚步飞快,纱丽几乎扬到了头顶。我来道别!什么?你要走了?不等考试结果出来?不了,等不了了。她尽力了,考试结果对她来说并无多大影响。果阿女人焦虑不安,婉拒了埃斯特尔提供的座椅和奉上的茶。过了片刻,她依旧不安,但还是选择了坐下接受朋友的殷情。然而,她似乎觉得应该让朋友满意(或是纯粹因为冲动?),于是对埃斯特尔说道:我后来再也没有收到信。是吗?很久都没有收到?四个月,将近四个月了。啊!说不定病了,或是变了地址。埃斯特尔因为不知她在说谁,所以避免提及"他"或"她"。或者是邮局耽误了,有可能是信件被延误了。一直到现在!说不定还住在那里,好好的,还收到了所有你的回信。真的吗?瞧你,在这里瞎难过。但愿!甘多拉又要了一些茶。

两个人都沉默着。那几乎算不上是一段对话,说的都是不成句子的单词,好像电报一样。似乎生怕提到一个会给自己带来危险的人名。难道是某个通缉犯或是在押犯?某个在逃犯?某个幽灵?

隔墙的另一边,萧将针线活收拾好,点上灯。教堂敲响了三钟经。那句"收到了所有你的回信"令埃斯特尔和甘多拉都有些尴尬。要分手了,送你一件小礼物吧,埃斯特尔俯身去衣柜抽屉里取东西。果阿女人已不着急离去,但一直没有摘下头纱,她转身对埃斯特尔说:是我的未婚夫,我跟你说过吗?没有?没有,从来没有跟我说过。是的,甘多拉声音颤抖。他是一个文雅的小伙子,比她小几岁,是小好几岁,但却是她的真命天子……她在里斯本生活时，经房东介绍认识了他。房东是她的朋友，一个正经人。她和他在一次晚餐中彼此认识，晚餐结束，他邀请她去看电影。你知道，我从来不随便与男人约会！甘多拉接受的是传统教育。果阿女孩都很保守，与风流的澳门姑娘们不能相比。在果阿有一句俗语：果阿女人好似皮鞋表面那层皮，胶水都粘不上去，能粘胶水的是皮革的内侧，混杂着其他材质的部分。我当时决定来澳门，而他只有一份微薄的收入。这里什么都便宜，他本可以在这里起家的。突然，多拉双手合十：只怪时候不对！时候不对！她平静下来。埃斯特尔送给她一个蓝釉彩茶具、一个餐盘和一件睡衣。甘多拉的箱子已经装满了，还有一个樟木箱子需要带走。她一边诉说一边将胳膊肘支在桌面上，将脸深埋在掌心里。

甘多拉背对着埃斯特尔坐在昏暗的房间里唯一的椅子上。埃斯特尔仔细地打量她：她是那么悲伤，垂头丧气。埃斯特尔想起一年半前她刚到澳门时的模样：一脸骄傲，略微灰白的发辫，身边一大堆行李，还有她搬行李时的轻松自如，好像拥有某种法力！也许是因为那时的箱子都是空的？慢慢地，那些质量上乘的皮箱里便塞满了她的衣物。别着急，等你到了果阿一切就都明了了。为了缓解多拉的焦躁情绪，埃斯特尔又询问她的未婚夫是否也是老师。老师？不是，他在一家制革厂工作。甘多拉满腹狐疑：为什么问这个？埃斯特尔也不知道为什么，只是为了打破沉默而已。多拉起身抖了抖衣裙，看了看手表。她的样子让人想起罗莎·米司蒂卡。哎呀，已经这么晚了，我还有很多事情要做……两天后的一大早就要出发了。

两个人走在院子的小路上，与果阿女人刚到学校时的情形一样。那是一个冬天的上午。不用送了，我认得路。我也得走了，晚餐的钟声响了。院子的拐角处，一阵风把果阿女人的头纱吹了起来，埃斯特尔更加清楚地看到多拉：她把头发剪短了，头发颜色也变成了深黑色。难道是染的？还烫了发。她把辫子剪了，门托先生曾对埃斯特尔说过。她的辫子是她最有特点的部分！她看上去像得了伤寒。

临盆的产妇希望一切尽快结束。然而，谁若看到埃斯特尔步履匆匆的样子，也许会想：已经深夜了吗？

埃斯特尔出现在餐厅时，晚餐早就开始了。萧和华冲着她神秘兮兮地说：吃完饭我给你看一样东西。说完，她在餐桌一端坐下，一反常态地专心吃饭一言不发。同事们问：*All right*?① 她竖起大拇指：*Hó hó*！喝完汤，该吃米饭了，可是，萧和华却拉开椅子，一拍双手：女裁缝，忘记女裁缝了，我今天必须去试一下。说完，她将香蕉塞进口袋，一溜烟地跑了出去。她甚至没有品尝一下餐厅专为圣灵降临节准备的什菜炒牛肉。其他同事说：太可惜了，牛肉就要上来了，多浪费呀！不等女服务员将餐盘收走，她们已将萧和华的那份牛肉瓜分了。埃斯特尔则在琢磨那句"我给你看一样东西"，还有关于"女裁缝"的那番唠叨。萧向来都是买现成的衣服、裤子和旗袍，可现在竟整个下午钻在房间里做针线活！她要去参加某个派对？为什么不呢？她可能要去香港。英语教

---

① 英语：你还好吧？

师怀疑其他同事知道这其中的缘由，她有一种预感，这一切不只跟和华有关，还与自己有关。她们对一切了如指掌，唯独自己被蒙在鼓里。我就是一个即擦画板。宇宙纷繁复杂的法则，时而是阳关道，时而是独木桥，犹如一个提线木偶，被一连串的套啦、环啦、结啦牵扯着，左转，右转。事实上，除了我，没有一个中国同事对萧晚上跑出去感到惊讶。没有。她的做法似乎得到了认同。虽说中国人也有大惊失色的时候……但他们面对死神的幽灵也能做到淡定自如，只要穿得足以抵御寒冷。

回到自己的世界，埃斯特尔仍惦记着她的邻居。凌晨一点，晚餐后除了她，没有人出门。然而……炎热季节的星期六晚上，中国老师们喜欢在台阶上高谈阔论，梳理头发，互扎发髻，并为彼此定型。还有人在后院里剪头发：中分，刘海，光滑的头发贴着脸庞，颈脖直立。晚餐之后。这时，上了年纪的女佣们坐在院子里的板凳上享用土耳其烟斗。在这样的夜晚，萧和华：*May I come in?* 埃斯特尔正准备出门。中国女人充满醋意地说：跟中尉去看电影，不是吗？得了吧，八天后你就去香港快活了。埃斯特尔耸耸肩：去香港找乐子的人钱包可要鼓鼓的。英语教师在洗漱间的小镜子前快速梳妆：我倒要看看你有没有勇气否认自己就要去香港快活了！和华若有所思，慢条斯理地说：唐朝的诗人们爱赏月，哪怕是被枝繁叶茂的梨树遮挡的月亮。如果是去见中尉，她建议埃斯特尔戴长一些的耳环：我曾在书上读到过，说西方人欣赏戴耳环的女人。中尉应该不会例外。我要是告诉你我不是去见中尉呢？中国女人皱起眉，紧紧盯着埃斯特尔。埃斯特尔感到她是来找自己说私房话的。于是，她想留在教师之家了。如果我改变主意，换下连衣裙，穿上真丝和服，跑去敲她的房门：我还是想……喝杯茶。咱们一起冲一壶又浓又苦的茶来消消暑吧。中国女人像是猜到了埃斯特尔的心思，说道：去吧！去吧！玩得开心！我明天再跟你聊。*Mán hón*！然而第二天，她并没有来。

也许今天她会来找我说悄悄话，谁知道呢？总有一天她会来。可是我已经受不了了。好像即将临盆的产妇，埃斯特尔只希望一切尽快结束。然而，她决心等萧回来的念头挥之不去，束缚着她。一个总是挺着大肚子的孕妇，没有尽头的妊娠期，一个怪物，我背负着一个怪物……不管朋友要对她说些什么，她的心中总有一种不祥的预感。是恐惧。是对将要发生的事情的恐惧。对即将独自生产的孕妇的恐惧。像一个身处绝境的濒死之人？

英语教师决心等待朋友回来，可是，让她没有料到的是朋友竟然回来得如此之晚。

钟楼的钟声响起，半小时，又一个半小时，十五分钟，又一个十五分钟，萧和华，杳无音讯。她除了新年，晚上从来都不出门。她今天到底怎么了？女裁缝。女裁缝，耽搁这么久？女裁缝，那只是一个借口！她去哪儿了？访友？一定是！可她一般只在春节时出门，去交换 *lai-si*，品尝时令佳肴。今天她出去干什么？萧和华是圣达菲学校中文部首屈一指的教师。除了她，还有王老师、莫老师和另一位也姓萧的北方姑娘，人们都称她简或者红梅：她出生在饥荒之年。还有数学老师、历史老师和绘画老师。但是，萧和华……她是中文专业毕业，九百卷唐诗她至少读过十分之一，百分之一。首屈一指的教师，这个时间还在澳门不知所踪，这是做的怎样的榜样！啊，是吗……可你呢？你是好榜样？萧的回答随风穿过百叶窗。突然刮来一阵大风。你有一天夜里几乎彻夜未归。我？我晚上有课，你是知道的。埃斯特尔揉了揉眼睛。我想我是在做梦。她拿起一本书消磨时间。从身后传来门的响声。不要告诉我是她，顶着这么大的风。不是萧和华。嘀铃，嘀铃，从外面传来微弱的碰撞声：走廊的风铃在响？女门卫从最里面的房间出来，插上插销，放下门闩，并提醒道：都把门窗关严，风很大！十一点。十二点。她可真行，埃斯特尔心想。在如此狂风大作之夜！十二点半。让我上床吧，就让她自己想办法吧，让她在院子里喊吧，自己动脑筋。凌晨一点，风小了。嗒，嗒，是萧。她蹑手蹑脚，光着脚。埃斯特尔慢慢地拉开插销，转动钥匙。教师之家的篱笆门只有在台风来临时才上锁。中国女人吓了一跳，后退几步靠在门框上，双臂张开，好像要将围墙推倒。还是要推开这个出现得不是时候的"门卫"？

两人面对面站着，却没有对视。你为什么要等我？中国女人喃喃道。埃斯特尔本可以回答说是因为不想看她被锁在门外，但她实在焦虑得说不出话来。两个人都很焦虑，最终还是晚归的这位先迈步回房，邻居紧随其后。进屋后，和华将抓在手里的鞋扔在地上，点上烛灯，手指自己的床铺：你看！她的声音急促，语调几近痛苦，好像有人逼她说出那两个字似的。你看！

埃斯特尔在床边看到她的棉被上有两个太阳图案，之后，她辨别出是一个太阳和一个月亮。事实上，两样东西都是圆形的，金黄色，闪闪发光。这是什么？埃斯特尔弯下腰仔细端详。锦缎,是锦缎,萧低声道。锦缎!果然。锦缎上有刺绣。灯光昏暗,无法看清刺绣的图案,英语教师像盲人似的用手去触摸:弯弯曲曲的绣纹一条接一条。喜枕?是一对结婚用的喜枕?嘘!小心吵醒大家。埃斯特尔仍在摸着那套枕头:福、寿、龙、凤。绣得真漂亮!谁要结婚?嘘!埃斯特尔虽然努力克制自己,可她的声音还是回响在教师之家的每个角落。是你绣的?萧和华,你要结婚了?

学校门口卖水果的老先生今天运来了一批绿油油、香气扑鼻的牛油果。萧和华一边挑选一边与老人讨价还价。她要去参加一个葬礼,想买些水果在回家的路上吃。葬礼过后吃些甜食是一件令人愉悦的事,有利于恢复活力。英语教师正走下台阶。来吧,拿着!太贵了!买家回应说,脸颊泛起淡淡的红晕。这是自那个意外的夜晚之后两个人第一次单独相处,都有些尴尬。这段时间,埃斯特尔与萧和华偶尔在走廊或是院子里遇见,彼此互道一句干巴巴的"hello"之后,便各走各的路。仅此而已,与昔日大相径庭。那时,早上见面,*tsó shan*①! *Did you sleep well?*② 下课时:我们去买冰激凌吧?到了晚上,两个人互相串门。来往如此频繁,彼此如此熟悉,可现在,连她们自己都对彼此的疏远感到吃惊。然而,为了不让其他人有所觉察,这疏远十分隐蔽。事实上,中文女教师每天都晚起一会儿,课堂上也会磨蹭一会儿,用

---

① 粤语:早晨,意思是"早安"。
② 英语:你睡得好吗?

餐时间延长一些,比如多喝一杯茶,茶杯里多加一些热水。英语教师则每天都早起一些,计算着时间,凡事都提前一些。这一切不像是报复,而像互相折磨。至少对于埃斯特尔来说,新的作息节奏令她不适。两个人在就餐时对视或是在宿舍隔墙隐约听到对方的动静,不过是在彼此防备而已。曾有一天下午,中国女人因为天热将房门敞开,坐在窗边做针线活,埃斯特尔得以细细端详她的模样。侧面看去,萧和华十分优雅,她针法娴熟,竖着兰花指。我刺绣的时候,手指紧紧捏着针,针都被我用得不好使了,需要经常在头发上蹭一蹭。我就不会干这些针线活。邻居送给她的春节礼物是一个掸子,一件用亚麻做的精致的物件,像一幅古彩装饰。埃斯特尔偷窥和欣赏着萧和华。她在缝什么?是在刺绣吗?如果我对她说:*May I*……萧真的要结婚吗?跟谁?她香港的朋友?就在这时,一片云使本就不亮的房间变得更加昏暗了,中国女人抬起头,埃斯特尔赶紧躲闪开。蝙蝠,一定是蝙蝠,它们总在那个时候成群结队出现,以极快的速度低空掠过,它们的翅膀形成一片不祥的阴影。不祥?西方人是这样认为的,但是对于中国人来说,蝙蝠能带来运气。又或许,夜晚真的降临了?这里的夜来得突然,一眨眼工夫,在房间里,脚下的地都变得模糊不清了。

多好的牛油果!埃斯特尔称赞道,以此作为聊天的话题。萧说,有些时候,越小味道越鲜美。噢,可这些牛油果样子很抢眼!两个人一起过了马路。之后,中国女人告知埃斯特尔她要去参加一个葬礼,英语教师便以为这些水果是买来供奉死者的。死者?萧说这些水果是买给她自己的，用于自我安慰。萧说她昨晚梦见了猪肉，今天一早就收到了叔叔的死讯：他不是我的亲叔叔，我叫他叔叔是出于尊重。萧和华胸前戴了一朵蓝花。话题回到牛油果，埃斯特尔觉得牛油果像大鸭梨，但她的英文翻译词不达意，邻居到底还是没有听懂。两个人还提到了天气：五月，需要良好饮食的月份，无论在哪里，我在五月都会觉得虚弱。啊，这种说法只适用于四季分明的地方，例如中国的北方。就这样，两个人漫无目的地闲扯着，为了聊天而聊天。走到第一个街角，埃斯特尔说：我要去圣辣非医院看望一个学生的母亲！瞧我的脑子，去医院的路在反方向。萧寻思着这个时间并非医院探视时间。埃斯特尔也想到了，但想改口为时已晚。更何况，谁会不知道谎言终究要露出破绽这个道理呢？两人相视一笑。中国女人把两个牛油果中较大的那个放到埃斯特尔手中：给，用这个怀念一下你家乡的梨吧。

天开始下雨，埃斯特尔无意再去别处，用胳膊揽着牛油果慢慢走回家。*Usted adónde lo ha comprado?*[①] 西班牙籍女门房问。餐具储藏室的修女，一个葡萄牙马德拉人：这么大，像大鸭梨！她打赌说这种牛油果是台湾产的，广东产的没有这么大。埃斯特尔在院子里遇到的人，学生、职工，所有的人都用羡慕的眼光看着她手中的牛油果。这东西与柠檬一起吃味道好极了。然而，埃斯特尔的注意力却不在这上面。回到房间，她并没有吃掉它，而是将其放在书桌上当作镇纸。等萧再来我房间的时候……葬礼，参加一个葬礼要多长时间？两个小时？我

---

① 西班牙语：您在哪里买的？

熟悉她的脚步声,她在门毡上蹭鞋的声音,她肯定带着一股香熏味回来了。

说曹操,曹操到。萧用钥匙去开门。埃斯特尔正拿刀去切牛油果。牛油果,心形水果,一颗绿色的心,像一颗有毒的心,流着黏稠且暗红色的血。咔!埃斯特尔用力将它切开,剁了几刀,将其切成几块,她十分享受这一过程。牛油果黏稠的汁流了出来,不一会儿屋里便甜香四溢。就在这时,邻居的声音从隔墙另一边传了过来:把核留着,放在水里,会长出一棵漂亮的植株来!埃斯特尔的刀此时却已落在果核上,切入其芯。中国女人脱下皮鞋(葬礼上穿布鞋被视为是不合时宜的行为),用毛巾按摩双脚。撒一些盐再吃!埃斯特尔停了下来,刀悬在半空:你是在跟我说话?我是说,撒一些盐在牛油果上,对身体更有益!埃斯特尔没有回答,也无法回答。外面传来一阵震耳欲聋的鞭炮声。有人赢了赌局,或是在办婚礼,又或者,天晓得,有人自杀:鞭炮可以驱赶不虔诚的灵魂,净化被污染的空气。

学校里无人提及中文女教师的婚事,尽管这样的消息通常都是自己长腿到处跑。埃斯特尔觉得,要么这桩婚事涉及到离婚再婚,只能以民事婚礼的方式进行,不如嬷嬷们的意,要么是萧跟她开了一个玩笑。况且,这不是萧第一次干这样的事。有一次,她告诉埃斯特尔说要去香港:义父过生日要举办一次热闹非凡的派对。可到了晚上,埃斯特尔一脸狐疑:难道走廊和房间里来来回回走动的那个人是萧和华?正当埃斯特尔打算放弃一探究竟的念头的时候,有人从门缝塞进来一张纸条,上面写着:"李白有曰:庄周梦蝴蝶,蝴蝶为庄周。"

为了不再继续纠结,英语教师决定有机会时找学监探探口风。一不做,二不休。一天下午茶后,她找到罗莎,问:嬷嬷,最近有什么新闻吗?修女动了动嘴唇:甘多拉没有给我写信,虽然她当初保证过。我很担心,虽说女孩子迟早都会恋爱,但可怜的人不该如此受罪,不是吗?中文里,"爱"字是由"心"和"受"组成的,你知道吗?埃斯特尔感到一阵眩晕。甘多拉到底遇到了什么问题?因为每星期的来信?啊,她跟你说了?没有。她什么都没有跟我说,根本不需要,只有瞎子才看不出来。埃斯特尔有些烦躁,暗自忖思:她其实什么都知道,而我在这里白费时间和气力。于是,她也不再绕弯子,继续说:我问您是否有新闻不是指果阿女人,而是指中国人。有传闻说学校里有一位中国教师要结婚了,您知道是谁吗?修女推了推眼镜。据我所知……罗莎双手交叉放在胸前,这是她表达不信任的一种方式,说道:亲爱的,据我所知,你才是人们谈论的焦点……澳门上上下下都在议论埃斯特尔和中尉的婚事。我和他结婚?不会吧!嬷嬷您相信?如果中尉是一片好意的话,不过,最好还是不要信任男人,特别是军人。罗莎从鼻子里发出哼的一声。澳门姑娘上当受骗的例子不在少数:葡萄牙军人与她们定下婚期,对她们海誓山盟,向上帝保证,可到头来……罗莎用食指从下巴划向空中。到头来,那些可怜的姑娘们只能做永远的未婚妻!这是澳门姑娘的遭遇,那些大陆来的就更别提了。真是毫无廉耻之心。她们在餐厅的院子说着话。罗莎看了看时间,通常这个时候萧会拿着热水瓶从厨房出来。于是,她对埃斯特尔说：萧小姐应该能给你一个答案，没有人比她更合适。她在中文部，是一个无利不起早的人。而你，你在葡文部。埃斯特尔一无所获，她后悔来找罗莎。我真是自作自受。学监好天真（是天真还是玩世不恭？），竟让她去问萧！

如果说，在爱里，情感像照片的底片，白色的部分是黑色的，黑色的部分是白色的（爱与嫉妒都只不过是爱的面具），那么，黑夜之中，隔墙两边，重归于好的愿望如此强烈，以至于睡意全无。每个人都在倾听彼此血液的流动，做着心照不宣的搏斗。有时，邻居深夜点灯，另一个人便会跟随着她在同一屋檐下的影子，一起聆听百叶窗嘎吱作响、翻书的哗哗声和喝茶时的咕噜声。那个愿望如此强烈，如此一致，以至于会分不清你的我的。或许，当其中一人说"我一宿没有合眼，明早怎么起得来？"，就相当于在说"她在那边一夜未眠"。炼狱般的夜，简直是一种惩罚。然而，心生芥蒂让她们的关系破裂，盼望重归于好的愿望也让她们倍感煎熬。其实，只需有人迈出第一步，比如打开房门，或是将房门半掩。方式虽则被动，却不失为勇敢的一步。可糟糕的是，两个人都因为害怕而没有任何行动。她们并非害怕彼此，而是害怕自己，一种来自心灵深处的纠结和千回百转。

埃斯特尔是否一如既往地与陆思远见面，谁能保证？也许萨卡出于嫉妒会这么想。连她自己也因为这秘密被保守得如此严实而感到吃惊。在她的想象中，自己是那个世界的主宰，而那个世界与闹市区、白鸽巢公园或是路环的"玳瑁"餐馆毫无关系。那个世界里只有雨，瓢泼大雨，被水浸湿的地面和她拎着鞋浑身湿漉漉的样子。特立尼达常常多管闲事：*Salir con tiempo tan feo?*① 埃斯特尔从台阶上飞奔而下，她手中的雨伞变成了降落伞。有时，雨伞被风吹到了路面上，好似风中的船帆，而她则淡定地将伞拾起，披头散发，带着一张似乎哭着的面容继续前行。若不是心存胆怯，那本应是神奇的时刻。然而，人们最终能够接受胆怯，它是产生于我们自身的即兴且虚假的东西。没有胆怯，我们就算不是麻木不仁，至少也是情感贫瘠之辈。

有时，中尉的车从她身边经过，泥溅到她的身上，马达发出的轰鸣声比雷声还响。萧和华呢？这朵黄莲花蕾此时又身在何处？埃斯特尔思念起中国女人来。她怀念两个人一起穿过学校篱笆墙内积水的日子。那水深得没过脚踝，蚯蚓像小蛇一样在泥潭里穿行。小心，要是被它咬了，脚后跟会留下一块溃烂。埃斯特尔在大路上叫了一辆三轮车：*Faiti*！三轮车里漆黑一片，又黑又热，一股霉味，雨抽打在车篷上。神奇的旅程就此开始，它穿过澳门，又远不止澳门。一场跟着感觉、随心而动的漫游。可惜的是，她没有可以倾诉这段冒险经历的对象。爱情，爱情的出现总是一片混乱。然而，可以肯定的是，道路是往那里去的！这爱情就像锁在书桌抽屉里的信一样充满了神秘和象征性的符号！故事的男主角也守口如瓶，不向任何人透露半个字。若是她将此事说出去，没有人会理解。谁理解？萧吗？也许某一天会。彼时，她们重新睡上整觉，早上一同起床，在走廊里遇见互道早

---

① 西班牙语：天气这么糟糕还要出门？

安：Mor…o…ning！Tsó shan！吃早餐时，面对热腾腾的豆腐粥：喝一口我的茶吧！It's refreshing[①]！或是在冬天的晚上，两个人熄灭了灯之后隔着墙低声私语。那个时候，她会将所有的事情（一切？）娓娓道来。说出来是为了不忘却。这封信就是你的，你可以随时翻阅，触摸那精致的宣纸和用毛笔写下的字迹，闻一闻它的香味。而他，这封信的作者……他是如此优秀，却又如此遥远。必须把他留住，以免他随着时间的推移而失去风采，或者像老照片上的影像那样褪色。但是，留在何处？留给谁？留给萧和华，当然。萧与他一样，也有一双细长的眼睛和一张瘦削的脸庞，也像他一样，来自北方山区，经历过生活的磨难。他和萧在一起。把他还给萧？

星期天，萨卡邀请埃斯特尔去看日场电影。两个人坐在电影院的酒吧沉默不语。突然，中尉说：埃斯特尔，你知道你在玩火吗？一个星期以前，门托先生在"太阳与海"与埃斯特尔喝茶时也说过类似的话，但摩尔人还不忘尊称她为"*Queen of Persia*"。称谓姑且不论，"*Queen of Persia*"既有恭敬之意，又有距离感。她尤其庆幸这份距离感。酒吧里，英语教师穿着一身红衣，红色反射在玻璃柱子上。前一天，陆刚送给她几个点着红点的月饼。我不知道你在说什么，她因为萨卡的鲁莽而不悦。啊，你知道我在说什么，我也知道。两个人都心知肚明，而这正是危险所在。埃斯特尔的声音很小，脸上露出浅浅一笑。她听着萨卡的话语，心里却在暗想如果陆思远看

[①] 英语：提神的。

到自己穿着一身红衣该有多好。每次与陆思远见面，为了不引起其他人的注意，埃斯特尔都穿灰色或是米黄色的中性色衣服。然而，有一次（凑巧无意识地卖弄风情？）她穿上了鲜艳的衣服。这一天（我永远都不会忘记！）他为她朗诵了诗歌《凤凰花》。

萨卡里亚斯斩钉截铁地说：是的，女士，你在玩火！事实上，萨卡没有权利干涉埃斯特尔的生活，但他对她有好感。中尉叫来服务生，点了两杯咖啡。单身女子，一个欧洲人，特别是葡萄牙人，在澳门太容易引起别人注意。单身未婚女子往往是引起猜疑的对象。萨卡里亚斯将滚烫的咖啡吞进肚里。说到底，提醒你的人才是真朋友。电影开场了，两个人步入影厅，紧挨着坐下，灯光变暗。中尉接着说：昨天，我看见你坐在一辆 *sam-lun-ché* 里，旁边还有一位同伴。电影开演了。我看见你和一个中国男人在一起。

那个中国人是谁？嘘！身后有人抗议。一定是在回程的路上被他看见了，天空放晴，陆放下车篷，在桔仔街下了车。那个时候，街上有一些三轮车。大雨过后，人们纷纷出门散步：军人们带着澳门姑娘，或者与家人一起，上了年纪的女人们去主教堂祈祷，一两个中国男人身着长袍坐在人力车上，拉车的苦力像看门犬一样。身边的萨卡……中尉抓住埃斯特尔的手：那个中国人是谁？告诉我！我看到了他的样子，可是没有把握。是谁？告诉我！影厅后排传来愤怒又刺耳的嘘声。埃斯特尔抽回手，做了一个深呼吸。在教师之家，夜里十点以后，容小姐也是这样做的。容小姐或是其他老师，一样的愤怒，一样的急赤白脸。夜里十点以后正是圣达菲学校教师之家里的人们释放灵魂、敞开心扉之时。此时，容小姐：嘘——嘘——嘘——！而现在，整个影厅里的人都在抗议。不过，还好。对于埃斯特尔来说，萨卡既像一个容易跌入的陷阱，又是一个给她安全感的男人。他只是担心她的名誉。尊重的表示？不管怎么样，中尉的态度令埃斯特尔感动，她那高傲的盔甲被击破，她变得脆弱起来，竟险些……

埃斯特尔无法进入电影的情节，陷入自己的思绪中。不，绝对不能告诉萨卡，也不能告诉门托先生或学监。谁知道呢，中尉和他的关心会不会成为捕捉和束缚的枷锁。我要做的是保护自己，提防他。我是一个容易上当受骗的人，我像那些鸟，像男孩子们在树林里用捕鸟夹子捕捉的那些小鸟：有时，羽毛光鲜的小鸟头向下倒挂着死去，像蝙蝠一样。

而萧……萧另当别论。总有一天，她会带着懊悔的心情向这个中国女人和盘托出。萧和华也许摸不着头脑，但她也是令人放心的，因为她很少提问题。她们会拐弯抹角地用隐喻的方式谈话。她会向她坦白一切。一切？在这样一个深夜，她们窃窃私语，免得有人阻止她。屋外是夜晚，屋内却是清晨：*Mea culpa, mea culpa!*① 直到钟楼上的钟铛——铛——响起，院子里传来嬷嬷们不慌不忙的脚步声，还有动人的晨经。这时，隔墙两边；*Mán hón!* 这是互相肯定的密码。和解的信号？此刻，一切都冷却下来。毕竟，她们一样孤单寂寞，同病相怜。

---

① 粤语和葡萄牙语：我的错，我的错！

埃斯特尔曾买过一块做旗袍的丝绸面料：既然身在中国，自然要入乡随俗。况且，旗袍也适合出席活动时穿着。十二月即将来临，学校为庆祝圣诞节将举办招待会和一场朗诵会。想都不用想，我穿旗袍参加。这是一个重要的活动，学生们都正装出席，嬷嬷们会戴着丝网头纱，学生们的家长也会到场。比如，王小姐会穿得像模特似的从香港赶来，蜡黄的脸，带着热度的白皙的双手。她分发给大家的莲子像水晶一样。萧：我是不会把经过那双手的 *tong lin chi*① 吃进肚子里去的，我会把它们丢给鲍比，或是洗衣房里的猫。埃斯特尔一边挑选旗袍面料，一边琢磨着欣欣母亲会送什么样的礼物给自己：一件桑蚕丝的 *min-hap*② 棉袄，只要上帝乐意，也可能是锦缎的。王小姐的礼物总是价值不菲。颜色呢？会是什么颜色？大红？大红或者酒红。黑色配大红比较好看。可是，黑色……噢，黑色！若是酒红，可以搭配翠绿或者明黄色。希望不是大红色，看上去血淋淋的。王小姐也有可能不送衣服，也许会送一条项链或是一张唱片。埃斯特尔最终决定选黄色面料，传统的中国色。不久前，有人刚刚送给萧一块手帕，是秋天才有的金黄色。是未婚夫送的？还是她未来的公婆送的？什么未婚夫？埃斯特尔摇了摇脑袋，将头发散开披在后面，像一个精神上得到解脱的人。她的头发已经长过了肩膀。对于印度人来说，女人的头发应该像圣歌里赞颂的人妻的头发那样多如羊毛，且为紫红色。先知以赛亚惩罚不忠的耶路撒

---

① 粤语：糖莲子。
② 粤语：棉衲，意思是"棉袄"。

冷的方式之一就是令锡安的女子从满头秀发变为头长秃疮①。埃斯特尔毫不在意门托或中尉的看法。在萨卡看来，短发更方便，看上去更优雅，因为能露出脖子和耳环：你戴珊瑚耳坠一定好看！而陆思远则将发丝与夜晚联系在一起。只可惜，他们都在白天见面。于是，埃斯特尔毫不迟疑……头发生生不息，不管长到多长，修剪后它总能以更快的速度再长出来。埃斯特尔决定留长发不只是为了模仿信中关于夜的描述——这茂密的树林，暗无边际，更带有一丝逆反心理。澳门最近流行复杂的盘发，而她要么将头发散开，要么就只扎一个马尾辫。

萧早就注意到了。那时，她们还是朋友：你留长发，是吗？澳门天热，头发长了不舒服。萧每个月都有一天把搪瓷碗端在额前，用剪子修剪她的刘海。咔嚓，咔嚓，她的脑袋变成了蘑菇。还有一个人注意到了埃斯特尔的变化，那便是罗莎·米司蒂卡。看上去不错！身材矮小的罗莎穿着白色靴子直直地站着、脑袋歪向一边说。她接着回忆道：你没有见过我原来的头发有多长！有一回她在苦难耶稣圣像巡游中扮演维罗尼加，她的披肩长发好像黑纱一样。嬷嬷摘下眼镜，用头纱擦拭镜片。没有了眼镜，她的脸一下子变尖了，看上去有些变形。重新将眼镜戴上后，罗莎恢复了正常的样子。还有一次，嬷嬷在彩车上扮演抹大拉的玛利亚，她的头发长及耶稣的双脚。

英语教师正在为庆祝圣诞节而梳妆打扮，她默默地问自己萧会如何打扮。萧把业余时间都用来做针线活。

---

① 《旧约·以赛亚书》第三章。

她是在赶制嫁妆？一个星期以后学校将开始放假。她在香港度过假期？天晓得，她会在放假期间结婚？无论如何，晚会都会举行，晚会之后是交换礼物的环节。去年，邻居写了一部中文话剧，为了话剧演出，还曾向她借过一双鞋。话剧，那是一出话剧，讲述了一个传统中国家庭的小女儿离乡赴京学习歌唱并爱上了一个西方人的故事，当她回到老家后……二十年代的故事，至今还在上演着。太压抑了，演员们几乎要窒息，萧告诉埃斯特尔。剧本改编自一个真实的故事，是萧的母亲那一代人的故事。大姐将最小的妹妹赶出家门，竟使她无比绝望，失去了理智。排练持续了数月。萧饰演大姐一角，每天小声默记台词，甚至梦里也在背台词。你昨晚在嘀咕什么？啊，我说梦话了？应该是普通话，萧和华在梦里都说普通话。埃斯特尔借给她一双白色的鞋，用在女主人公和"鬼佬"在北京跳舞的那场戏里。那双鞋后来成了罪证，被大姐气急败坏地扔进燃烧着的炭盆里。就在话剧即将上演之际，中文部主任认为此剧过于悲惨，更糟糕的是，缺少一个真正符合伦理道德的结局。萧为了迎合主任，只得修改了结局：女主人公最终嫁给大姐爱慕的一个受人尊敬的中国男人，而大姐则出家为尼。大姐年方三十。在中国，一个三十岁的姑娘哪里还嫁得出去？让埃斯特尔感到惊讶的，是这部剧的主题仍旧那么封建。萧作为一名现代女性，思想前卫，可她笔下的人物却依然是一些无关紧要的贵族绅士之流，故事也充斥着万恶的旧社会遗留的偏见和等级观念。和华双手托着下巴，陷入沉思，自言自语道：你说的有道理，这反映的都是旧中国的东西。可是，过去的故事是那么凄美动人，萧和华带有一丝遗憾地说。可是在她看来，贫穷与美毫不搭界。演出的最后一幕，大姐摘下自己的玉胸针别在妹妹胸前，好像将自己的心托付于她。我的外婆有五枚戒指，她卖掉了四枚，只为了体面地安葬母亲，而最值钱的第五枚戒指……她的外婆心地善良，是她收养了萧，一个私生女！萧和华从未透露那第五只戒指最后去了哪里。有一次她们经过新马路的一家珠宝店，中国女人望着橱窗：你看，我外婆的戒指就像那个，但是比那个还要好，是玉做的。接着，她诵读了李白的一首诗，这首诗描写了用玉盘装盛的美味佳肴，对锦衣玉食生活的不安，以及诗人希望信仰道教的想法："长风破浪会有时，直挂云帆济沧海。"和华将白鞋还给埃斯特尔时还送给她一卷绢帛，上面用中英文写着那几句李白的诗句。

那年的圣诞节，中文部女教师为朗诵会准备了一幅生动的画：她将学校一名餐具保管员刚出生的儿子打扮成圣婴的样子，旁边有两个天使，还用代表智慧和神圣的红色、金色对联和神兽装扮舞台。咔嚓，咔嚓，剪刀的声音。她在为圣诞节做准备？一天晚上，埃斯特尔穿过走廊时在萧和华敞开的房门口停留了片刻，屋里一片狼藉：书桌上、地上和床上铺满了各种装饰，包括天使的翅膀、龙的翅膀和凤凰的尾巴。其他老师也都在帮忙。好一场朝圣。每天早上上课前，萧都要用竹扁担挑着那些舞台布景到演出厅，容小姐手扶龙须，其他老师则扶着弯弯曲曲的龙身。埃斯特尔在窗边看着她们，想象在某个意想不到的时候，在院子的中央，她们一丝不苟地跳起那精心设计的神鬼舞蹈。

圣诞假期前几天，葡文部的学生们议论纷纷，说甘多拉老师写信来了。信？给谁的信？当然是给学监的。姑娘们注意到嬷嬷衣服口袋里揣着的信封上的字迹，一看便知是果阿女人写的。她那飘逸的字体辨识度极高：字母 C 好似一条蛇，字母 R 好像井架。学生们围着嬷嬷：念给我们听，念给我们听！老师在信里说什么？罗莎却勒令她们安静。我收到了信，不错，但这是我父亲的来信，他病了，请大家为他的康复祈祷吧。埃斯特尔听闻此事后也好奇起来。

英语教师最近一直郁郁寡欢。因为朋友的冷漠？无视她的存在？埃斯特尔闷闷不乐，抑或有些疲倦。若是因为闷闷不乐，可以泡一杯又浓又香的红茶，大口喝下，便能重新振奋精神。但是疲倦……她们两人若能握手言和，埃斯特尔一定会心甘情愿地将自己的秘密告诉朋友，但这根本不可能。中国人不握手，只磕头，或用眼神交流。然而，萧和华双眼皮下眼睛紧闭，不理不睬。她们既无法通过肢体语言和解，也无法通过眼神，更别提言语了。埃斯特尔厌倦了这样的沉默：难道我已经被她从生活中剔除了？过去，当她们出双入对时，会敲门拜访彼此：*May I*……？或是隔着墙窃窃私语。她们之间总是隔着某件事或是某个人。过去，任何过错都能用言语或是承诺化解，若是她们真的做过承诺。可如今……世界突然安静了，变得空荡荡的。可怕的安静。自从那天晚上看见邻居深夜准备结婚用的床单床罩和绣花喜枕，埃斯特尔就好像人间蒸发了似的。她回到自己房间，撕扯着棉被、枕头和床单，还一把将蚊帐扯了下来，动作又快又猛，像一道闪电，屋里扬起一阵棉絮。隔断的另一边，萧哆嗦着。之后，埃斯特尔筋疲力尽，像昏厥过去再不能醒来似的。死了？

萧和华现在与容小姐走得很近，她们一起喝茶。英语教师能听见用剪子剪开茶砖的声音，感觉到马黛茶的茶香。她们轻声低唱：在办音乐会？上个星期天埃斯特尔还看见她们一起去了教堂。嗯……可惜萧小姐不履行教规，罗莎·米司蒂卡说。她们是去帮助郑梅修女布置耶稣圣诞图的，一个有中国特色的圣诞图：圣婴耶稣在母亲的怀里用筷子吃饭。罗莎嬷嬷像往常一样坐在埃斯特尔床边：圣诞节前事情真是太多了，每天呼唤我的铃铛都响个不停，要么是为了准备圣餐，要么是因为布施活动。真是忙极了。埃斯特尔想打听果阿女人来信一事。罗莎站起身，她必须走了，检查一下教室和实验室，万一哪个电器设备出了问题，比如本生灯……埃斯特尔开始寄圣诞卡片了吗？修道院里有一位中国嬷嬷负责这件事情，上帝啊，她的手可真巧。英语教师送客人到走廊，在罗莎身后装作不经意地问道：嬷嬷，听说您收到甘多拉的信了，是真的吗？有什么消息吗?！啊，是的，她挺好的，感谢主，她说她身体很好，在卡斯卡伊斯那边的一所学校工作。罗莎加快步伐，穿过有两个门扇的大门，站在门外，却看不到她的头。那她的婚事呢？埃斯特尔一边问，一边望着门的下方，似乎是在对着罗莎的鞋子说话。什么婚事？就是那个从前每星期都给她写信的小伙子啊，最近……英语教师跨过门槛时，学监已经一溜小跑下了台阶。罗莎是这里唯一一位敢跑起来的嬷嬷，她不知疲倦，与时间赛跑：这说明她还没有达到完美的境界？在台阶中间，她解下系在腰间的一串钥匙，面向三个房间,看上去有些发愣:唉,瞧我的脑子!怎么了?欣欣的妈妈打电话来让我捎口信给你,她想邀请你去香港一起过圣诞。啊,王小姐人真好!罗莎两只脚分别踩着两层台阶,问:你去吗?当然,不过我以为她会来参加学校的庆祝活动呢。不,她来不了。学监此时已将钥匙分辨清楚,五只手指上分别放有五把钥匙,用沉重的口吻重复道:王小姐来不了。埃斯特尔一脸疑惑。嬷嬷整理了一下自己的头巾。那欣欣呢?欣欣留在学校?不,她跟她的舅舅去台湾。

从香港返回澳门大约两个星期以后,埃斯特尔才明白王小姐家当时出现的情况。的确……我怎么……?那是一个星期天,萧一大清早闯进她的房间,吓了她一跳。中国女人连门都没有敲,穿着内衣,光着脚:*I'm sorry!*①可你和她是那么好的朋友……埃斯特尔惊讶地从床上一下坐了起来:什么?你说什么?邻居弯下腰,脸庞几乎贴到了膝盖,声音低沉地说:欣欣的母亲刚刚归天了。欣欣的母亲?!是的,但是老天会保佑她。

王小姐家的那个男人,高大健硕,身着长衫,椭圆形的秃顶脑袋看上去像一个南瓜。还有一群已不怎么年轻的女士:姨?表姐妹?教母或干亲?餐桌一头,女主人身穿橘红色旗袍,看上去极其苍白无力。还是因为她那橘红色旗袍衬托着脸色特别苍白?埃斯特尔想起曾在某个场合见过王小姐穿着如此考究:是在哪里呢?一个镶着几颗金牙的富态女士用英文在埃斯特尔耳边低声说

---

① 英语:我很遗憾!

道：她真是一个大美人，无人能比，那么清爽那么有光泽的脸蛋好像冬天里的月亮。圣诞晚宴上，满满一桌美味佳肴，王小姐却几乎没有碰，只是一杯接一杯地喝着一种没有热气的绿茶。一定是药茶，或者是某种灵茶？天晓得。晚宴进行到一半的时候，还有八样菜没有上，王小姐饮尽了手中黑漆茶杯中的茶，放下杯子，准备演唱。全场鸦雀无声。只有餐桌的另一端，秃顶的男人时不时发表一番演说，好像在唱圣歌。每当他开口说话，王小姐就愈发憔悴。宾客们都十分严肃。可是当女主人开始唱歌的时候，一切都安静下来。圣诞大餐。在场的人都是基督教徒？难以置信。胖女士小声告诉埃斯特尔，王小姐在为女儿祈祷。埃斯特尔偷偷瞄了一眼，似乎除了南瓜脑袋以外，所有人都十分动容。王小姐的嗓音，画眉鸟儿的歌喉，中国的夜莺。桌旁有一位瘦弱的年轻男子，穿着西服。当王小姐唱毕，优雅地在樟木椅子上坐下时，这个年轻男子走过去跪倒在她脚边。

之后的两天，圣达菲学校的英语老师再也没有见到欣欣的母亲。那位年轻的董先生和另外一位女士陪着她，王小姐则忙着给亲戚们写信：她在台湾、马尼拉和美国都有亲戚，一个庞大的家族，其中大部分是基督教徒。或是在先贤祠接待礼节性的拜访。光头出现在傍晚，餐桌上，当别人吃着烤鸭和其他美味时，他却嚼着咸菜，然后独自站在一个昏暗的角落里。董先生前前后后忙着招呼客人，一会儿让人上茶，一会儿让人将炭盆点着，或是跟光头商量一些事情。埃斯特尔已经确信无疑，南瓜脑袋是一个和尚：除了剃度，寒冬之中还打着赤脚，并且吃素。他说话铿锵有力，瓮声瓮气，好像是从一架管风琴的管子里吹出来似的。

这个男人在王小姐家等候着。这是他的宿命。萧：躺下，盖好，你在发抖！说完，她去给埃斯特尔端茶。埃斯特尔此时闭上了眼睛。王小姐家的客厅里，两扇玻璃彩窗之间放着一个摆钟。钟一旦停了……假设，钟摆因为缠绕在上面的蜘蛛网或是一只钻进去的小老鼠而停止了摆动，每当出现这种情况，和尚便马上下跪磕头。先觉者的弟子。甚至不等钟停摆。在他看来，死亡不是什么稀奇的事情。与之相比，倒是董先生为了给王小姐祈福，将歌颂圣婴耶稣的蜡烛一支支点燃。

埃斯特尔坐在床上哭成了泪人。萧抚摸着她的肩膀安慰道：实在是太遗憾了，王小姐的离开对于她的女儿和学校来说都是巨大的损失，她生前是一个乐善好施的人。埃斯特尔肩膀冰冷，萧和华用蚊帐布盖在上面，之后又去取茶，却久久不见回来。英语教师钻进被窝里，用被头拭干眼泪，对自己会如此伤心痛苦也感到有些意外。毕竟，她只去香港拜访过王小姐两次，在学校里倒是经常接待欣欣母亲的来访。在学校阴暗的会客室里，王小姐赠予她糖莲子，用旧中国的说话方式说：我是一个可怜的女人……我可怜的女儿……有一次，王小姐还把埃斯特尔称作"姐妹"。她那双发着热的在赌桌上能给玩家带来好运的纤纤玉手，还有她身上散发出的能冲淡会客室霉味的木兰花香水味。萧穿着外衣和鞋回到埃斯特尔房间，手里端着装有粥和茶的托盘：坐起来，喝点热的，你都冻僵了。那个勤快的好伙伴和护士又回来了。这茶是我自己的，能安神。再抹些 *pá-fá-iáu* 在额头上吧，哭会头疼的。说完，萧和华笑了，这笑能驱散悲伤。她拉起百叶窗，踮着脚离开了。

中午，罗莎·米司蒂卡出现在埃斯特尔房间：去吃午饭吗？起来，穿上衣服！埃斯特尔只想睡觉：睡不醒，喝了一点萧的茶。还睡什么？快起来！看看现在都几点了，出去走走，透透气。说着，嬷嬷将挂在椅背上的衣服递给埃斯特尔。埃斯特尔坐起身，脑袋像石头一样沉，问：嬷嬷，你怎么知道的？从马修 Father① 那里，王小姐临终前叫人请方济各会修士去她家。不管别人怎么看，欣欣的母亲是一个不折不扣的天主教徒，罗马天主教徒，她的女儿是在学校教堂受洗的。走吧，饭菜都凉了！王小姐此时比任何人都幸福，因为她在主的光环照耀之下。萧和华说了：老天会保佑她。

埃斯特尔穿着衣服，头脑渐渐清醒起来。自己痛哭的原因是萧和华又来自己的房间了。让自己激动的是萧与自己讲话，甚至拥抱自己。是激动还是内疚？埃斯特尔穿戴好，梳了梳头。就是因为这个原因。一股间接的力量驱使自己掉眼泪，遥远且扭曲的理由，来自别处的一种痛，仿佛从海那边刮来的风必定带着雨一样。自己就是这样的人，会因为昨天、前天，甚至一年前的事情哭泣。埃斯特尔穿上袜子，系上裙扣。谁知道其他人是不是也这样？是不是也会像自己这样哭泣？更不要说是在特殊的日子哭泣。不，人这一辈子都在哭。哭与爱。埃斯特尔戴上珊瑚耳坠，想起了思远。这对耳坠是中国男人送给她的礼物，她只在睡觉的时候才将它们摘下来。天气寒冷，埃斯特尔用手背在满是水汽的镜子上擦出一

---

① 英语：神父。

只眼睛大小的镜面,望着镜子中的自己,暗自思忖:这个清早,王小姐在邻居的怀里,上帝啊,她走了。黑暗中,她们两个人,她们的身影,这是怎样的场面。那个已经数月不进她房门的萧。我怎么能不哭?中国女人愁眉苦脸的模样,她低沉的声音:*Xinxin's mother gave up the ghost!*①

和华的外婆在澳门镜湖医院去世的那个晚上,她在香港的寄宿学校……那天半夜我大叫着从梦中惊醒,整个宿舍的人都被我的叫声吵醒了。萧的幻觉?罗莎·米司蒂卡说:马修神父一早就赶去教堂,换了衣服,亲自为逝者敲丧钟。你没有听见早上五点从板樟堂传来的钟声?没有吗?好吧,那钟声令人心碎。

埃斯特尔走进餐厅,同事们都匆匆离去,只有萧一个人坐在她对面:埃斯特尔,想和我一起在逝者像前上香吗?像?埃斯特尔感到惊讶,因为她的朋友很少直呼其名,而是只叫她的姓。啊,像!埃斯特尔问萧是否征得嬷嬷们的同意。她们可能不喜欢。这个吗,谁都不会有意见。埃斯特尔开始进餐,汤像水一样。汤、米饭和鸡翅,所有的饭菜都凉了。埃斯特尔推开碗筷。我吃不下去。餐桌另一边,中国女人将茶壶拿过来并为她倒了一杯茶。英语教师现在清楚地记起学校慈善堂里王小姐的一幅油画像。那幅肖像很美,不是吗?啊,是的,很生动,很自然。她喝着茶。你跟我一起去吗?萧追问道。埃斯特尔一边剥着当作餐后甜点的红薯,一边点头。随即她放下餐具。凉红薯让人胀气。我们走吧。

---

① 英语:欣欣的母亲归天了!

昏暗的慈善堂内挂着一排捐助人的肖像,有上了年纪的贵妇,有穿着制服留着胡子的贵族,有教士,甚至是主教。王小姐在这些画像里显得光彩照人,她穿着红色旗袍坐在樟木椅子上,脸蛋美得好似一轮月亮。多生动!多自然!中国女人惊呼道,她边说边将屋内一扇窗户半打开。一缕冬天的阳光照射进来,落在画上火红色的旗袍上,让埃斯特尔感到晃眼。这幅画像是香港的一位著名画师所作,他画的人物肖像只差会说话了,和华继续说。埃斯特尔眯着眼,又见到欣欣母亲两个星期前的模样,那时她的穿着和坐姿与画中的一模一样。阳光照在画像上,埃斯特尔感到有些炫目。萧一边点香,一边说自己认识那位画家。他的作品价值不菲,逝者在画里显得跟她本人一样惊艳。然而,香火却一个接一个地灭了。她重新将它们点上。美貌对她来说已经没有任何意义了,可怜的王小姐!任何人或事对她来说都没有意义了,除了那些香火和上升的烟能指引她的灵魂。可是,那些烟却没有上升,而是萎靡不振,最终慢慢消散。我去关上窗户,因为外面的风。香火和眼泪才是对她有意义的:世界上曾经爱过她、温暖过她的那些人的眼泪。中国女人划了一根火柴,又划了一根,可是那些香就是烧不起来。只有那些人的泪水是真诚的。不是葬礼上收了钱来假装哭丧的那些人的眼泪。真实的泪水。香火依旧无法点燃。也许是受潮了,也许逝者的灵魂还未能安息。她有一个未成年的女儿,必定是因为这个原因。萧和华接着划火柴。看,这株香点燃了,还有这株。灵魂总不是那么轻易就能解脱的,更别提像王小姐这样的,还有一个没有父亲的女儿留在人间。三四株香烧了起来。

必须点燃所有的香。王小姐那么年轻，那么渴望生命。我自己的外婆呢？有人说，她在生命的最后一刻还想到寄宿学校去看她。年迈的外婆的一生好像午后的雾漂泊不定。

当一名学生请假，说第二天要去参加一个婚礼的时候，埃斯特尔立刻想到了自己的邻居，因为这个学生不但是从中文部转到英文部来的，还曾经是萧老师的得意门生。婚礼将在星期天举行，苏西·孙解释说，但是，星期六她要去烫头发，还要帮新娘做一些准备工作。她是你的朋友，是吗？很好的朋友。放心吧，我不给你记缺勤。说完，埃斯特尔迅速走开了，虽然她很想继续打探新娘的底细，但是她很清楚，那样做完全属于多此一举，好像用盐来解渴一样。她打消了这个念头，对苏西说：*Enjoy yourself, Susy!*① 苏西追上她：如果您乐意……您不是说想参加一场中式婚礼吗？啊，是的，但是星期天不行，下次吧。埃斯特尔匆忙登上教师之家的楼梯。上了楼梯，她一边喘着气，一边想：我太蠢了！错过了一次绝好的机会。她想叫住苏西，但最终还是没有那么做。我这样匆忙做决定是因为一直在纠结萧是否要结婚，我太冒失了，晕了头。那一定是她的婚礼！……可如果是真的，苏西不会不说啊！中国人最敬重的就是天、地、父母和师长。如果是萧，苏西会说是她的"朋友"吗？什么朋友?! 应该说"我的老师"。我就像那些已经有孕在身却又急于掩盖自己状况的女人，看到自己一天天大

---

① 英语：玩得开心，苏西！

起来的肚子总不免会心惊肉跳。埃斯特尔摇了摇头。别人的婚礼对她来说并没有那么重要，但如果是情敌的婚礼，情况就不同了。情敌？萧？天哪！他成了竞争对象。都是他的错？一时间，埃斯特尔对陆思远心生恼火，甚至比恼火更糟，厌恶。萧终于与自己和解了。她不再像从前那样来敲她的房门：*May I*？也不会在星期天早上和她一起去中国餐馆吃吃喝喝，更不会与她隔墙夜聊。虽然如此……两个人还会在餐厅一同吃饭，沿着篱笆墙边走边聊。聊天的内容无非是"我明天一天都有课""学生的分数"或是"天气好冷"之类的无关痛痒的话题。也许，邻居还会再为她吟诗？她们下午也不去散步了。连一句长长的叹息都没有：我累了，一个班五十个学生，每天上课都要费九牛二虎之力。埃斯特尔沉浸在自己的思绪中，她打开房门，看见地上有一张纸条，急忙捡了起来，是洗衣房留的，告诉她洗净的衣物放在琴房了。埃斯特尔将纸条随手一扔。她坐下，没有点灯，思忖着一切是如何变得如此脆弱和矛盾。萧和华爱着陆思远，却要嫁给她的义父。而我……至于我……邻居现在每星期六都要去香港。她的义父会不会是一个已婚男人？唉，中国女人们，只要有男人愿意看她们一眼，给她们当靠山……除了新衣新鞋，每逢春节和中秋，萧会定期收到一个金首饰。并非名贵之物，不是，却一年比一年更好。去年是一条带玉坠的有分量的链子。噼啪、噼啪，鞭炮声响起，鞭炮的火光中，金链子闪闪发亮。我的 *lai-si*！萧和华说着，但是没有透露礼物的价格或来源。通常，她会告诉埃斯特尔物品的价钱和折扣数。多少次她从香港回来向朋友展示义父送给她的礼物。她的义父不是什么大人物，送给她的也都是些小玩意儿。然而，这次，和华什么都没有说。她肯定不结婚了，英语教师得出结论。她不再做针线活，再也听不到顶针从手指滑落掉地的声音或是剪刀的咔嚓声。到了晚上，只听见她翻作业本的声音，而且，她每天早早就睡了。她绣那些床罩和枕头只是为了刺激我？还是为了刺激她自己？演戏。萧写剧本，排演话剧，表演话剧。那些多幕剧，冗长而且悲切。埃斯特尔对她充满了怜悯。怜悯？中国女人带着负罪感顽强成长，仿佛每天下午去中国海岛捕鱼的帆船，桅杆上挂着红旗：毛主义者？不是。必须这样，因为不这样，他们便不能打鱼。帆船竭尽全力，风帆直插云端，驶出河口，驶向大海，回程的时候却遭遇台风，*in the teeth of the wind*①。嗒嗒，隔壁传来钥匙开门锁的声音。埃斯特尔将屋里的灯点上。一切都是那么矛盾和执拗。萧和华和她就好像那些帆船一样。

　　隔墙的另一边，中国女人忙个不停。星期五。她在收拾行李准备明天午饭后出发去香港。咚咚，中空的竹隔墙传来敲击声。*Yes!* 洗衣房在门下塞纸条了？对，有。除了她，所有人都收到了洗衣房的纸条。她们把我给忘了！可是我今天晚上就想换床单呢。你明天不走吗？我明天不打算走。埃斯特尔吃了一惊，甚至感到一阵慌乱。中国女人猜到了，她在对埃斯特尔内心的疑问做出回答。埃斯特尔一时冲动：你可以用我的床单，就在琴房。她说话的声音在颤抖。另一边，萧屏住呼吸：*Really?*② 她

---

① 英语：逆风行驶。
② 英语：真的？

用粤语谢道：*Mkoi nei*，埃斯特尔。"埃斯特尔"这个名字从她嘴里说出来听着有些别扭。她是北方人，与南方人不同，和华发"尔"时带卷舌音，音色沙哑。

英语教师在窗台上养了一盆紫艾草，是罗莎·米司蒂卡送给她的礼物。现在，她在给花浇水，萧一边整理床铺，一边宣布：我的义父明天来澳门，住在埃斯托里尔酒店，他也会到学校来。埃斯特尔水浇得太多：花蕾因为水大而凋谢了。应该送一些花籽给她，这个品种罕见，开出的是黄色的有斑点的花。

埃斯特尔这才明白她的朋友是在与她道别。带斑点的花，象征分离。埃斯特尔听见萧和华在装枕套，那枕芯很硬，里面塞的是纸板。接着，她在抖动棉被，埃斯特尔几乎看见鸭绒从蚕丝被面往外钻，四处飞舞。萧清了清嗓子，接着点燃酒精灯准备沏茶。不，不一定是茶，只是需要热水。九点出头，萧和华躺下了：*Mán hón*！

然而，有一件事是可以肯定的：和华这一晚（最后一晚?）将睡在印有朋友姓名词首字母的床单上。天意如此？见时候还早，埃斯特尔觉得该跟萧和华说些什么，于是，她问她艾草开出的花在英文里怎么说：我知道这花叫什么，但是一时想不起来。我不知道用英文怎么说，但是中文……在中国很普通，甚至用于姑娘的名字。但是，不是"紫"字。红、黄、绿都可以用作女孩的名字，但是"紫"只会出现在已故女子或是女鬼的称呼里。她熄灭了灯。相思花，中文叫相思花。过了片刻，萧和华又说：不对，不是相思，是情花，这花也很香。情花，名字真好听，邻居称赞道。萧和华翻了一个身，打算睡了。临睡前重复道：*Mán hón*！*Mkoi nei*，埃斯特尔！

从今以后，或者说，过了今晚，圣达菲学校将遭遇一大损失，教师之家也不再热闹。萧和华，中文部的一号女教师，她的举止可谓一面镜子，她说的话好像预言：张三和李四这次考试成绩肯定不高。哪些学生没有多大出息，哪些学生像春天的风筝必有高就，她的预测从来都不会错。似乎学生们的学业好坏并不取决于她们的天资高低，倒取决于这位老师的预言。这些姑娘进入中文部，顺理成章完成初修、预科和中学课程，直到遇到萧和华这样的厉害角色。遇到天资聪慧的学生，萧和华一样监督她们学习，课堂上让她们回答问题，给她们出考卷——保证她们未来的职业生涯没有风险。对于她们来说，主任每年宣布的"赦免令"尤为重要。即便如此，有谁认为萧和华过于严苛吗？没有。学生们都崇拜她，那些被她打了"不及格"的孩子次年往往都成为尖子生。学生们崇拜她，不完全是因为她的能力强，更多的是因为她的判断准确。

第二天早上，萧没有出现在中文部。她的义父来了，她要陪义父，连午饭都没有去吃。谁都没有看到她。饭后喝茶时，同事们用不带刃的刀将红薯去皮，又把红薯裹上红糖，互相对视，一言不发。这沉默却并非出于善意。大家其实都有说话的欲望，但却担心同时开口（或是言多必失？），于是都把说话的机会留给其他人。然而，这谦让并没有起作用，众人心中都有些窝火。

晚上，埃斯特尔在自己的房间里听见其他老师们的议论。她们在说结婚的事情？萧已经去结婚了？秘密结婚？只见几个老师在小厅里搓麻将，趁埃斯特尔不在，一边打牌一边交头接耳。可是当埃斯特尔走进小厅时,中国老师们立刻都不说话了。她开始剪纸,不一会儿,容小姐问道:是牡丹吗?你在剪牡丹花?还是一条鱼?埃斯特尔只是在剪一支花,给自己的窗户剪一个窗花。啊!容小姐凑上前看着她手指的活动。谁借你的图案?埃斯特尔被容小姐看得有些慌乱起来,手法不稳,有几处剪错了。一局麻将结束,容小姐从她的手中拿过剪刀:让你看看!两张纸,一张红色,一张黄色,她将纸摞在一起,咔嚓、咔嚓,手法轻盈、干净、利落。中国女人一气呵成。她把剪纸交给埃斯特尔:给你避邪用!说完便笑起来。大家全都笑起来。与萧和华有关?难道她和萧之间有嫌隙?天晓得。萧的离开对她们来说是一种解脱,她们在学校的级别都将得到提升,其中一位还有可能坐上离职同事原来的位置。埃斯特尔突然意识到她们是在赶她走。容小姐没有对她说"*iam-chá*、*iam-chá*①",当然不会像赶猫那么明显,但是明眼人一看便知。埃斯特尔起身说:这是花?她拿着剪纸对着光看了又看:一个被脸、嘴和犄角包围的圆圈?比花好,容小姐回答说。这是一个善良压制邪恶的魔力球,把它贴在窗户上能避邪。容小姐说完笑了,其他人也都笑了起来。

就在这时,埃斯特尔想起了那只鸟。她的邻居最近在窗口养了一只既不唱歌也几乎不叫的小鸟。小家伙很漂亮,翅膀是蓝色的,胸口则是橘黄色的。每次去香港前,萧都带着小鸟在花园里转一圈,然后把它寄养在学校的家禽饲养场里。明天我去看看小家伙在不在那里,

---

① 粤语:饮茶,意思是"喝茶"。

埃斯特尔自言自语道。要是在，说明它的主人还会回来。

然而，随着日子一天天过去，萧和华渐渐成为一种记忆。埃斯特尔琢磨着中文部的学生们应该还在怀念她，回忆那些与她有关的故事。萧和华的故事内容丰富，就像她亲手排演的那些话剧一样。埃斯特尔思忖着：我是这个学校里与她走得最近的人（最想念她的人？），我无法想象她离开澳门，成为有夫之妇的样子。

那位义父。除了那位义父，还会是谁呢？提到"结婚"两字，罗莎·米司蒂卡摇了摇头：什么结婚？她是想另谋高就，仅此而已，她有这个权利。她那么能干，很快就会在任何一所教育机构找到工作。不过，但愿萧小姐不会后悔，金钱不是一切。学监抱怨说另有两名中国老师也说要离开，她们一定是受了萧的影响。去香港，不是吗？罗莎耸了耸肩。再说，这些中国人，无论是女佣还是老师……。她把她们比作猴子，最大的一个掉了，其他的便跟着全掉了。那位义父呢？埃斯特尔问。萧曾说她的义父那个星期六要来澳门，住在埃斯托里尔酒店。嬷嬷脸色一沉：我不认识她的义父，想象不出他是何许人也。说罢，罗莎·米司蒂卡看了看表，离开了。

那天夜里，教师之家的人很晚才就寝。虽说是消遣，赌注不过是一把西瓜子，可十一点已过，中国老师们却还在奋战。此时，英语教师早已躺下，她又一次问自己萧在做什么。英语教师无法适应，无法平静。比如，邻居总是在星期天晚上十点前后从香港回来，敲她的房门。即便后来她们互不理睬，不再来往，可是她还在那里：咔，咔，开关的声音、洗手间的水声和沏茶的水烧开了的声音。那正说明萧已经回来了,而她们保守着同一个秘密,那个令她们疏远也令她们亲近的秘密。在将近四年的时间里,两个生命彼此日夜相伴,这中间有情谊,也有隔阂。埃斯特尔翻了一个身,试图睡去,但脑子依旧清醒。没有一句话,一个字,连挥一挥手都没有,萧和华就这样走了!最初,埃斯特尔还以为她会写信。啊,如果是那样,真想这样对她说:亲爱的朋友,我后来再也没有陆思远的消息,你有他的消息吗?这算是一种补偿和承诺吧。萧会相信吗?估计不会。即便是这样,对于埃斯特尔这种和解的方式,中国女人的反应也许会很极端:难道这些"鬼佬",这件事上是女"鬼佬",她们也有情感?埃斯特尔后来再也没有见过她的中国男友,然而,她对他的思念犹如对萧的思念一样强烈。也许萧不是跟义父,而是跟陆思远私奔了。埃斯特尔几乎确信思远已经不住在原来的地方。或者,她害怕事实的确如此。可以肯定的是,埃斯特尔没有再去路环,也没有重返新桥。星期天,她也不再去草堆街或是营地大街了。若是某一天思远用英文给她写信呢?英文是一门大家都能懂的语言。如果他给我写信……我发誓绝不会看,既不会看,也不会像上一封信那样收藏起来。凌晨一点了。埃斯特尔点燃床头灯,拉开书桌的抽屉,展开那封用宣纸写的信。我的上帝。看着信纸上的字迹,抚摸着那一笔一画,享受着那墨香,她感受到一种从未有过的快乐。欣赏这笔迹对她来说就好像欣赏绿色的风景、呼吸新鲜的空气。埃斯特尔试图将信上的每个字都翻译出来,弄清楚它们的含义。然而,如果能够亲近这封信的作者,那么弄清楚信里究竟写了些什么也就变得不再那么重要了。我的上帝，我们是多么爱那些充满神秘感的人啊！

英语教师几乎很少与萨卡里亚斯见面。她了解萨卡里亚斯的一切，甚至是极为隐秘的事情，比如他与一位妇女的第一次但尚不成熟的关系。那是在阿尔加维庄园家里的一名女佣。他们没有提前通知便去了庄园，抵达的时候已经是夜里。让小家伙睡在德奥琳达的房间吧，给他在地上支一张小床，母亲说。德奥琳达的丈夫十年前移民加拿大。可怜的人，她跟我一样认为那是一次糟糕的经历！萨卡生性善良。换成别人，会厚颜无耻地占德奥琳达便宜。萨卡则相反。可怜的姑娘若是向村里的男人抛橄榄枝，拜倒在她石榴裙下的人应该不在少数，毕竟她有几分姿色。如果是这样，那多么丢人！后来，闲言碎语传到了她在加拿大的丈夫的耳中，她每月的生活费随即被断绝。这是德奥琳达的故事。还有伊里娜的故事，那个因为患贫血症饮用含铁矿泉水而牙齿被毁的德俄混血女人。中尉在与埃斯特尔喝咖啡时如实且谨慎地向她透露了这些隐私，他打了一个响指叫来服务生：*Kei toh*？埃斯特尔现在很少与中尉见面，除了偶尔看一场电影。萨卡再也没有提及"中国男人"，虽然最近问过埃斯特尔为什么有些忧伤：怎么了？发生了什么事？我也不知道怎么了，也许是在自寻烦恼。萨卡说：是啊，有些人放着正道不走，非要去走歪路……这时，埃斯特尔看见一个身影从广场穿过，她似乎认得那步伐。怎么了？萨卡里亚斯问。没有什么。确实没有什么。陆比那个人个头高，也更为敏捷。来到电影院出口，中尉再次说：有些人放着正道不走，非要去走歪路……他带着有些勉强的口吻问：要我送你回家吗？空气不错。情侣们在南湾的孟加拉榕树下漫步。想喝杯咖啡吗？而她却在与他道别。

回到家，埃斯特尔正要取出钥匙开门，却发现隔壁房间有一丝微弱的亮光：屋顶上有一个一枚新的一角硬币那么大的烛光的影子，这让她吓了一跳。萧回来了？埃斯特尔颤抖着点上床头灯，靠在床头上。什么萧！是某个陌生人、不相干的家伙。埃斯特尔心头一紧。她很想跟这位不知名的邻居道声晚安，管她究竟是谁。呀！怎么能在这个时候去打扰一个陌生人！埃斯特尔躺下，试图将思绪集中在萨卡身上。"放着正道不走，非要去走歪路……"这不是他说的吗？我无言以对。而此刻，答案就在嘴边。隔墙的另一边，啪，亮光变亮了，连埃斯特尔的房间都被照亮了，一片通透。这么出人意料、这么讨厌的人究竟是谁？她叹了一口气，想念起和华。"放着正道不走，非要去走歪路……"我应该回答他说"有很长一段歪路要走呢……"隔壁的灯又亮了起来。要是萧，她肯定会和我说话的。即便在她生气的时候，酒精灯的灯芯也会吱吱作响，烧水壶里的开水嗡嗡呻吟：这也是一种交流的方式？一种交谈？中国教师绝不会这么晚还把灯点得如此之亮。她是一个有教养的人。萨卡里亚斯。难道他知道歪路是怎样的？他那么神气，军服上有那么多军阶标识和奖章："我若没有在安哥拉被恐怖分子打倒，那么，我必定凯旋而归。"中尉的人生轨迹只有一条，而且明确、可靠、没有任何意外。对于那些不知道将去向何处的人们来说，还有很长一段路要走呢。我应该这样回答他。难道不是吗？她打了一个呵欠，像是在对自己小声说：*Mán hón tché-tché*①！

姐姐，埃斯特尔盼望着能从萧口中听到这个称呼，但她却从未如此叫过她。在中国，这是一个亲密的称谓，常用在闺蜜之间。市场里的商贩们也用这个称呼作为吸引顾客的把戏：*Oh tché-tché!*② 他们通常一边叫嚷，一边攥着一条已被开膛破肚、但心脏还在跳动着的鱼。天哪，我在想什么呢！埃斯特尔准备入睡。萧从未管她叫"姐姐"，因为她并不把埃斯特尔当作姐姐。可是，她在最后一夜不是决定用我的床单和被罩了？埃斯特尔名字的词首字母用丝线缝在床单褶子和枕芯上。我应该像对待新婚夫妇一样亲自帮她铺床。她第二天不是就要结婚了吗？可以猜想现在是怎样的一种情形：我习惯在床单边缝上一小袋樟脑丸，埃斯特尔说。是吗？你有吗？于是，埃斯特尔去给萧和华取樟脑丸。床单边那个缝樟脑丸的地方因为反复缝针已经突起了一块。总比打补丁强，我的床单上都是补丁，中国女人说。事实上，萧和华在教师之家已经住了十年，而嬷嬷们都很节省。萧停下手中套被罩的活儿，抱怨道：十年！算算吧！她是这里的第一批房客，那个时候的房间比现在宽敞一倍，后来才有了竹隔墙。萧笑了。直到现在，我还经常在半夜睡眼惺忪地摸索着寻找房间出口。以前，这里就是一个完全没有隐私的地方，只有一幅帷幔作为隔断。这个房间在走廊拐角处，一度还是一个看戏的地方：走廊前后，住宿生、女佣和嬷嬷们说了什么都能在这里听得一清二楚。啊，

---

① 粤语：姐姐。
② 粤语：喂，姐姐！

太有意思了！不久前中国女人还在跟她的邻居怄气，这会儿两个人却又好得跟一个人似的。就在那时，埃斯特尔最后一次觉得萧和华有可能会称她为"姐姐"。谁知道呢？如果不是缝衣针捣乱，萧和华也许真的那么做了。啊！鲜血从埃斯特尔的手指上冒了出来。对不起，我想我不需要这个。不，我还是缝了吧。万一晚上床单的边线开了，扎着你怎么办？

第二天一早，那是什么香水味？埃斯特尔觉得这味道很熟悉，但她想不起在哪里闻到过这气味。她仔细回想，但是完全没有头绪。我能确信的是，这味道与经常出入那几间宿舍和院子的人没有关系。埃斯特尔能闻到一股辣辣的、带刺激性的香精味。在教师之家，在任何所谓家的地方，都有自己独特而不同于别处的气味。这里的标志性气味是茉莉花茶味、防螨樟脑味和洗涤液的味，更别提夏天因潮湿而产生的霉味了：储藏室鞋柜里的鞋子都长着绿毛，好像玉一般。然而，因为这香水味，埃斯特尔可以确定她的新邻居不是学校的女门卫。前一晚，她曾有过这样的假设。那么究竟是谁呢？或者说，她是一个怎样的人？于是，基于这香味，埃斯特尔开始勾勒新邻居的模样：她有距离感，不合群，难以相处？高还是矮？胖还是瘦？埃斯特尔看不清她的身型。隔墙若是布做的，或是中国老师用的纸屏风，就能看到她的剪影。不管是谁，她是一个爱用香水的女人。画家和音乐家们都热衷于在作品中表现这一物质，诗人们则愿意将其与爱和痛苦联系在一起。因此，女门卫们被埃斯特尔排除在外。她们算是半个嬷嬷，身着黑衣，裙摆拖至脚踝，神情严肃，且都是处女之身。而用这种香水的女人应该是有些傲慢的，不是吗？方小姐和容小姐都觊觎着这个房间，因为它是教师之家里最好的一间，但她们都不用这种香水。这香味闻着不像是中国产的薰香，它混合着安息香、树油或是椰子油、辣椒和茴香的气味。

座钟显示时间为凌晨五点，英语教师还能好好睡一会儿，即便她隔壁已经传来开关的噼啪声和床板的嘎吱声。埃斯特尔竖起耳朵。有人已经开始洗漱，能听见洗脸池里的流水声和抽水马桶的声音。这么早就起床了？接着，香水味扑鼻而来。应该是她的衣服上散发出来的香味，还是从她的头发上飘来的味道？我的上帝，难道她虔诚到要去参加清晨弥撒？埃斯特尔正在等待更多的动静，比如开门声和脚步声，然而，接踵而来的却是安静，连一丝呼吸的声音都没有。而且，在这个时间，圣达菲学校教师之家停了洗澡水，没有电，连餐厅也还没有开，除了睡觉、思考或是祈祷，还能做什么？然而，这位新邻居若是在思考，难道连一丝呼吸声都没有？若是在祈祷，那么应该遵从规定的程序：每数一次念珠，就要祷告一声，共需念五次圣父，五十次圣母玛利亚，之后冥想片刻，最后亲吻十字架。

英语教师终于睡着了，却因此睡过了头。她迅速收拾完毕，没有吃早餐便赶去上课了。我一定要在餐厅说一说昨天夜里我有了一位新邻居的事情！课间，埃斯特尔遇到了学监，便主动问及此事：教师之家里来了新房客，嬷嬷不想对我说点什么？新房客？对，萧和华房间里的。学监并未停下脚步，她正要赶去会客室，只是耸了耸肩作为回复。也许罗莎·米司蒂卡对此并不知情。也许一两个中国女难民到这里临时借宿，这种情况很罕见，但也不是没有先例。比如，郑梅修女的阿姨、副主任的一位表姊妹，都曾在这里借宿。这种事情通常仅限于学校的高层。出于信任，也因为会说普通话，萧曾被指派陪同这些身份特殊的人：上了年纪的人了，我把自己的房间借给她睡吧。萧便去存衣处将就。来教师之家借宿的这些女士们的确年事已高，头戴绒布小方帽，毕恭毕敬，她们在神父的桌上用餐。还有一位方济各会教徒，曾经赤脚在北京传教。是因为她们说话的方式相近？因为她们同属修女这个大家庭？好吧，我说的是其中一名女难民的经历。那香水味呢？谁见过上了年纪的中国女人用香水？更何况还是从大陆来的移民……除此之外，她下床时动作敏捷，还长着一头黑发。关于头发的颜色，埃斯特尔只是猜测而已。黑色？为什么不是花白的？但她的头发一缕一缕，清晰可辨……总之，我打赌那是一个年轻女子或者中年妇女。中国女人通常将头发盘在颈脖之上，而她留着一头披肩发，好似一幅帘子。萧曾说过，她的外婆几乎是把她抱大的，连睡觉都搂在怀里，所以，她从小讨厌外婆的盘发，觉得那样的发型难看。

之后的三天里，再没有人见过这位神秘客人，但是到了第三天夜里……那是一个漆黑的夜晚。砰！砰！有人敲埃斯特尔的房门。谁？请进，英语教师用粤语说道，同时睡眼惺忪地将灯点上。来人走进屋，关上门，倚在瓷砖壁上：一个高大的身影，纱巾蒙面。*Who are you?*①

---

① 英语：你是谁？

没有回答。埃斯特尔起身，走近那个人，再次问道：*Who are you*？她战战兢兢地用指尖揭开那人的面纱。

圣托马斯对耶稣死后复活表示怀疑，因而用手触摸耶稣的五处伤处。此时，埃斯特尔也用手摸到了果阿女人额前的朱砂：我的上帝，怎么是你?！嘘！甘多拉发出警告。已经很晚了，她喃喃道，并向埃斯特尔致歉：我把你吵醒了，打扰你了。之后便一言不发。两个人都找不出合适的言语，因而都沉默着。多拉坐在床尾，埃斯特尔在床头。我敲门的时候，你以为是谁？最终还是初修课教师打破了沉默。我点灯的时候以为是门卫，或者是中国老师们在跟我开玩笑，虽然中国老师的体型……那前天和昨天呢？你怎么想的？果阿女人显然知道在她来的第一天，邻居直到早上才睡着，当时就想来埃斯特尔房间和她打一声招呼。那你为什么没有来找我？甘多拉向来善于不露声色，两个人又陷入了沉默。埃斯特尔给她沏了茶。看不清楚，灯光昏暗。即便如此，由于来客脱掉了斗篷，埃斯特尔能看见她上身穿着露出肚脐的紧身衣，下身穿着摩尔人的裤子。如果说埃斯特尔之前还对她的出现充满好奇，那么此时，她却害怕起来，多么矛盾啊，她害怕甘多拉向她敞开心扉。她用保温瓶的水为多拉续上茶，说：亲爱的朋友，真高兴能在这里再次见到你！侧面看去，甘多拉眉间的那颗朱砂被她额上的皱纹吞噬了。而多拉则对埃斯特尔如此正式的问候心生狐疑，索性就茶叶的话题闲聊起来：好茶要数印度茶，比中国茶好，比其他所有的茶都好！你不用奇怪，印度可是世界第一大茶叶出口国。她说她的大伯在西孟加拉邦的一个茶园工作，每次回老家都会为家人捎些大吉岭茶。这种"两叶一芽"茶生长在喜马拉雅山脚。啊!那是用来出口的头茬茶叶,因此,家人总是保存着,只有过节的时候或者举行仪式的时候才拿出来享用。听果阿女人这样说,埃斯特尔随声附和道:啊!多拉,你说的这些真有意思。接着,埃斯特尔又问她阿萨姆红茶如何冲泡。那是一种大叶红茶,味道浓郁。多拉缓缓地摇摇头,回答道:阿萨姆是一个可怕的地方,被称为绿色地狱。说完,她大口将茶喝下,用中国人的话说即为"牛饮",起身准备离开:她戴上面纱,黑色的大眼睛在面纱镶边之上闪闪发亮。

她是在宣泄?宣泄什么?埃斯特尔回到床上思索着。甘多拉这样的人,心中藏着秘密。她打算在这里藏多久?不管怎么说,神秘感犹在:我甚至以为刚才自己是在做梦呢。肯定是因为自己太想解开这个谜团,三天来,自己一个劲儿地在胡思乱想。埃斯特尔小时候与姨妈睡在同一间屋子,姨妈每晚祷告的时间特别长,这让她相信姨妈是在与上帝见面。自那以后,每天夜里,都有一个梦追随着她。这似乎有些奇怪,梦里的身影就像那个身影一样,那个身影高大、僵直,蒙着面纱靠在门框上,坐在她的床尾。不过,没有脱掉斗篷,我记得。埃斯特尔一下笑出声来,她连忙收住笑。从隔墙的另一边也传来同样的笑声。埃斯特尔坐了起来:怎么回事?我在这里住了四年,还从来没有听到过这样的动静。隔壁房间几乎是空的,难道是回声?多拉的笑声不是这样的,而且,她很少笑。那刚才的笑声是怎么回事?英语教师感到非常累,钻进了被窝。不管怎么样,她闻到了香水味。香水是一种魔法、一个奇迹,它令人狂喜,也令人躁动不安。

没有人能否认,学校里原本犹如家人般的亲密关系正在发生变化。先是萧小姐出人意料地离开,之后"塞乌"修女也走了("塞乌"如今身在何处?),就连罗莎·米司蒂卡也很少来教师之家了。以往,罗莎总在傍晚到教师之家来。她推开后院的篱笆门,头纱飘舞着,风铃于是发出嘀铃铃的响声。那个风铃能预告罗莎的到来。她长衣飘飘,好似低飞的蝙蝠。可如今,罗莎……埃斯特尔觉得奇怪,就去问她:发生什么事了?你在生我们的气,是吗?我生气?没有的事!我要处理的事情太多了,那些没完没了的要求,我根本就忙不过来。啊!我可真是眼里容不下一颗沙子,英语教师心想。至于果阿女人呢?除了罗莎,还有谁了解她的事情?上午没有课的方小姐目睹了这一切:学监每天从小口袋里掏出钥匙,钻进那被禁止入内的房间,端着餐盘进进出出,与屋里人小声交谈。那里面住的是罗莎·米司蒂卡的某个亲戚?一位年事已高或是有病在身的亲戚,天晓得,可不要说是她的母亲大人哦。母亲,方小姐说。那是学监良心上的事情。她在尽孝心?

埃斯特尔已不再关心隔壁房间发生了什么。当然,若是晚上有人敲她的房门,她还是会心跳加快。恐惧?与其说是恐惧,不如说是夹杂着一丝怀疑和希望。我该说什么好呢?我要是没有揭开她的面纱,直到现在我还……她告诉我的关于茶的那段故事很美,比她之前跟我说过的所有故事都吸引人。果阿女人的发辫留长了,看上去消瘦了一些,她长发及肩,发梢还有烫过的卷。

凭那梳子唰唰的声音，我猜到隔壁住着的应该是一位年轻的女士，而且，不是中国人。那她的朱砂呢？我不是用拇指摸到了她的朱砂吗？即便如此，这一切都还是一个谜，悬而未决，与这漆黑的夜、喧嚣后的宁静和因甘多拉突然出现引发的恐慌融为一体。

虽说埃斯特尔声称重新见到多拉这件事情对于她来说并不重要，但这个说法却不合逻辑。这不但对她而言很重要，甚至是她的权利。果阿女人不但是她的老朋友，现在还成了她的邻居。多拉离开澳门前曾向埃斯特尔倾诉因为收不到恋人来信而经历的痛苦。也就是说，她是因为收不到信才离开的，对吗？当然。我一无所有了！晚上，她们也曾聊过这个秘密。埃斯特尔差一点说出：你看，我能理解你，我，你如果知道我在这里……同样因为信，我在这里被一封信牵绊着。然而，她却沉默了。果阿女人会怎么想？她一定会说：连信上写的是什么都不知道。

埃斯特尔期待能再次见到多拉，但她确信这不会发生。罗莎·米司蒂卡作为保护者和虔诚的基督徒，只会如卫士一般守护这个灵魂的秘密。也许某一天，我下课回来，隔壁房门大开，铺盖卷好，女佣正拿着扫帚打扫房间。英语教师不仅感觉自己被排挤，更有一股被背叛的滋味涌上心头。

还是门托先生在"太阳与海"的茶桌上提到了果阿女人：甘多拉好像回来了，你知道吗？埃斯特尔装作不知情。她回来过，似乎是在这里稍作停留，然后坐船去悉尼与丈夫团聚。果然，也应该如此，她结婚了！作为一个男人，门托开始用调侃的口吻讲述同胞的遭遇。箱子。还记得她刚到澳门时随身带来的一大堆箱子吗？没错，箱子里满满当当，都是一个里斯本的毛头小子，就是那个写信的家伙帮她打包的。什么？没错，女士。女人在这方面都无药可救，即便是最理智的女人也逃不掉。可那家伙得到好处后，就消失得无影无踪。埃斯特尔不禁打了一个寒战。这怎么可能！谁告诉你这些事情的？这在我们家乡不是什么秘密。她的丈夫是一个好人，给她寄来了去澳大利亚的船票，她很幸运。

香料商调整了一下眼镜，仔细观察茶叶的色泽。这是印度茶，我托人从香港带来的。大吉岭茶？埃斯特尔问。不是，不是大吉岭，这茶有一丝苦味。有时间你给我讲讲。门托摘下眼镜。后来，里斯本那个男人不再给她写信，她在额上点了朱砂痣，记得吗？我不信，埃斯特尔愤愤不平地说。是的，是的，可是事情就是这么凑巧：多拉预见到里斯本男人对她感情变淡，于是立刻恢复了她的第一身份——印度男人的妻子。门托一边笑一边仔细看了看面前的烤面包片，让服务生将面包片拿到烤箱再多烤两分钟。这还不算，她还抱怨我卖的朱砂，看啊，这朱砂是旧的，都褪色了！我根本不稀罕挣她的钱！我还是不信，英语教师执拗地说。相信吧，俗话说，喜鹊喳喳叫，倦鸟要归巢。

甘多拉质疑门托销售的化妆品的质量，这是门托无法原谅的。他将一只手放在胸前发誓说自己的货质量上乘，且不断出新。可以说，门托从出生就已经入行。供货的是他在孟买的祖父，他的货从黑色、红色到其他各种颜色一应俱全，而且十分入时地搭配纱丽。他还为印度王公贵族家中的女眷供货。

此时，埃斯特尔回过神来，开始思考如何走自己的路。我被周围人的生活左右着，我要改变自己，我究竟是谁？斯芬克斯①式的人。斯芬克斯坐在道路旁边，一个神秘而致命的怪物。一天，学监像往常一样从埃斯特尔的宿舍门前经过，对她说：真想解开你的谜团！罗莎的胳膊下夹着一个急救箱，正要去为鲍比处理溃烂的耳朵。你在跟我说话？埃斯特尔跟随她沿着走廊出去。你认为我很神秘，是吗？罗莎推开镶着玻璃的篱笆门，来到门廊停住了脚步。她没有转身，举着急救箱说：都说它能帮助照亮人们阴暗的内心……她转过身：真荒唐！我是谁？圣体？！我连护士都不是。我只能医治这个被苍蝇叮咬的小家伙。说完，罗莎走向那条老德国牧羊犬的狗舍。她小心翼翼。虽说她有作为信徒的天命在身，但不幸的是，并非一切都能被感化。埃斯特尔在门这边透过玻璃观察着罗莎：她一边抚摸着鲍比，一边慢慢地为它清洗伤口，接着用蘸着碘酒的纱布帮它把伤口包扎起来。狗叫了起来，龇牙咧嘴，好像要咬罗莎似的，但它只是去舔了舔她的手而已。

这个斯芬克斯不会向走近她的人提任何问题，更不会吞掉他们。埃斯特尔就是她自己的斯芬克斯。萨卡里亚斯不再邀请她去看电影，偶尔会给她打电话，用粤语

---

① 希腊神话中带翼的狮身女怪，传说经常叫住过路的行人猜谜，猜不出者即遭杀害。

问候一番：*Nei yak mon fan？*你吃饭了吗？*Hou má？Hou léum，Nei hou léang，sin-sang*①。这是中尉会说的所有中文，听上去零散而干巴巴的单音节词，像在吵架，一点儿都不绅士。这些话用在埃斯特尔身上显得虚伪刻薄，但萨卡对她还是心存善意的。而她，若是萨卡猜到……她的心已紧紧上锁，不会轻易被温存融化。为了对萧的忠诚？可是，萧却背信弃义，不辞而别。埃斯特尔是对她的中国朋友还是对爱本身忠诚？她感到害怕。就在这时，英语教师向上帝发誓她一定要与陆思远再次见面。

星期天，埃斯特尔一边准备茶水，一边想起她与那位蒙面的印度音乐女神——甘多拉深夜喝茶的经历。真有趣！好像是跟一个幽灵喝茶。果阿女人悄无声息地出现，又悄无声息地消失了。埃斯特尔用手势比画着问过哑巴女佣：那间房里的女士呢？她怎么了？她指了指隔墙。女佣张开嘴和手臂，闭上眼睛。阿萍站在房间中央，一动不动，好像自我催眠了似的。她是想说那屋里没有人吗？女佣一动不动，做了一个向下的手势。她是在说那位女士已经过世，长眠于九泉之下了？啊！她肯定是在说萧小姐，自从她离开后，再也没有人见到过她。哑巴女佣做出哀伤的表情，样子夸张，这是她的表达方式。她与果阿女人也没有任何接触。除了罗莎·米司蒂卡和我，没有人见过甘多拉。我曾把手指放在她的眉间，那颗南瓜籽形状的朱砂痣，颜色鲜红欲滴，好像匈牙利的圣玛格丽特额上荆棘冠的光环。

下午四点，邻居们从午睡中醒来，纷纷拉起百叶窗，

---

① 粤语：好吗？好靓，你好靓，先生。

哗啦，哗啦，其中一人还唱了一首歌，另一位老师将鸟笼挂在窗户插销上。还有一些老师们向餐厅走去，到了喝下午茶的时候。

英语教师依旧在屋里独自品茶。没有什么比冲泡这些又红又轻的叶子更能排解寂寞了。萧和华更爱喝绿茶，她常常手持茶碗，闭上双目，默念千宗室①的诗句，发现她内心深处的青山绿水。传说红茶是一位被人爱慕的王子的睫毛变成的。埃斯特尔也有她的王子，一位迷失的王子。迷失难道不是因为爱慕？埃斯特尔几口将茶喝下，决定出去走走。我要沿着我最喜欢的那几条路线，如有必要，一直走到新桥，我向上帝发誓。可是，我应该祈求上帝吗？可千万别白费工夫。有些人愿意求助"太阳"，因为太阳的光照亮你我。埃斯特尔穿戴整齐，戴上珊瑚项链和欧泊石戒指。陆思远很可能还在路环等待她的出现，谁知道呢？她摘下戒指。欧泊石不吉利，它会变色——光线好的时候，它是红色和绿色的，可现在却变成了黑色！

走在学校对面的街上，埃斯特尔遇见一位肩挑空桶的卖水女人：中国人迷信，觉得这是不吉利的征兆。好吧！埃斯特尔向她的目的地——新桥走去。她还真有些怀念那里，因为那是她在澳门的第一个避风港：破旧的建筑，母鸡四处觅食，女人们在家门口用番荔枝种子泡的水给孩子们洗头，还有那破坏力极强的季风。那些大雨滂沱的日子里，在她房间下方的店铺里，鞋匠莫申坐在高高的板凳上，手握锥子，嘴里哼唱他那永恒不变的

---

① 一个称号，用来指日本茶道最大流派里千家的领袖。

小曲儿。今天是星期天,我要带些点心给莫申。埃斯特尔停下脚步,想了想该走哪条路。莫申与"安息日"没有任何关系,对他来说,他的儿子遭遇不测的那天才是一个值得祭奠的日子:他的儿子偷渡去香港时被逮捕,并被交给了红卫兵;被处决了?每年的那一天,鞋匠都会穿上皮鞋去庙里磕头、烧纸钱。不管怎么样,我出于礼貌和尊重,应该给他带些点心。为了给我一间单独的房间,莫申每天睡在蟑螂和蠼螋满地爬的地板上。有一次,中尉当面嘲笑埃斯特尔说:你太天真了!他们全都睡在地上!这个男人看重的是钱。你的房租是多少?说实话,我感谢鞋匠是因为他的那位令人感到愉悦的朋友,还有那飘到我窗边的笛声,还有后来带给我惊喜的那封信。

然而,英语教师并没有向右拐,而是游荡起来,距离她的目的地越来越远。她在小路中穿行,踏进深巷。但愿我没有迷路。全都是因为我的节外生枝,恐怕我回不了 San-Kiu 了。我真是太蠢了!埃斯特尔向一个卖酱菜的男人问路。不幸的是,那个人要么是聋子,要么没有听懂她在说什么。真遗憾,我总是混淆不同的发音,张冠李戴。这条路对吗?就这样,埃斯特尔从一条路走到另一条路,直至西坟马路。这里是圣美基坟场?一只瘦瘦的、浑身长着发白黄毛的狗跟着她。很久前我就想参观澳门的墓地了。请问孝思坟场在哪里?一位澳门老妇人手拎一筐松花蛋恰巧从一扇门内出来,听到埃斯特尔的问话一脸惊诧:孝思坟场?那地方有些偏僻。你为什么要去那里?我想看看孝思坟场、基督教坟场和望厦坟场。老人看着埃斯特尔问道:你有朋友去世了,你没有去祭拜他？是的，一个朋友。好吧，那你就叫一辆三轮车吧，否则来不及，日落时坟场就都关门了。

埃斯特尔在镜湖马路向一辆三轮车招手，但是车夫没有停车。他肯定是去参加葬礼的，车座上放着鲜花。出了墓地区，那只狗消失了。埃斯特尔甚至怀疑自己是不是看错了：难道那是一朵云？或是一根树枝的影子？墓地四周都种着树，如此一来，风就无法吹走骨灰，亵渎圣物。埃斯特尔怀疑自己是不是产生了幻觉，头脑发热想象出那些并不存在的东西。

走到旧基督教坟场，那只狗又出现了，它低垂眼帘，瘦骨嶙峋。可怜的家伙，走了这么多路，谁给它吃的呢？幸运的是它没有被某个 *pang-yau* 捉去成为别人的盘中餐。即便如此，也只是一堆骨头……埃斯特尔又走了很长一段路，到达望厦坟场，可是坟场大门紧闭。暮色降临，快要下雨了。*Sam-lun-ché*！*Sam-lun-ché*！一轮新月升上了天空。我的上帝啊，我这是在哪里？我实在太昏头昏脑了。*Sam-lun-ché*！车夫停下车，雨已经下了起来，三轮车的黑色车篷被拉开。埃斯特尔跳上车，在她告诉车夫地址之前：啊！吓死我了！陆思远竟坐在她的身边，黑暗中可见他充满期待的双眼。比起他修长的身材，他的长衫显得有些短。陆张开双臂。他看上去俨然一条鱼，英语教师心想。珀加索斯①，长着翅膀的飞马既在东方的海洋出没，又在星座间翱翔。埃斯特尔对车夫喊道：去新桥！此时，她体会到一种得到补偿的愉悦。整个下午，她都在幽灵的领地追寻某个人的足迹，而此刻，这个人

---

① 希腊神话中生有双翼的马，故也称"飞马"。

竟活生生地出现在她面前迎接她。对她来说，这是一种嘉奖。这个人正是那个她原以为不知所踪、消失不见了的陆思远。英语教师闭上双眼，靠在座位上。他还在，他们重逢了，现实不啻于一剂兴奋剂。这兴奋剂就像是用永不枯竭的泉水沏的一杯又浓又苦香气袭人的茶。

第二天天还不亮埃斯特尔就起床了。鲍比的狂吠犹如台风呼啸，吵得人无法入睡。鲍比怎么了？陈小姐穿着衬裙在走廊上问。大家又叫她克莱尔。鲍比似乎时日不多了。它无法合眼，再也熬不住了。门卫夜里起来两次，给它送了奶和一剂泻药：可怜的家伙一直被拴着，连自己觅食的机会都没有。是不是被蛇咬了？有人猜测，听它的叫声好像是中毒了。就在这时，罗莎·米司蒂卡出现在教师之家：修道院内就能听到这垂死的惨叫，真是撕心裂肺！这次，她没有带她的红十字急救箱，而是端来一个烛盘，上面放着一支蜡烛、一个细口瓶和一把勺子。那瓶子里装的是催吐剂？罗莎立刻开始工作。

大家都上前帮忙按住鲍比。中国老师们都笑了。因为大家在治疗一条狗，所以她们都笑了？当然。狗在中国被看作是低等动物，人们养狗是为了吃。既是因为给狗做治疗，也是为了减少死亡带来的邪气。她们的笑既不是苦笑，也不是假笑，而是狂笑。粗鲁而肆无忌惮。仿佛出殡的乐队驱赶逝者的鬼魂？这时，罗莎·米司蒂卡借着烛光检查鲍比的身体，它的全身长满了斑秃。什么被蛇咬?！哪有这么多蛇？啊，可不，老鼠倒是不少！……也不是。可怜的家伙一定是误食了某种虫子，天晓得，也许是壁虎或蜈蚣。

给鲍比灌服催吐剂十分困难。尽管那么萎靡不振，那么孱弱，鲍比还是跌跌撞撞地站了起来，试图反抗，甚至想咬人。它在发高烧，四肢冰凉，不是什么好兆头，罗莎说。

中国老师们揉着睡眼渐渐散去，只有埃斯特尔留在罗莎身边。

"塞乌"很喜欢这个不幸的家伙，罗莎若有所思地说。晚上睡觉前，她总是过来看它，给它捎一块糖。

埃斯特尔想向罗莎打听"塞乌"的近况，但嬷嬷只一个劲儿地唠叨那位新入教者的往事，诸如她走路像猫似的蹑手蹑脚，为了不让别人看见她而绕大圈去看鲍比。之后，罗莎闭上嘴，皱了皱眉，那神情既包含些许不满，也带有一丝怜悯。不是所有的中国人对动物都残忍。不是。比如萧小姐。有多少次我看见她弯着腰为鲍比捉虱子。

听到罗莎谈论自己的朋友，埃斯特尔赶忙向她打听萧和华的消息。她结婚了，如今已为人妻。在香港？在香港或是别的地方……看，它快咽气了，罗莎指着鲍比说。只见它摇着耳朵，身子凉了半截。不会太久了，也就是几分钟的事。罗莎蹲下身，用手指扒开鲍比的眼皮。它已经看不见了。她抚摸一下鲍比的嘴。为它祈祷吗？

嬷嬷，我还是第一次目睹动物归天，埃斯特尔说。是吗？它们和人一样。您是说，动物也因为罪孽而要面对死亡，是吗？罗莎迅速起身，眼中放光，立刻开始关于信仰的布道：动物比人更早来到这个世界，它们的使命是陪伴和服务人类。一旦它们的主人离开了这个世界，它们也不得再在这个世上存在。说到这儿，学监变得意味深长起来。她将人的死亡比作春天蜕皮的蛇———一种重生和新生，直至永恒。死亡并非有些人理解的那样，意味着泯灭，绝对不是。死亡意味着回归，重回原点。

叮铃，叮铃，修道院的钟声响了，到了做弥撒举扬圣饼的时候。罗莎吹灭蜡烛，回过神来：我的上帝，我在这里干什么呢？我在这里……教规在罗莎心目中是神圣的，一旦涉及到教规，她就变得异常刻板和循规蹈矩。埃斯特尔感到有些遗憾：您要走了？噢！我正听在兴头上。那鲍比呢？鲍比也回到上帝那里去了？修女看着自己的脚。为了帮助奄奄一息的鲍比，她的白鞋踩到了泥里而变得很脏。若是想进教堂，她需要先把鞋子处理干净。

就在老德国牧羊犬用嘶哑的嗓音呻吟至最后一息时，清晨的第一缕曙光正迅速照亮天边。原本准备离开的学监又返回来，在埃斯特尔的帮助下，用那棵被白蚁侵蚀了树干的菠萝蜜树的干树叶，将鲍比一动不动的身子盖上。

回到宿舍，英语教师的心情久久不能平静。动物归天时确实与人一样。她曾目睹父母离世。动物如此，植物也必然。树木。树木是有灵魂的生物，一种高级的物种。伊甸园里有善恶树、知识树和生命树。早上六点半，埃斯特尔还能睡上一小时。她躺下了，但却睡不着。她想到鲍比和鲍比的死，想到被白蚁侵蚀的菠萝蜜树。总有一天，台风尾会将它吹倒。到时候，它就会成为澳门仅存的两棵菠萝蜜树的标本。埃斯特尔想起《圣经》中但以理为巴比伦王尼布甲尼撒解梦时提到的那棵树，"圣者要求将它的心改变，不如人心，给它一个兽心（与人一样?),使它经过七期(年)。""那棵树渐长,而且坚固,高得顶天,从地级都能看见,……圣者说要将它砍伐毁坏,树不却要留在地内,用铁圈和铜圈箍住。"①

现在,鲍比的死令教师之家的人们终于可以休息了。走廊两边的上下铺传来中国老师们安详的呼吸声。

埃斯特尔陷入了沉思:那些《圣经》记录的梦中出现的、能够预知国家成败或君王荣辱的树;那些被砍伐时会发出狮子一样吼叫的树;那些菠萝蜜树,果实虽大如面包,但却是脆弱的,只需斧子轻轻一砍,它便死了;那些树对着城墙哭泣,就像犹太人在耶路撒冷被毁之后所作的耶利米哀歌②。还有那些用歌声拥抱春耕的树。英语教师任自己的思绪驰骋,阳光已经照进了房间,她开始感到眼皮沉重。但以理解梦的那棵树,(黎巴嫩雪松?枣椰树?)既是一棵树,也是巴比伦王尼布甲尼撒③。

在澳门生活了将近四年,那一刻,埃斯特尔第一次萌生了离开的念头。如今,学校里除了罗莎·米司蒂卡是她的朋友,其他邻居和同事们呢?就连罗莎·米司蒂卡下午也不来她的宿舍了。学监越来越疏离,只在门环上轻敲一下,说一句"赞美我主!"便沿着走廊跑了。她是去找沈小姐。沈小姐也叫玛丽,是教师之家里唯一一位住单间的老师?有传闻说她即将皈依天主教。她向罗莎嬷嬷表达了这一愿望?完全有可能。总之,玛丽已经

---

① 《旧约·但以理书》第四章。
② 指《旧约·耶利米哀歌》。
③ 《旧约·但以理书》第四章。

成为罗莎宣讲教义的对象。只有上帝知道她是不是以这种方式怀念"塞乌"修女，那位曾与玛丽走同一条路，但最终半途而废的新的皈依者。雅努阿·卡埃莉（罗莎的徒弟？教女？半个姐妹？）被选中时，学监曾说过，中国女人比土生葡人更适合成为教徒，他们是混血，受多种影响，不易皈依。她的这个观念背地里遭到众多质疑：难道她自己不是土生？她的父亲是葡萄牙人，母亲是中国人，不是吗？为什么她要隐瞒自己的身世，隐瞒自己的籍贯？学校的老师们开玩笑地把她比作一种猫，这种猫平时耳朵耷拉着，一旦换了气候环境，它的耳朵就立起来了。

朋友，朋友，埃斯特尔思忖着：萧、多拉、王小姐还有罗莎，她们一个个像玉镯破碎一样不可避免地离我而去。英语教师是多么想再见到她们，与她们重拾友情，于是，她躺在床上，不是等待睡意……她想象自己生了病，小病，比如感冒或是香港脚。总之，她不能出门，朋友们都来看她。埃斯特尔看到她们一个接一个走进屋来，向她们张开双臂，请她们坐下：嗨，坐在床尾！这里，坐在床头！甘多拉，罗莎·米司蒂卡。为了给朋友们腾出地方，她蜷缩在床上，紧贴着隔墙。邻居的床与她的相邻，就在隔墙的另一边。她们的头几乎靠在一起，两个房间似乎变成了一间。王小姐呢？王小姐在哪里？既然王小姐本人不能来，房间里出现了学校慈善堂内她的那幅画像：欣欣的母亲美艳动人，身着红色锦缎旗袍，脖子上戴黄金玛瑙项链，端坐在樟木椅子上。从另一个世界到访的客人，上帝啊，这是多么的荣幸！然后，四个人开始聊天。不，是五个人。她们各自说起自己的生活。甘多拉。罗莎。由于萧和华身在隔壁,埃斯特尔看不到她,但是光听她的声音就不禁颤抖起来。所以,邻居刚咳嗽了一下,想要清清嗓子开口说话,埃斯特尔便打断了她:噢,我们来泡茶吧!她从床上跳起来,划了一根火柴,点燃酒精灯。其他人赶忙起身帮忙。你别着凉了,会加重病情。埃斯特尔发烧了?

就在这时,埃斯特尔猛地醒来:我刚才是在做梦?她揉了揉眼睛,看看四周,房间里空荡荡的。一月。她光着脚,穿着一件薄棉衫瑟瑟发抖。圣母玛利亚,竟会做这样的梦!埃斯特尔迅速回到床上,钻进棉被里,她的脚被冻僵了。梦是如此贴切,如此完美,几乎是真实的……埃斯特尔关上电灯。天花板上,酒精灯的蓝色火苗一闪一闪。(难道我真的起身去泡茶了?)

英语教师坐起身,靠在枕头上陷入沉思:朋友们的出现难道如此重要?没有她们,我的生活就变得如此暗淡了?那陆思远呢?还有谁能吹嘘自己有这样的朋友?而且,我又找回了他。上个星期天我在坟场附近寻找他。上帝!我从来没有在澳门如此竭尽全力地寻找过一个人或是一样东西,而一路上追随自己的是那个苍白且晦气的影子。埃斯特尔确信他曾去过另一个世界,在雅廉访大马路上的时候……她之所以爱他,不正是因为他的出人意料吗?出人意料和难以置信。她回忆起学校举办的一次圣诞庆祝活动,所谓的庆祝就是一个露天赈济游乐节。和大家一样,她和萧也去抽奖碰运气。一阵充满期待的沉默之后,锣鼓喧天,用葡语和中文宣布的幸运数字。从未见过这样的事情,又是,而且总是她们选中的数字?在一片大呼小叫声中,奖品不得不被派送至她们手中。埃斯特尔与萧和华平分盈亏。她们又赢了？你可以去看！怎么可能？有什么秘诀吗？眼前的一切令人难以置信，众人都不明白这其中的奥秘。其实很简单：因为站在她们两人之间的是那个虔诚地爱着她们的陆思远，那个令人着迷的的魔法师。

埃斯特尔记得陆全神贯注的样子：他攥着拳头，举止严肃（祈求神灵保佑？），目光锐利而专注。他两手空空。"他只帮别人下注，从不为自己，从不为自己谋利。"萧解释道。埃斯特尔没有完全明白萧所说的话，她只是佩服他在数字方面，尤其是在猜数字方面的天分。他除了能够解译这些数字，还有勇气研究、掌控和破解它们。"给我那个彩券，让我仔细看看。"陆低头对她们小声说。他的表情凝重，全无平日里那副闲散的无所事事的样子，倒好像正在瞄准空中猎物之人。

不管怎么说，是离开的时候了，埃斯特尔想。这里有萧和华，有怨恨，有气恼，特别是有她们之间的默契，还有动力和爱。然而现在……是回家的时候了。告别这片土地上的一些人，告别学生和学校，告别澳门。有礼物要送出，有礼物要接受。在这里，告别与礼物是联系在一起的。她经过萨卡所在的兵营。洪老太太住在兵营附近，她是去与洪老太太告别的。她经过兵营时，中尉正在院子里值勤，叫住埃斯特尔：近来好吗？看好你的钱包！联系我哦。她：*Bye-bye*！*Soi-Kin*[①]！说完便加快脚步，继续走路。她不想与中尉告别。不。她不打算与任何一个这样的人告别。

---

① 粤语：再见。

距离英语教师离开的日子还有不到两个星期的时间。她在计划如何度过剩下的这几天。其中一天下午她去了大陆人开的商店与廖先生道别。廖先生听了她的来意后说：*Really? Are you going for good and all?*① 他送给埃斯特尔的礼物是一个用滑石做的黑色小鱼，寓意不管走到天涯海角都富足有余。另一天下午，埃斯特尔与香料商一起喝茶。其余的时间，她要去向公园、寺庙和教堂告别。

陆思远呢？

一个月前，她告诉她的朋友自己会在适当的时候离开澳门。陆并未表现出惊讶，只对她说：来日方长，如果心愿意……我们的心何时会听从日历的安排？埃斯特尔没有听懂他这句话的意思，也许是在怀念，谁知道呢？她问他在中国是否有家人，父母或兄弟。他们从来没有聊过这些。有，有父母和兄弟，还有一个原本应该嫁给他的未婚妻。陆思远说起如今中国的结婚登记处：不管是在城市还是乡村，一对对新人们走进一间粉刷过的房子，填写表格，在一份印有毛主席像的文件上签字。他耸了耸肩膀。伴侣们经常是经过组织介绍的。路环时近黄昏，帆船纷纷出海打鱼。他笑了。他说他的未婚妻也是经组织介绍的，他只在小的时候见过她。姑娘颧骨高，克夫。埃斯特尔想向他抛出其他问题：是否真的在中国坐过牢？萧曾告诉过她这件事情。那个蛇年，陆被关在一条大河旁边的一座塔里，那时，暴风雨中的闪电引起了监狱火灾，囚犯们跳进湍急的河里，黄河？据萧说，

---

① 英语：你真的要离开了？

只有他一个人游过了河得以活命。他的人生就是这样跌宕起伏，一场冒险，萧说。好像过去的骑士小说里写的、电影里演的那样。是真的吗？然而，就在这时，另一个想法无缘无故地跳了出来，是关于信的。在移民澳门之前，可曾给未婚妻写过信通知她并解除婚约？这个嘛，婚约……这类约定已经越来越没有效力了。不过，写过，我给她的父母写了一封信，但是他们肯定没有收到。说到这里，两人四目相对，埃斯特尔从陆的眼神中察觉到他对另一封信去向的关心：是那封被她锁在抽屉里、用又薄又香的宣纸写的信？陆当然好奇她是如何处置那封信的。她看了那封信吗？翻译了吗？除非……那信投递错了，根本没有到她手里？

帆船越来越远，速度飞快，船身好像巨型的鸭子，船尾高高的，忧伤的海面上泛起一串星星。

埃斯特尔没有继续她的问题。现在，她因为不知道信的内容而感到痛苦。比如，她并不知道他在信里是如何称呼她的。会叫她"亲爱的"或是"心爱的"吗？中国人是浪漫的，但是他们在表达情感时过于含蓄，更不要说用纸、墨、线条白纸黑字地表达了。在粤语中，"亲"念 *tchân*，"亲爱的"念 *tchân ói tc*……普通话呢？他不会这么说的。他最有可能用鸟或花的名字来称呼她。两个人各怀心事，望着最后一艘船启航。那封打开的信在船的左舷。左舷，一个好位置。信纸映在水面，船舵自下而上、从右至左将它划破。终于，这封信的结局如此简单，如此幸福！陆思远和埃斯特尔望着远处那封信，望着它划过黑夜的脸庞去了。

埃斯特尔记得萧和华曾对她表达关心：真奇怪，一个单身女子只身来到这么偏僻的地方！不管怎么说，我跟自己的同胞们在一起，可是你……中国女人劝她回国：那里肯定生活得比这里好，不是吗？或者去安哥拉。安哥拉，一个富饶的国度，在中国传说那里是天堂。或者嫁给中尉。你不喜欢中尉？为了有像他这样的丈夫，澳门姑娘和中国姑娘可什么都干得出来。一个 *gentleman*，在萧看来，萨卡是一名 *gentleman*，虽然他长着"鬼佬"的黄头发。澳门只有两种男人：从事赌博和黑市交易的人，所有这些都是没有灵魂的人；另一种人就是那些可怜的中国大陆移民。可是，你注意到了吗？不管是哪一类，他们都是中国人。或者，安哥拉正在打仗，去美国吧。你有语言上的便利，居然从没有想过去美国吗？和华的小眼睛盯着她说。中文里，"美国"念作 *Meikwó*：美丽的国度。要是能弄到一本去美国的护照，我明天就去美国！埃斯特尔感到被人当头一棒，她一直以为萧是毛理论的追随者，一个共产党人，学校里就是这样传的。你让我去美国？

一天晚上，中文教师在英文教师的房间喝茶。正值三九天。屋外，几只正在发情期的猫在争斗厮打。萧拖了一把椅子坐到床边，对埃斯特尔说：如果我是你，我就离开这里。我作为你的朋友才这样提醒你。埃斯特尔屈起腿，蜷缩在床上，说：你是在赶我走？对，因为你在这里屈才，因为你应该得到更多，过得更好。中国女人将椅子放回原位，给自己倒了一杯茶。过了一小会儿，埃斯特尔一边用手指玩弄着发梢，一边若有所思地说：可是我喜欢待在这里！萧和华有气无力地问：你喜欢这里?

关于那个晚上,埃斯特尔至今仍记忆犹新的是朋友穿着羊毛袜的脚。那双圆滚滚蜷缩着的血红色小脚看上去十分可爱。萧和华几乎知道埃斯特尔所有的事。埃斯特尔差一点就想打开书桌的抽屉,拿出那张卷着的宣纸,解开细绳,拉着她的双手(这么冰冷的手!),请她将信上的内容念给她听。

不。如果不是陆思远,英语教师早就离开澳门了。如果不是她做的那个梦,关于那个梦,那是她的秘密和恐惧。

陆思远和萧和华。埃斯特尔无法将他们分开,也无法将自己同他们中的任何一个分开。好像脖子上戴的项链,既亲密无间,但也有摩擦。又像一条有三个花结的圣索①。而这一切都是玉做的,玉越光洁越珍贵。

陆思远。

来日方长!那天下午在路环,他望着远去的帆船时就是这样说的。来日究竟是何时?也许漫漫无期。与平日不同,他说这话时略带愁容。时光只会匆匆溜走,剩下的只有沮丧。还是绝望?(中文用"灰心"二字表达绝望。)他就是那条项链的躯体,那条圣索的躯体。躯体和崇拜的所在。

英语教师启程的那天是一个星期天。一大早,学监就来到她的房间,询问是否需要帮助,比如打包行李。

---

① 指基督教牧师身上佩戴的饰带,两端是两个圆球。

她熟练地检查了箱包是否上锁,接着给箱子系上打包带。罗莎一如既往地卷着袖子,露出胖乎乎的雪白的胳膊,一看便知她素日里不晒太阳。噢,箱子不是很沉!说完,她又帮忙给箱包贴标签,并说起凌晨发生在城里的一桩自杀案:死者是一名年轻的中国男子,疑似卷入了帮派斗争或是欠下了巨额赌债。噢,嬷嬷,我这里有阿拉伯树胶!埃斯特尔将瓶子递给罗莎。就发生在市中心……修女接着说。从大三巴牌坊顶上跳了下来,我的上帝!罗莎在胸前划了一个十字。舞龙队已经去现场驱除死者的鬼魂,净化空气。罗莎从一堆行李中间抬起头:这个胶干了,不好用。埃斯特尔却颤抖起来:年轻的中国男子?啊,太可惜了!是啊。中国人在绝望到无路可走时绝不拖泥带水,嘣!要么从房顶上跳下来,要么投井。罗莎站起身。总之,迷失的灵魂……她打算去教室取些胶水。

一上午,埃斯特尔都在房间里收拾手提包。走廊里,人们都在谈论那个从大三巴牌坊上纵身跳下结束自己生命的男子。她本能地捂上耳朵,试着转移思绪:外套,要是这件外套能放进手提包里……放不下,拿在手上吧。雨伞正好能放下。走廊里人声嘈杂。埃斯特尔不再捂着耳朵,她似乎听到了"路环"两个字。不,不可能。他那么坚强。他挑战过中国最长的河流之一。没过一会儿就到正午,一天中阳气最盛之时,也是人的精力和血气最旺之时。埃斯特尔从包里拿出那封卷着的信,慢慢展开:我把它毁掉?砰,砰,罗莎·米司蒂卡领着学校的司机开车过来取埃斯特尔的行李,她赶忙将信藏在胸口。

在餐厅吃午饭时,同事们围着埃斯特尔:几点开船?

告诉我们,我们想去送你。九点?最后一班?很好,我们都去。同事们拍拍埃斯特尔的肩膀。*We will miss you*①。英语教师不是突然紧紧地拥抱了她们吗?埃斯特尔紧紧地搂着她们,甚至显得有些鲁莽。姑娘们在她怀里一时都喘不过气来,挣脱怀抱整理被弄乱的头发:啊,啊,我们还会见面的!别哭。一阵沉默。空气中弥漫着紧张的气氛。埃斯特尔有些紧张。

然而,午休时间,当整个教师之家都在酣睡之时,英语教师轻手轻脚地走下楼,从后门出去,坐上了一辆三轮车。她将乘坐下午第一班船,像独自一人坐着三轮车来时那样离开澳门。她想起她的中国同事们。她们也许会难过。罗莎·米司蒂卡肯定会带上一束花为她送行。她想起了陆思远。他知道我今天走,即便不知道,他也能猜到。晚上九点,他会出现在码头上吗?有谁能告诉我?于是,她让三轮车停下,请车夫从新桥绕行。新桥?车夫吃惊地问。您不是坐船去香港吗?对,但是我想先去一下新桥。车夫小声嘟囔着,示意她看看钟楼上的表。再有半个小时船就开了。她仍犹豫不决。每个星期天,陆思远都在新桥。我一定要见到他。最终,在三轮车夫的催促下,埃斯特尔做出了决定:*OK! Ai lô*②!上船!去香港!

然而,三轮车却在一个十字路口突然停住,乘客在座位上一惊:新桥?难道他最终还是送我到新桥了?并非如此。车夫只是要拐弯。也许他为了抄近路?也许他

---

① 英语:我们会想你的。
② 粤语:系啰,意思是"好的"。

只是为了绕开某座阴暗的宅子、某一面被诅咒的墙？这时，三轮车向右拐去，大三巴牌坊出现在埃斯特尔眼前。她闭上眼睛喃喃道：*Faiti*！然后，似乎不假思索地小声重复道：*Faiti*！埃斯特尔嘴上这么嘀咕，心里却不是这样希望的。她像在祷告，抑或像在驱邪？*Faiti*！她对自己说。与此同时，脑子里混乱的思绪折磨着她：那个自杀的男人跳下时究竟是像流星般陨落（嬷嬷已经说了，他们是坠落的）还是像一只大鸟，盘旋着，飞着，缓缓而下？